Jürgen Edelmayer: Griff nach der Macht

AF216112

Jürgen Edelmayer

Griff nach der Macht

Thriller

Impressum

Bibliografische Information der Deutschen Nationalbibliothek:
Die Deutsche Nationalbibliothek verzeichnet diese
Publikation in der Deutschen Nationalbibliografie; de-
taillierte bibliografische Daten sind im Internet über
http://dnb.dnb.de abrufbar.

1. Auflage 2023

Herstellung und Verlag: BoD – Books on Demand,
Norderstedt Umschlagbild entnommen der frei zu-
gänglichen Datenbank von BoD.

ISBN: 9783746066042

FSC
www.fsc.org

MIX
Papier aus verantwortungsvollen Quellen
Paper from responsible sources
FSC® C105338

Die Romanhandlung zu Griff nach der Macht wurde frei erfunden. Die Spekulation der Gebrüder Hunt soll in früheren Jahrzehnten tatsächlich stattgefunden haben.

PROLOG

Eine Rotte von zwölf Wildschweinen bewegte sich auf ein zum Hintertaunus gehörendes Waldstück zu. Dort befand sich eine Suhle, die das Schwarzwild häufiger aufsuchte. Zu dieser nächtlichen Stunde war normalerweise kein Mensch unterwegs, der die Schwarzkittel störte. Heute war es jedoch anders. Grelles Licht überflutete einen Teil des Unterholzes und ein Zweibeiner grub mit Hacke und Spaten den Waldboden auf. Dieser Jemand war männlich, etwa Mitte 40 und wirkte ungepflegt. Sein Gesicht war von Bartstoppeln übersät und die dunklen Haare hatte der Mann seit mehreren Tagen nicht gewaschen. Die Tiere im Wald konnten ihn bereits auf große Entfernung riechen. Als das Leittier den Mann bemerkte, führte es die Rotte zu einer weiter westlich gelegenen Lichtung.

Der Mann blieb allein an diesem mit dichtem Unterholz bewachsenen Platz zurück und trieb einen Spaten in den Boden. Er hatte einen mit Batterien betriebenen Leuchtstrahler aufgestellt, der ihm das für seine Arbeit nötige Licht spendete. Der nächste Waldweg war weit genug entfernt, sodass er keine Entdeckung fürchten musste. Es war nicht das erste Mal, dass er hier grub. Schon seit geraumer Zeit war er an diesem Ort zugange. In den Nächten, in denen er hier zugange war, hatte er die Ausgrabungsstätte stets mit einer Plane abgedeckt und nach getaner Arbeit mit Laub, Ästen und Zweigen gründlich getarnt. Er fühlte, dass er die Plane nicht mehr häufig würde verwenden müssen und seinem Ziel ganz nahe war. Dieses Gefühl verlieh ihm neue Energie, und obwohl er physisch erschöpft war, wischte er sich den Schweiß von der Stirn und setzte seine Arbeit fort. Als er im hellen Scheinwerferlicht meinte, außer einem freigelegten Skelett einen mit Patina überzogenen Gegenstand zu erkennen, legte er den Spaten beiseite und griff zu feineren Hilfsmitteln.

Es dämmerte bereits, als der Mann sich endlich auf den Weg zurück nach Hause machte und eine Ausgrabungsstätte zurückließ, die er sorgfältig wieder mit Erde, Laub und Zweigen bedeckt hatte. Diesmal hoffentlich für immer.

KAPITEL 1

„Das alles, mein lieber Junge, gehörte einst zum Deutschen Reich."

„So viel?" Der kleine Rudi hatte erst wenige Schultage hinter sich gebracht. Das Kind saß auf dem Schoß seines zweiundsechzigjährigen Großvaters und folgte mit den Augen dem Finger, der auf dem Schulatlas ein heute zu Polen gehörendes Gebiet umkreiste.

„Das ist ganz schön viel Land, nicht wahr?", sagte der alte Mann und seufzte. „Unsere Familie besaß dort ein großes Gut, aber wir haben den Krieg und damit auch unsere Ländereien alle verloren. Die Polen und Russen haben uns alles weggenommen."

„Wenn ich groß bin", sagte Rudi und machte dabei ein ernstes Gesicht, „hole ich unser Land zurück!"

Großvater klappte den Atlas zu, lächelte seinen Enkel an und strich ihm mit der Hand übers Haar.

„Jawohl, Rudi. Eines Tages holst du uns unser Land zurück."

Rudolf Vogts Gedanken kehrten aus dem Jahr 1961 in die heutige Wirklichkeit zurück. Er betrachtete eingehend das Porträt an der Wand neben dem Kamin. Es zeigte einen Mann in einer Soldatenuniform des Ersten Weltkriegs. Seine Augen schienen streng auf den Betrachter herabzublicken. Jemand anderer hätte es möglicherweise als unangenehm empfunden, auf diese Art gemustert zu werden, aber für Vogt strahlten die ernsten Züge seines Großvaters eine charakterliche Stärke aus, die in ihm ein Gefühl der Geborgenheit und angenehme Erinnerungen an seine eigene Kindheit hervorriefen. Die äußerliche Erscheinung des Betrachters war der des Porträtierten ähnlich. Beide hatten silbergraues Haar und kantige Gesichtszüge. Die Augen waren dunkelbraun und verliehen dem Blick eine gewisse Härte. Das Foto zeigte nicht die Statur des Großvaters, doch Vogts Erinnerung zufolge war der mit einem Meter achtzig nur wenige Zentimeter kleiner als er selbst gewesen und ebenfalls von schlanker Gestalt.

Vogt war seit Tagen nicht dazu gekommen, die Zeitung zu lesen. Für einen Großunternehmer wie ihn gab es häufig Wichtigeres zu tun. Doch für heute hatte er sich fest vorgenommen, wenigstens diesen Abend dafür zu nutzen, um die Lektüre ein wenig nachzuholen. Vor allem die Wirtschaftsnachrichten interessierten ihn, wobei sein besonderes Augenmerk den Börsenkursen für Silber galt. Ein Blick auf die Uhr verriet ihm, dass es 22:30 Uhr war. Bis Mitternacht würde er noch einige Artikel lesen können. Der Unternehmer griff sich eine Zeitung und blätterte sie auf. Ein Artikel über einen möglicherweise sensationellen Ausgrabungsfund erregte seine Aufmerksamkeit. Ein Koblenzer Bürger namens Roland Maurer wollte irgendwo im Taunus das Grab eines bedeutenden germanischen Stammesführers ausfindig gemacht haben. Zu Vogts Missfallen gab der Artikel nicht viel her. Anstatt mit Sachinformationen aufzuwarten, erging sich der Verfasser in wilde Spekulationen. Die vom Artikelschreiber gebrauchten Formulierungen ließen jedoch darauf schließen, dass der Finder es ihm nicht eben leicht gemacht hatte. Offensichtlich war der sich selbst nicht sicher gewesen, wie viel er von seiner Entdeckung preisgeben wollte. Folglich hatte er es bei nebulösen Andeutungen belassen. Ein Hintergrundartikel verwies in diesem Zusammenhang auf ein Interview mit dem Hobbyarchäologen, der schon vor geraumer Zeit behauptet hatte, einer historischen Sensation auf der Spur zu sein. Dabei ging es um die letzte Ruhestätte des Cheruskers Arminius, dessen Grab nach Vogts Kenntnis eigentlich im Donaudelta vermutet wurde. Doch Maurers Aussagen wirkten auf Vogt so überzeugend, dass dieser der Sache auf den Grund gehen wollte.

Vogt erinnerte sich daran, dass er damals von seinem Geschäftspartner Gunter Hartfeldt einen Gefallen eingefordert und ihn genötigt hatte, Maurer zu besuchen. Hartfeldt war wenig begeistert davon gewesen, dem ihm völlig unbekannten Schatzsucher auf den Zahn zu fühlen, aber Vogt hatte seinen Kompagnon in der Hand und ihm keine andere Wahl gelassen. Hartfeldt hatte einen Millionenkredit bei einer Bank beantragt, die Teil von Vogts Geschäftsimperium war. Hartfeldt war auf diesen Kredit dringend angewiesen und konnte es sich nicht leisten, Vogt einen Gefallen abzuschlagen. Leider war bei der Aktion nichts herausbekommen. Maurer schien ein richtiger Kotzbrocken zu sein. Er hatte Hartfeldt hochkant aus dem Haus geworfen und auf üble Weise beschimpft.

Missmutig griff sich Vogt eine andere Zeitung und begann mit der Lektüre eines weiteren Artikels über den

Schatzgräber. Er konnte diese Möchtegern-Abenteurer eigentlich nicht leiden. Sie taten seiner Ansicht nach besser daran, sich nicht in die Arbeit von Fachleuten einzumischen. Die Vorgänge um die Himmelsscheibe von Bebra waren ihm Beleg genug für die Richtigkeit seiner Auffassung. Immerhin war dieser historische Fund durch die unsachgemäße Handhabung von Stümpern erheblich beschädigt worden. Doch je ausführlicher sich Vogt mit dem aktuellen Artikel befasste, desto mehr nahm sein Interesse an der Arbeit dieses Schatzjägers erneut zu. Dass Roland Maurer seinen Fund auf die Zeit kurz nach Christi Geburt datierte und die Varusschlacht erwähnte, erweckte in Vogt ein weiteres Mal den Wunsch, der Sache nachgehen zu wollen. Der Unternehmer faltete die Zeitung sorgfältig zusammen und zündete sich eine Zigarre an. Während er vor sich hin paffte, kreisten seine Gedanken darum, welche Konsequenzen sich für ihn daraus ergaben, wenn hinter Roland Maurers Entdeckung mehr steckte, als er seinen Interviewern bislang erzählt hatte. Der Fabrikant griff zum Telefon und wählte eine Nummer.

Der Angerufene meldete sich unverzüglich. Er war es gewohnt, von seinem Chef zu den ungewöhnlichsten Zeiten angerufen zu werden und wusste, dass der äußerst ungehalten reagierte, wenn man ihn warten ließ oder er auf andere Schwierigkeiten stieß, die der augenblicklichen Erfüllung seines Wunsches im Wege standen. Daher ließ er den Anrufer nicht warten, begrüßte ihn mit einem höflichen „Guten Abend" und fragte sich insgeheim, was Rudolf Vogt wohl zu dieser Zeit von ihm wollte. Da der seinem Angestellten das Handy mit der ausdrücklichen Anordnung, die dazugehörige Mobilfunknummer niemandem sonst mitzuteilen, übergeben hatte, konnte es sich nur um Vogt handeln.

„Dieser Arbeiter, den wir letzte Woche als Lagerist eingestellt haben. Wie hieß der gleich?"

„Woller", antwortete der Angestellte.

„Ach ja, richtig. Bitte suchen Sie mir für morgen seine Personalakte heraus."

„Stimmt etwas nicht mit ihm?"

„Das habe ich nicht gesagt", entgegnete Vogt scharf. „Tun Sie einfach, was ich Ihnen sage."

„Natürlich. Entschuldigen Sie bitte. Ich wollte nicht indiskret sein. Ich gebe die Akte gleich morgen früh bei Frau Offenburg ab."

„Danke, und guten Abend", sagte Vogt nun versöhnlich gestimmt und legte auf. Er ärgerte sich, dass er die Fassung verloren und grob reagiert hatte. Eigentlich wäre auch am nächsten Tag Zeit genug gewesen, sich Wollers Kontaktdaten geben zu lassen. Aber Geduld gehörte nun einmal nicht zu Rudolf Vogts Stärken. Darin ähnelte er seinem Großvater, dessen Geschichten über Glanz und Gloria Preußens und des Deutschen Reichs er als Junge hingebungsvoll in sich aufgenommen hatte.

Und wie sein Großvater konnte er ganz im Stil eines preußischen Junkers Untergebene scharf in die Schranken weisen, wenn diese nicht spurten.

Der Enkel von damals war längst erwachsen und in das letzte Drittel seiner zu erwartenden Lebensspanne eingetreten. Rudolf Vogt befand sich mit seinen einundsechzig Jahren inzwischen selbst in dem Alter, wo er als freundlicher Opa das Kind einer Tochter oder eines Sohnes auf den Knien hätte schaukeln können, wenn er denn irgendwelche Nachkommen gezeugt hätte. Dem war aber nicht so. Manchmal bedauerte Vogt diesen Umstand, doch vor einigen Jahren hatte er damit seinen Frieden gemacht. Womit er sich jedoch nie abgefunden hatte, war der Verlust der Landgüter seiner Großeltern im ehemaligen Ostpreußen.

Als erfolgreicher Unternehmer hatte er es zu wirtschaftlichem Erfolg und in diesem Zusammenhang beinahe zwangsläufig auch zu einigem politischen Einfluss gebracht. Was diesen Punkt anging, hielt er sich diesbezüglich jedoch weitgehend im Hintergrund, da er seine Zeit noch nicht ganz gekommen sah. Vogt finanzierte eine Partei namens Deutschland Voran!, deren Bedeutung momentan zwar recht überschaubar war, doch das konnte sich sehr bald ändern. Wenn es soweit war, würde er die Führung dieser Partei übernehmen. Niemand würde ihm seine Ambitionen streitig machen, denn seine Spenden waren nahezu die einzige Geldquelle von Deutschland Voran!. Die Partei hing an seinem Geldtropf und konnte nur existieren, wenn sie nach seiner Pfeife tanzte. Das war dem jetzigen Parteivorstand sehr wohl bewusst. Widerstand war von dieser Seite daher nicht zu erwarten, im Gegenteil. Um die Existenz von Deutschland Voran! auch weiterhin zu gewährleisten und unter Rudolf Vogts Führung auch künftig lukrative Posten einzunehmen, würden die Mitglieder des aktuellen Vorstands sich gegenseitig darin übertreffen, ihm ihre Ergebenheit zu erweisen. Damit seine Spendenpraxis der Öffentlichkeit verborgen blieb, ließ Vogt Deutschland Voran! nur Beträge unterhalb der

Meldepflicht für Großspenden zukommen. Außerdem achtete er darauf, als Absender immer ein anderes zu seinem Firmenimperium gehörendes Unternehmen auszuwählen.

In seinen früheren Zwanzigern hatte Vogt mit Grundstücksspekulationen bereits ein ansehnliches Vermögen angehäuft. Danach hatte er ein Unternehmen erworben, das als Zuliefererbetrieb für die Automobilindustrie eine Schlüsselposition innehatte. Innerhalb weniger Jahre schaffte sich der Unternehmer eine Reihe von Firmen unterschiedlicher Branchen an. Lebensmittelvertriebe waren in dem Mischkonzern ebenso vertreten wie diverse Produktionsbetriebe des Baugewerbes und der Elektroindustrie. Den letztgenannten Bereich hatte Vogt in den vergangenen Jahren besonders stark ausgebaut. Einen Großteil seiner Unternehmensgewinne investierte der Unternehmer in Anleihen, Aktien und andere Wertpapiere. Sein Firmengeflecht war heute ein undurchdringliches Dickicht, in dem sich Steuerprüfer restlos verhedderten. Natürlich kamen ihm Vertreter von Ländern und Kommunen in mancher Hinsicht entgegen, wenn es um die Schaffung oder den Erhalt von Arbeitsplätzen ging. Er profitierte unter anderem von Steuererleichterungen, Zuschüssen und Ausnahmeregelungen, wenn es um die Ansiedlung von Produktionsstätten ging. Zu Vogts Bedauern reichte sein politischer Einfluss jedoch zumindest jetzt noch nicht aus, um die politische Linie der deutschen Regierung entscheidend mitzubestimmen. Er fragte sich, wie es dazu hatte kommen können, dass aus dem einst ruhmreichen Deutschen Reich ein verweichlichter Staat hatte werden können, der in

Europa hauptsächlich die Rolle eines Zahlmeisters für die das Land überflutenden Flüchtlinge erfüllte und mit seinen Krediten die Wirtschaft anderer Länder am Laufen hielt. Dabei hatte dieses Land dank seiner ökonomischen Stärke doch alle Trümpfe in der Hand, um längst fällige Korrekturen historischer Ungerechtigkeiten durchzusetzen. Aber die politische Herrscherkaste in dieser Bundesrepublik war satt, ohne Visionen und allein darauf bedacht, ihre Privilegien und ihren Besitzstand zu wahren. Über Visionen verfügte schon seit langem kein Bundeskanzler mehr, von der Ex-Kanzlerin ganz zu schweigen. Stattdessen galt die Helmut Schmidt zugeschriebene Maxime, dass derjenige, der Visionen hatte, besser zum Arzt gehen sollte. Aber er, Rudolf Vogt, hatte durchaus eine Vorstellung davon, wie dieses Land geführt werden sollte. Und er verfügte über einen Plan, wie er das erreichen könnte. Wenn alle Entscheidungsträger in Deutschland so auf die Wirtschaft fixiert waren, dann musste er genau hier den Hebel ansetzen. Die Ökonomie war sowohl Stärke als auch Schwachstelle dieses Systems, das zu beseitigen Vogt fest entschlossen war. Als Eigentümer eines Mischkonzerns, der über beste internationale Geschäftsbeziehungen verfügte, wusste er um die Mechanismen und Regeln der freien Marktwirtschaft. Im Grunde ging es darum, Angebot und Nachfrage in einem ständigen Ungleichgewicht zu halten. Wenn die Nachfrage groß genug und das Angebot möglichst knapp bemessen war, ließen sich gute Preise erzielen. Die gegenwärtige Materialkrise zeigte dies sehr deutlich. Noch besser war es natürlich, ein Monopol auf ein stark nachgefragtes Produkt – oder einen unverzichtbaren Rohstoff zu haben. Was diesen

Punkt betraf, hatte Rudolf Vogt einen Plan. Sobald er diesen erfolgreich in die Tat umgesetzt hatte, würde Deutschland Voran! an Bedeutung enorm zulegen und ihm selbst als neuem Parteivorsitzenden das ganze Land als Beute in die Hände fallen. Der Gedanke daran entlockte ihm ein schmales Lächeln.

Vogt öffnete die gut bestückte Hausbar und ließ seinen Blick über die dort versammelten Flaschen wandern. Zwölf Jahre in Holzfässern gelagerte Whiskysorten waren hier ebenso zu finden wie edle Weinbrände unterschiedlicher Herkunft. Nach einer kurzen Bedenkzeit hatte Vogt seine Wahl getroffen und griff nach einer Cognacflasche. Nachdem er sich zwei Fingerbreit des Weinbrands eingeschenkt hatte, setzte er sich wieder in seinen Sessel, lehnte sich zurück und hing erneut seinem Lieblingstraum nach. Der handelte davon, wie er sich des ersehnten Monopols bemächtigt und alle Trümpfe in der Hand hatte. Wirtschaftliche Stabilität war ja eine so fragile Angelegenheit. Wie der Krieg in Osteuropa zeigte, bedurfte es wahrlich nicht viel, um diese Stabilität ins Wanken zu bringen. Das hatten die Erdöl fördernden Länder bereits in den siebziger Jahren des vergangenen Jahrhunderts eindrucksvoll bewiesen. Vogt fuhr sich mit der Hand über die Stirn. Nicht zu fassen, dass diese Araber unfähig waren, die ihnen zugefallene Macht angemessen auszuüben. Inzwischen war das Ende des Ölzeitalters abzusehen. Bodenschätze wie Edelmetalle und Seltene Erden waren mittlerweile für Wirtschaft und Gesellschaft mindestens ebenso unverzichtbar geworden und würden es auf längere Sicht bleiben. Wer diese Rohstoffe kontrollierte, der hatte die

Macht über die gesamte verarbeitende Industrie und noch darüber hinaus. Ja, der konnte Politiker wie konkurrierende Unternehmer nach seiner Pfeife tanzen lassen.

Vogt nippte an seinem Glas und ließ den Geschmack des Cognacs auf seiner Zunge zergehen. Es ging immer nur um Macht, nichts anderes. Macht, die durch entsprechende Insignien symbolisiert wurde. Höchstens fünf Prozent der Bevölkerung strebte danach, indem sie sich aktiv in der Politik engagierten. Der Rest waren Mitläufer, die sich jedem System anpassen würden, in der Hoffnung, darin in Ruhe ein friedliches und gesichertes Dasein fristen zu dürfen. Wie leicht es war, die Leute zu faszinieren. Eine Lightshow, etwas bombastische Musik und ein paar Flaggen reichten aus, um jenes Gemeinschaftsgefühl zu erzeugen, das so viele Menschen in ihrem Leben vermissten. Ein Dach über dem Kopf, genug zu essen und etwas Unterhaltung genügte bereits, um das Gros der Bevölkerung so zufriedenzustellen, dass von ihm keine Gefahr für den Machterhalt der Elite ausging. Vogt griff nach seinem Smartphone und entsperrte den Bildschirm. Ein Blick auf die Trendliste bei Twitter bestätigte seine Einschätzung. Die Präsentation des neuen Parteivorsitzenden der SPD verzeichnete knapp zwölftausend Kommentare, während der Rauswurf des derzeit meist gehassten Dschungelcamp-Bewohners zehn Mal mehr Menschen bewogen hatte, ihren Senf dazu abzugeben. Wer die wenigen charismatischen und wirklich führungsfähigen Personen für sich gewinnen oder ausschalten konnte, hielt alle Fäden in der Hand. Rudolf Vogt war entschlossen, dieser Mann zu sein. Und um seiner Machtfülle angemessen Ausdruck zu verleihen, bedurfte es eines adäquaten Gegenstands von überragender Bedeutung. Wie es schien, hatte der Hobbyarchäologe Roland Maurer genau diesen Gegenstand gefunden. Doch dieser Fund gehörte in die Hände eines geborenen Anführers, der es gewohnt war, stets das zu bekommen, was er wollte. Eines Anführers, der das Format eines Rudolf Vogts hatte.

Die Aussicht, die Waffe jenes germanischen Führers in die Hände zu bekommen, der im Jahre Neun nach Christus drei römische Legionen vernichtend geschlagen hatte, versetzte Vogt in Hochstimmung. Erneut erinnerte er sich an die Zeit, in der er als kleiner Junge hingebungsvoll den Erzählungen seines Großvaters gelauscht hatte. Geschichten über alte Schlachten und Kriege, wie die zwischen dem Sachsen Widukind und Karl dem Großen. Vogt konnte kaum glauben, dass seine Erinnerungen schon mehr als ein halbes Jahrhundert alt waren. Das Gut seiner Väter in Ostpreußen war für ihn verloren und gehörte seit dem Ende des Zweiten Weltkrieges zu Polen. Inzwischen schien sich nicht einmal der Vertriebenenverband dafür zu interessieren. Seit seiner Einschätzung nach die Forderung nach Rückerstattung der alten Besitztümer auf dem Altar der guten Staatsbeziehungen zum polnischen Nachbarn geopfert worden war, hatte Vogt den Eindruck, dass beim Bund der Vertriebenen alle Ambitionen aufgegeben worden waren. Aber er würde sich niemals damit einverstanden erklären, auf das Erbe seiner Vorväter verzichten zu müssen. Er würde dafür sorgen, dass dieses, seiner Ansicht nach durch Besatzung und Einwanderung verweichlichte Deutschland, wieder zu alter Größe zurückfand. Das Reich Rudolf Vogts würde eine solche Vormachtstellung in Europa einnehmen, dass seine Nachbarländer sich glücklich schätzen dürften, wenn sie ihm nur die nach 1945 geraubten Gebiete zurückgeben müssten. Er, Rudolf Vogt, würde als Herrscher des neuen Deutschen Reiches in die Annalen eingehen und sichtbares Zeichen seiner Machtfülle sollte das Kurzschwert des legendären Germanen sein, der drei Legionen der Römer vernichtend geschlagen hatte.

Vogts Angestellter fragte sich unterdessen, was es mit dem Auftrag seines Chefs auf sich hatte. Warum diese Eile? Hatte Woller sich etwas zu Schulden kommen lassen? Hoffentlich nicht, denn der Lagerist war auf seine Empfehlung hin eingestellt worden. Offensichtlich hatte Vogt ein gewisses Faible für gescheiterte Existenzen. Die beschäftigte er vermutlich weniger aus einer sozialen Anwandlung heraus. Wahrscheinlicher war, dass die in Lohn und Arbeit gebrachten Problemfälle es Vogt mit einem besonders hohen Maß an Loyalität dankten und sich mit einem vergleichsweise geringen Gehalt zufrieden gaben. Der Sachbearbeiter verzog seine Mundwinkel zu einem schiefen Lächeln, als er sich eingestehen musste, selbst zu diesem Personenkreis zu gehören. Mit Volker Woller verband ihn zudem mehr als eine oberflächliche Bekanntschaft. Er fragte sich, wieso sein Chef nicht in der Lage war, das Offensichtliche zu erkennen. Sein Blick wanderte zu dem kleinen Radiowecker, der auf einem wackligen Beistelltisch stand. Die Angelegenheit war zum Glück nicht so dringend, dass Vogts Angestellter sich genötigt sah, noch heute zurück ins Büro zu fahren. Die Akte konnte er auch morgen früh heraussuchen. Der Alte war dafür bekannt, nicht vor zehn Uhr in die Firma zu kommen.

Als Rudolf Vogt am folgenden Tag gegen zehn Uhr dreißig die Firma betrat, saß seine Chefsekretärin, Silke Offenburg, bereits seit zweieinhalb Stunden an ihrem Schreibtisch. Die untersetzte Frau war seit mehr als fünfundzwanzig Jahren für den Betrieb tätig, kaum einen Tag krank und für ihren Arbeitgeber auch außerhalb der Dienstzeiten immer erreichbar.

„Guten Morgen, Herr Vogt", begrüßte sie ihn. „Das wurde vorhin für sie abgegeben", fügte sie hinzu und reichte ihrem Chef die Personalakte über Volker Woller. Vogt schlug den Hefter auf und überflog die Daten. Der Lagerist war 36 Jahre alt und erst vor kurzem in die Firma eingetreten. Bisher gab es keine Vermerke über ungewöhnliche Vorkommnisse, etwa wegen häufiger Fehlzeiten, Unpünktlichkeit oder anderer Vergehen, die eine Abmahnung oder Kündigung gerechtfertigt hätten. Vogt blätterte weiter, bis er auf den Vermerk stieß, der ihn vor allem an der Akte interessierte. Es war eine Notiz, die besagte, dass Woller in der JVA Koblenz eingesessen hatte. Er war dorthin verlegt worden, damit er dort unbehelligt das letzte Jahr seiner über ihn wegen schwerer Körperverletzung verhängten Haftstrafe absitzen konnte. Zuvor hatte er in der JVA Diez eingesessen, wo er mit Mithäftlingen in schwere Auseinandersetzungen geraten war. Ein weiterer Hinweis informierte Vogt darüber, dass Wollers Gewalttat einen fremdenfeindlichen Hintergrund gehabt hatte. Ein Zuwanderer türkischer Herkunft war von dem Lageristen brutal zusammengeschlagen worden. Während der Aggression hatte der Angreifer sein Opfer mit ausländerfeindlichen Beleidigungen überhäuft und vor Zeugen geäußert, dass, Zitat: „Die verdammten Kameltreiber alle vergast werden sollten". Die Ankunft zweier Polizeibeamte hatte der völlig unter Adrenalin stehende Woller erst mitbekommen, als sie ihm bereits die Arme auf den Rücken gedreht und Handschellen angelegt hatten. Dass er die Uniformierten daraufhin als „Gestapo" bezeichnete, brachte ihm im Nachhinein eine zusätzliche Anzeige wegen Beamtenbeleidigung ein.

Der Unternehmer klappte die Akte zu und machte sich auf den Weg in sein Büro.

„Keine Störung während der nächsten Viertelstunde", wies er Silke Offenburg im Vorbeigehen an.

„Geht klar, Herr Vogt. Kann ich sonst etwas für Sie tun?"

Die Frage blieb unbeantwortet. Ohne darauf einzugehen, schloss Vogt die Tür zu seinem persönlichen Büro und holte ein Prepaidhandy aus der Schreibtischschublade. Die Telefonnummer mit Hilfe der kleinen Tastatur einzugeben, bereitete ihm ein wenig Mühe. Einmal vertippte er sich, aber dann stand die Verbindung.

Die Hip-Hop Klänge zeigten Volker Woller einen neuen Anruf an. Der etwas über einhundertneunzig Zentimeter hohe Sechsunddreißigjährige, der von seinen Freunden Wolle genannt wurde, meldete sich mit einem kurzen: „Ja?"

„Volker Woller, nehme ich an?"

„Fragt wer?"

„Jemand, der so viel über Sie weiß, dass er Ihnen einen Haufen Schwierigkeiten bereiten kann."

Ehe Woller etwas erwidern konnte, verblüffte ihn der unbekannte Anrufer mit dem Wissen um sein Arbeitsverhältnis und einer Liste seiner Vorstrafen. Danach folgte der Hinweis auf Wollers Drogengeschäfte, die ihn aufgrund seiner Vorstrafen bei einer Verurteilung die Freiheit kosten konnten. Woller fuhr sich mit der Hand über die unrasierte Kinnpartie. Er fragte sich, woher der Kerl vom anderen Ende der Leitung seine Handynummer hatte und wieso er dermaßen gut über ihn Bescheid wusste. Sein geheimnisvoller Gesprächspartner beendete das Gespräch, nachdem er ihn für den Abend des folgenden Tages in eine seit Jahren leerstehende Fabrikhalle bestellt hatte. Dort sollte Woller genaue Informationen darüber erhalten, was der Fremde verlangte, der ihm außerdem einen stattlichen Geldbetrag als Aufwandsentschädigung in Aussicht stellte. Ein Versprechen, das seine Wirkung auf den Empfänger dieses seltsamen Anrufs nicht verfehlte.

„Ich werde zur Stelle sein", versprach er.

Nachdem er aufgelegt hatte, nahm Vogt die Simkarte aus dem Handy, zerbrach sie in kleine Stücke und warf die Überreste in den Papierkorb. Die Raumpfleger würden sie am Abend vollends entsorgen.

KAPITEL 2

Volker „Wolle" Woller, tastete sich durch eine ausge-
räumte Fabrikhalle. Das zum Gewerbepark Koblenz
Nord gehörende Gelände stand schon seit geraumer
Zeit leer. In den Achtzigern war darauf eine Produkti-
onsstätte für KFZ-Teile errichtet worden. Nach gut zwei
Jahrzehnten war der Betrieb dann geschlossen und die
darauf stehenden Gebäude dem Verfall preisgegeben
worden.

„Blöder Ort für ein Treffen", murmelte Woller. „Kann
doch kein Schwein was erkennen".

Er fragte sich, wer wohl der geheimnisvolle Anrufer
gewesen war, der ihn hierher bestellt hatte. Kein Name,
kein Hinweis darauf, worum es eigentlich ging. Alles in
Allem recht mysteriös. Aber der Kerl wusste gut über
ihn Bescheid. Die Vorstrafe wegen Körperverletzung,
seine finanzielle Durststrecke inklusive Schufa-Einträge
und natürlich die Zugehörigkeit zu einer vom BND als
rechtsextrem eingestuften Splitterorganisation. Über all
das hatte der unbekannte Anrufer genaue Kenntnis gehabt. Er hatte ihn gleich zu Beginn des Gesprächs mit
seinem Wissen über diese Dinge konfrontiert und unter
Druck gesetzt. Und woher kannte dieses Arschloch
überhaupt seine Handynummer?

Das Geräusch einer über den Boden rollenden leeren
Blechdose riss Woller aus seinen Gedanken.

„Ist da wer?", fragte er ins Dunkel.

Keine Antwort.

„Geben Sie sich zu erkennen, verdammt nochmal, oder ich verschwinde auf der Stelle von hier. Ihre Spielchen können Sie jemand anderem aufzwingen. Ich habe jedenfalls keinen Bock auf diese Scheiße!"

Einige Sekunden lang blieb es weiterhin still. Dann hörte Woller ein lautes Klacken und musste gleich darauf die Augen schließen, als ihm ein Scheinwerfer direkt ins Gesicht leuchtete.

„Was soll das?", schrie er.

„Seien Sie bitte still und hören zu", tönte es aus dem Dunkel. Die Stimme schien von überall her zu kommen. Von den Wänden und der Decke hallten die Laute wider und machten es ihm unmöglich, den Sprecher zu orten. Außerdem benutzte der Kerl einen Stimmverzerrer. Warum? Musste er sich verstellen, weil Woller ihn kannte? Etwas fiel klatschend direkt vor seine Füße auf den Boden.

„Aufheben", befahl die Stimme knapp.

Woller bückte sich und fingerte nach dem Gegenstand. Es war ein dickes Luftpolsterkuvert, ungewöhnlich lang, ungefähr einen Meter.

„Darin finden Sie alle Instruktionen und das, was Sie dafür brauchen", beschied ihn der Unbekannte. Kurz darauf erloschen die Scheinwerfer.

„Hallo?", rief Woller ins Dunkel. „Sind Sie noch da? Antworten Sie doch!"

Um ihn herum nur schwarze Stille. Er war wieder allein. Vorsichtig suchte er sich einen Weg zum Ausgang. Der Mann mit dem Sprachverzerrer hatte das Gebäude offensichtlich durch ein anderes Tor verlassen. Jedenfalls deutete nichts mehr auf dessen Anwesenheit hin.

Woller lief zu seinem rostigen Ford Fiesta und startete den Motor. Er konnte es kaum erwarten, den Umschlag bei sich zu Hause zu öffnen. Jetzt wollte er erst einmal weg von hier und zwar so schnell wie möglich.

In seiner im Koblenzer Stadtteil Lützel gelegenen Einzimmer-Dachgeschosswohnung angekommen, räumte Wolle hastig sein schmales, mit allen möglichen Klamotten bedecktes Bett frei. Dann setzte er sich und legte die Verpackung auf das fleckige Laken. Es dauerte beinahe fünf Minuten bis er das Klebeband entfernt hatte, mit dem der Umschlag verschlossen war. Endlich konnte er den Inhalt in Augenschein nehmen. Was er sah, entlockte ihm einen leisen Pfiff durch die Zähne. Vor ihm lag ein Schwert. Die Klinge reflektierte das Licht der kleinen Lampe, die er beim Hereinkommen eingeschaltet hatte. Wolle nahm das Schwert in die Hand, wog es darin, um ein Gefühl für die Waffe zu bekommen und ließ sie durch die Luft kreisen. Zuerst verhalten, dann schneller und kräftiger, bis er mit der Spitze gegen die Deckenbeleuchtung stieß, und der Stoß die Lampe über seinem Kopf heftig hin und her schwankten ließ. Er legte das Kurzschwert beiseite und griff nach dem Kuvert, das ebenfalls Bestandteil des Umschlaginhalts gewesen war. Es enthielt einige Geldscheine, deren Summe ihn erneut leise durch die Zähne pfeifen ließ. Wer immer der geheimnisvolle Auftraggeber auch war; er musste über einen Haufen Geld verfügen. Woller griff ein weiteres Mal in den Umschlag und entnahm ihm ein per Computer beschriebenes Papier. Es enthielt die Adresse einer Person mit Namen Rudolf Maurer und die Information, dass dieser Mann zusammen mit seiner Frau in einem kleinen Haus am Rand des wenige Kilometer außerhalb von Koblenz gelegenen Ortes lebte. Darunter stand die eindeutige Aufforderung, eine Antiquität, ähnlich dem Schwert, das ihm der mysteriöse Kerl in der alten Lagerhalle hatte zukommen lassen, aus Maurers Besitz zu entwenden. Die Prämie für den erfolgreich ausgeführten Auftrag sollte noch einmal das Doppelte von dem betragen, was der Auftraggeber seinem Schreiben als Anzahlung beigefügt hatte. Der Unbekannte erwartete die Ausführung des Auftrags binnen weniger Tage. Er würde sich bei Woller melden und nach dem Stand der Dinge erkundigen. Es folgte der Hinweis, dass das gesuchte Objekt vermutlich in einem sehr schlechten Zustand war und daher nur eine entfernte Ähnlichkeit mit dem intakten Kurzschwert aufwies. Der Brief schloss mit der Mahnung, das Schreiben nach der Lektüre unverzüglich zu vernichten.

Wolle hielt kurz inne und überlegte. Eine reiche Person, die ihn möglicherweise kannte und offensichtlich fürchtete, von ihm erkannt oder verraten zu werden. Ein Mensch, der über kriminelle Energie verfügte, sich aber nicht selbst die Hände schmutzig machen wollte. Jemand, der einen gehörigen Aufwand betrieb, damit er unerkannt blieb und sich das alles finanziell leisten konnte. Wer mochte das wohl sein? Er konnte sich beim besten Willen niemanden aus seinem Bekanntenkreis vorstellen, auf den diese Beschreibung passte. Aber eins war ihm klar. Wer immer diesen Aufwand betrieb und derart locker mit Geld um sich warf, war hinter etwas her, das bedeutend mehr wert war, als die Summe, mit der ihn der geheimnistuerische Auftraggeber abspeisen wollte.

KAPITEL 3

In seinem zu einem Dorf auf den rechtsseitigen Rhein-
höhen gelegenen Einfamilienhaus saß Roland Maurer
am Küchentisch und schlug die Zeitung auf. Was er dort
las, verdarb ihm gründlich seine Laune. Wütend knüllte
er das Blatt zusammen und schleuderte es auf den Boden. Seine Frau Petra war zum Glück nicht im Haus. So
entging sie dem Wutanfall ihres achtundvierzigjährigen
Mannes, den dieser jedes Mal bekam, wenn er mit einer
Meinung konfrontiert wurde, die ihm nicht passte. Seit
seiner Frühpensionierung vor sechs Monaten hatte sich
der zuvor beim Finanzamt der örtlichen Verbandsge-
meinde beschäftigte Beamte ganz seinem Hobby, der
Archäologie, gewidmet. Zudem hatte er sich einen Vollbart wachsen lassen, der ebenso wie sein dichtes Haupt-
haar schwarz und mit grauen Stellen versehen war.
Während der letzten Monate hatte Maurer einige Kilo
Gewicht zugelegt. Er wusste, dass er gut daran tat, seine
körperlichen Aktivitäten zu verstärken und mehr darauf zu achten, was er im Laufe eines Tages an Nahrung
zu sich nahm. Schreibtischarbeit allein eignete sich nicht
gerade als Fitnessprogramm. Nach sich über viele Jahre
erstreckende Privatstudien war der ehemalige Finanz-
beamte zu der unumstößlichen Überzeugung gelangt,
dass die Varusschlacht im Jahre neun nach Christi am
Kalkriese stattgefunden hatte. Damit deckten sich die
Forschungen Maurers mit den Ergebnissen, die die For-

schungen der letzten Jahre zutage gefördert hatten. Dessen ungeachtet beharrten nach wie vor manche Experten (oder solche, die sich dafür hielten) darauf, dass sich die Vernichtung der drei römischen Legionen im Teutoburger Wald zugetragen hatte. Die Schlagzeile der nun auf dem Küchenfußboden liegenden Zeitung suggerierte die Richtigkeit dieser Sichtweise.

Maurer hob das Lokalblatt auf und legte es zurück auf den Tisch. Er trat ans Fenster und spähte über den kleinen verwilderten Vorgarten nach draußen auf die schmale Straße vor seinem Haus. Beruhigt, niemanden gesehen zu haben, zog er die Gardine zurecht und verließ die Küche. Von der Diele führte eine kleine Treppe in das obere Stockwerk des Hauses, wo sich Maurers Arbeitszimmer befand. Nach einem weiteren Blick aus dem in Richtung Waldrand hinausgehenden Fenster trat er an ein Regal, von dem er ein Dutzend Bücher herausnahm und auf seinem Schreibtisch stapelte. Vorsichtig tastete er nach einem länglichen Paket, nahm es herunter und legte es behutsam auf den Boden des kleinen Zimmers. Dann machte er sich daran, die Kordel zu entfernen. Als nächstes wickelte er das steife braune Papier auf. Nun galt es noch die Leintücher aufzuschlagen, um den Gegenstand freizulegen, der sich darunter verbarg. Nachdem dies vollbracht war, lag ein gut neunzig Zentimeter langes Schwert vor ihm auf dem Boden. Die Waffe war antik. Das würde jedem auffallen, der sie betrachtete. Die Klinge wies grobe Zacken und tiefe Scharten auf. Im oberen Bereich des Griffes fehlte ein Stück und an mehreren Stellen hatte sich Patina gebildet. Für Laien würde dieser Fund nicht weiter als ein rostiges

Stück Eisen darstellen. Den abgebrochenen Teil einer Pflugschar vielleicht oder einer Sense. Doch in Maurers Augen ließ das, was vor ihm lag, einen Glanz hervorbringen, den seine Frau dort seit vielen Jahren nicht mehr gesehen hatte. Roland Maurers Blick ruhte auf dem Schwert eines germanischen Anführers von legendärem Ruf. „Das Arminius-Schwert", murmelte er und tat einen tiefen Atemzug. Ehrfurcht lag in seiner Stimme und Stolz darüber, dass er es gewesen war, der das Grab des Cheruskerfürsten entdeckt hatte. Er lächelte. Niemand hatte ihm glauben wollen. Nicht einmal sein Freund Ingo, der doch die gleiche Leidenschaft wie er für die Historie der Römer und Germanen zur Zeit um Christi Geburt teilte. Und diese Tusse von der Zeitung, der er von seiner Entdeckung erzählt hatte, war voller Skepsis gewesen. Das hatte er ihren Fragen deutlich entnehmen können. Der Hobby-Archäologe verzog das Gesicht. Vielleicht war es ein Fehler gewesen, sich an die Zeitung zu wenden. Der Artikel war dann auch längst nicht so enthusiastisch ausgefallen, wie es nach Maurers Meinung hätte der Fall sein müssen. Im Gegenteil. Die Zeitungstante hatte den Bericht so formuliert, dass er wie ein regelrechter Spinner dastand. Aber das ließ sich nun nicht mehr ändern. Er, Roland Maurer, würde es allen zeigen, die ihn für einen Phantasten hielten.

Ein Knacken riss Maurer aus seinen Überlegungen und ließ ihn herumfahren. War da jemand im Haus? Er sah auf seine Armbanduhr. Petra konnte noch nicht zurück sein, dafür war es noch zu früh. Behutsam legte er eins der Leintücher über die Klinge und lauschte mit angehaltenem Atem. Nichts mehr zu hören. Es blieb still.

Der Hobby-Archäologe kam schließlich zu der Überzeugung, dass sich irgendwas im Gebälk verzogen und das Geräusch verursacht hatte. Er beugte sich gerade nach vorn, um das Tuch wieder zurückzuschlagen, als er im Augenwinkel eine Bewegung wahrnahm. Rasch drehte er sich zur Seite und griff nach dem Stoff, um ihn wieder über das Schwert zu ziehen, aber dazu kam er nicht mehr. Der Stich, den der Angreifer von hinten ausführte, durchbohrte Maurers Milz und ließ den Ausgräber augenblicklich in eine Schockstarre verfallen. Blut quoll aus der Wunde und färbte den Teppichboden rot. Der Mörder zerrte grob an dem Leintuch, um es aus der Hand des Toten zu lösen. Ein Geräusch schreckte ihn auf, aber diesmal handelte es tatsächlich nur um ein Knacken im Gebälk. Das reichte jedoch aus, um den Eindringling zu hektischer Eile anzutreiben. Hastig raffte er das Schwert mit der Verpackung zusammen, klemmte es sich unter den Arm und machte, dass er das Haus verließ. Er benutzte denselben Weg, auf dem er auch hereingekommen war, den durch die kleine Hintertür. Das Schloss aufzubrechen war ein Kinderspiel gewesen.

Bevor er auf die Straße trat, vergewisserte sich der Mörder, dass niemand sah, wie er aus dem Haus der Maurers kam. Zwei Straßen weiter stand der Wagen, mit dem er hierher gekommen war. Das Glück schien ihm hold. Auch hier war niemand zu sehen, kein Zeuge, der ihm gefährlich werden konnte. Der Täter stimmte innerlich ein Hoch auf die Eigenschaft am Ortsrand gelegener Einfamilienhäuser an, tagsüber meist verlassen zu sein, da ein Teil deren Bewohner arbeiten war, ein anderer beim Einkauf oder den Nachwuchs, der noch nicht zur Schule ging, durch die Gegend kutschierte.

Sich zu einem durchschnittlicher Geschwindigkeit entsprechenden Schritt zwingend, legte er die Strecke bis zu seinem Wagen zurück, platzierte das notdürftig verpackte Schwert auf den Rücksitz, startete den Motor und fuhr zu seiner Wohnung. Dort angekommen, löste er eine ohnehin schon lockere Diele vollends vom Boden, verstaute das geraubte Schwert in den darunter befindlichen Hohlraum und fügte die Diele wieder ein. Anschließend legte er einen abgewetzten Läufer über die Stelle, tat einen Schritt zurück und betrachtete zufrieden sein Werk. Sein Handy spielte währenddessen zum zweiten Mal die Hip-Hop Melodie für neu eingehende Anrufe ab, was er geflissentlich ignorierte.

Volker Woller wusste nicht genau, was es mit dieser rostigen Klinge auf sich hatte. Aber wenn sein mysteriöser Auftraggeber einen derartigen Wind darum machte, musste dieses Teil einiges wert sein. Gut, von Mord war in dem Auftrag nicht die Rede gewesen. Lediglich davon, dass Woller das Schwert an sich bringen sollte. Über das Wie hatte sich der Auftraggeber wohlweislich nicht ausgelassen. Der Mord hatte sich noch nicht einmal aus der Situation heraus ergeben. Hier war Woller einem Impuls gefolgt, den er sich selbst nicht erklären konnte. Eigentlich hielt er sich auch jetzt nicht für einen Mörder. Allerdings registrierte er ein wenig verwundert, dass es ihm kaum etwas ausmachte, einen Menschen umgebracht zu haben. Dabei war Roland Maurer der erste Mensch, dem er das Leben genommen hatte.

Vielleicht hatte es irgendwann einmal so kommen müssen, dass er jemanden umbrachte, überlegte er. Einige Male zuvor war er schon ziemlich nahe dran gewesen, denn von der alten Regel, niemanden mehr anzugreifen, der bereits am Boden lag, hielt Woller nichts. Das hatte ihm zuletzt eine Haftstrafe wegen schwerer Körperverletzung eingebracht. Der Gedanke an die Zeit im Zuchthaus verursachte ihm ein diffuses Unbehagen. Um sich abzulenken, entnahm Woller seinem kleinen Kühlschrank eine Dose Bier und öffnete sie. Anschließend setzte er sich auf den Holzboden vor der ungemachten Schlafcouch, legte den Kopf zurück und ließ ein Drittel des Gerstensafts seine Kehle hinunter rinnen. Er musste in Ruhe über alles nachdenken. Vielleicht war noch einiges mehr aus dem Kerl, der ihn gedungen hatte, herauszuholen. Was Woller jetzt brauchte, war ein Plan. Und wenn er es geschickt anstellte, würde der ihm genug einbringen, um diese Bruchbude hier ein für alle Mal hinter sich zu lassen. Erneut lief der Hip-Hop Jingle, der einen weiteren Anruf meldete. Woller griff nach dem Handy und drückte den Anrufer weg, ohne hinzusehen, um wen es sich handelte. Er starrte einige Sekunden lang auf das inzwischen leere Display seines Mobiltelefons und fasste einen Entschluss. Hastig packte er einige Klamotten und seinen Schlafsack zusammen, vergewisserte sich noch einmal, dass die Bodendiele, unter der das Fundstück lag, sich in keiner Weise von den anderen Dielen unterschied, legte den Läufer wieder darüber und verließ seine Wohnung.

Woller steuerte seinen Wagen in Richtung Ortsausgang. Ziel war eine außerhalb der Stadt gelegene Gartenlaube, die als Clubraum für Treffen mit seinen Kumpels fungierte. Die Clique bestand aus gleichaltrigen Kameraden Wollers, die seine politische Weltanschauung teilten und hin und wieder Flugblätter und CDs mit rechtsextremen Inhalten verteilten. Zwei Mitglieder der Gruppe gehörten zu einer regional in einschlägigen Kreisen bekannten Band, deren Musikstücke wegen ihrer gewaltverherrlichenden und rassistischen Texte auf dem Index gelandet waren. Andere waren Mitglieder einer Rockerbande, der Verbindungen zur organisierten Kriminalität nachgesagt wurde. Er parkte sein Auto am Rand eines Schotterweges, etwa fünfzig Meter von der Gartenlaube entfernt. Die war einsam gelegen, denn die angrenzenden Grundstücke wurden schon seit einiger Zeit nicht mehr genutzt und wirkten verwildert. Die Pächter dieser Anwesen waren nicht länger bereit und Willens gewesen, den Lärm und die sich stets wiederholenden Trinkgelage der Nazibande zu ertragen. Irgendwann hatten die braven Bürger resigniert und die von ihnen bewirtschafteten Gartengrundstücke aufgegeben.

Zur selben Zeit starrte Rudolf Vogt wütend auf das Display seines Mobiltelefons. Der Großindustrielle konnte nicht fassen, dass er von seinem Hilfsarbeiter, den er mit der Beschaffung von Maurers Fund beauftragt hatte, wiederholt ignoriert worden war. Zweimal hatte der Kerl seinen Anruf weggedrückt. Der Gedanke daran trieb Vogt die Zornesröte ins Gesicht.

„Das machst du nicht mit mir, du unverschämtes Bürschchen", presste Vogt zwischen den Zähnen hervor. „Mit mir nicht!"

Vogt musste sich eingestehen, dass sein Auftritt als anonymer Auftraggeber offensichtlich nicht furchteinflößend genug gewesen war, um Woller von Extratouren abzuhalten.

„Was jetzt folgt, hast du dir selbst zuzuschreiben, mein Bürschchen", flüsterte er vor sich hin.

Mit zitternden Fingern fuhr Vogt über die Tasten seines Handys und rief seine privaten Telefonkontakte auf. Dann erinnerte er sich daran, dass die Nummer, die er suchte, nicht auf diesem Telefon gespeichert war. Mit demjenigen, den er jetzt kontaktieren wollte, in Verbindung gebracht zu werden, barg ein großes Risiko. Der Mann war ihm von einem Geschäftspartner hinter vorgehaltener Hand empfohlen worden. Vogt war sicher, dass es unter normalen Umständen nie dazu gekommen wäre. Doch dieser Geschäftsfreund hatte sich an der Hotelbar, wo das Gespräch stattgefunden hatte, bereits einige Cocktails mehr genehmigt, als er vertragen konnte. So war er über die Maßen mitteilsam und gierig nach Anerkennung gewesen.

„Der Kerl ist vermutlich komplett wahnsinnig", hatte der angeheiterte Mann ihm zugeraunt, „aber er schafft alles und jeden beiseite, der einem im Weg steht. Ein echter Problemlöser, ein sogenannter Cleaner, verstehen Sie?"

Vogt hatte verstanden und die nach der Anbieterkennung folgenden Ziffern der Mobilfunknummer, die ihm sein Gesprächspartner nannte, wie geheißen in umgekehrter Reihenfolge auf ein loses Blatt Papier notiert.

„Bloß nicht ins Handy speichern", hatte der Angeheiterte ihn ermahnt. „Und wenn jemand den Zettel bei Ihnen findet und sich einen Reim darauf machen kann, dann behaupten Sie einfach, das Papier wäre Ihnen unbekannterweise zugesteckt worden."

Vogt erinnerte sich, dass der Mann ihn beim Abschied noch einmal am Arm gepackt und ihm fest in die Augen gestarrt hatte. Dabei war er so nah an ihn herangetreten, dass ihm die Erinnerung an seine Alkoholfahne selbst heute noch Übelkeit verursachte.

„Denken Sie daran, dass der Kerl verrückt ist", hatte er noch einmal gewarnt. „Lassen Sie sich nicht leichtfertig mit ihm ein." Dann hatte er den Griff gelöst und war mit hängenden Schultern davongegangen. „Ich hätte meinen Mund halten sollen", waren die letzten Worte gewesen, die Vogt von ihm gehört hatte. Wochen später kam ihm per Zufall eine Zeitungsmeldung unter, wonach der Mann bereits zwei Tage nach ihrem Treffen in der Nähe einer bayerischen Kleinstadt aus der Donau gefischt worden war. Vogt hatte nie erfahren, ob zwischen dem Tod des Mannes und seinem Gespräch mit ihm irgendein Zusammenhang bestand. Aber bei dem Gedanken daran stellten sich ihm die Nackenhaare auf.

Noch einmal zögerte Vogt, ehe er sich an den im Zimmer befindlichen Wandtresor begab und ihm ein Notizbuch sowie ein bislang unbenutztes Prepaidhandy entnahm. In dem Büchlein war der Zettel mit der Nummer, die ihm der angetrunkene Mann in der Hotelbar gegeben hatte, lose eingelegt. Während Vogt die Nummer wählte, atmete er tief durch. „Was dich jetzt erwartet, hast du dir selbst zuzuschreiben, Volker Woller", flüsterte der Fabrikant erneut, während er darauf wartete, dass am anderen Ende der Leitung abgenommen wurde.

KAPITEL 4

Hauptkommissar Arno Stecken wollte gerade vom Schießtraining an seinen Schreibtisch zurückkehren, als er die Meldung erhielt, dass ein Mann namens Roland Maurer von dessen Ehefrau tot aufgefunden worden war. Die Umstände ließen auf ein Gewaltverbrechen schließen.

Beamte der örtlichen Polizeiinspektion waren bereits vor Ort, hatten den Tatort gesichert und warteten nun auf die Ankunft der Kriminalbeamten.

Arno warf einen letzten Blick auf die Zielscheibe und vergewisserte sich, dass sich die Einschusslöcher wie üblich an den von ihm anvisierten Zielpunkten befanden. Er war kein Waffennarr, noch nicht einmal ein begeisterter Sportschütze oder dergleichen. Es kam ihm lediglich darauf an, das, was er tat, so gut wie möglich zu erledigen. Arno Steckens Erscheinung trug dieser manchmal an Pedanterie erinnernde Dienstauffassung Rechnung. Der zwei Meter lange schlacksige Körper des ledigen Enddreißigers steckte in einem dunklen Anzug, zu dem er ein weißes Hemd und eine schwarze Krawatte trug. In diesem Aufzug wäre er bei der Beerdigung eines nahen Angehörigen nicht aus dem Rahmen gefallen. Arno meldete sich vom Schießtraining ab und machte sich auf den Weg zu seiner Kollegin, der Kommissariatsanwärterin Laura Schneider. Arno arbeitete gern mit ihr zusammen. Sie war engagiert, aber nicht überambitioniert wie manche ihrer Kolleginnen und

Kollegen. Ihre besonnene Art empfand Arno als sehr angenehm. Die blonde Mittzwanzigerin saß bereits im Streifenwagen und wartete auf ihn. Ein zweites Polizeiauto folgte ihnen zum Tatort. Mit Blaulicht und Sirene fuhren sie los, um im Koblenzer Stadtverkehr schneller voranzukommen. Trotz der Alarmsignale kamen sie auf der B 9 im Bereich der Europabrücke wegen einer baustellenbedingten Fahrbahnverengung nur langsam voran. Die Signale schalteten sie auf dem letzten Kilometer vor ihrem Ziel wieder ab. Dass diese Vorsichtsmaßnahme erfolglos geblieben war, musste der Hauptkommissar zu seinem Leidwesen bald feststellen, denn am Tatort hatten sich schon einige Journalisten eingefunden. Arno registrierte mehrere Personenkraftwagen mit dem Schriftzug lokaler Presse- und Rundfunkmedien.

„Die haben bestimmt den Polizeifunk abgehört", brummte er missmutig.

„Wird Zeit, dass wir den Funkverkehr wieder einmal etwas anders handhaben", sagte seine Begleiterin. „Die jetzigen Gewohnheiten haben sich offensichtlich zur Genüge herumgesprochen."

Ihr Vorgesetzter verzichtete auf einen Kommentar und steuerte den Tatort an. Der Ort, wo sich das Haus der Maurers befand, lag auf einer Anhöhe. Von dort bot sich dem Betrachter ein atemberaubendes Panorama über das Rheintal. Ein Teil des Hangs war mit Weinstöcken bepflanzt. Der Hauptkommissar lenkte den Wagen über den Zufahrtsweg bis zu einer Stelle, wo er das Fahrzeug parken konnte, ohne dem Team von der Spurensicherung im Weg zu stehen. Genauso wie er von den Kollegen verlangte, dass sie seine Arbeit respektierten und ihn gegebenenfalls unterstützten, war der Ermittler darauf bedacht, wiederum ihnen die gebührende Achtung zukommen zu lassen. Im Laufen holte er seinen Dienstausweis aus der Tasche, um sich unverzüglich ausweisen und somit Zugang zum Tatort verschaffen zu können.

Neben der Leiche lag ein Kurzschwert. Eins von der Sorte, wie sie die höhergestellten Stammesmitglieder der Brukterer und Cherusker im Kampf gegen die Legionen des römischen Feldherrn Quinctilius Varus getragen haben sollen.

„Ob es gar das berühmte Schwert von diesem Germanenhäuptling ist?", fragte einer der Polizisten, die zusammen mit Laura und Arno am Tatort eingetroffen waren. „Vielleicht ist ja sein Geist aus seinem Grab gestiegen, um Rache zu nehmen." Der Beamte grinste. Arno hörte diese Bemerkung und steuerte auf den Uniformierten zu.

„Reden Sie doch nicht solchen Mist daher!", wies er den Mann zurecht. „Sehen Sie nicht, dass hier die Presse anwesend ist?" Arno deute auf die Gruppe Journalisten, die mit Kameras und Diktiergeräten bewaffnet aufmerksam in seine Richtung spähten. „Wenn einer von denen Ihre unbedarfte Äußerung aufschnappt, was glauben Sie, wie dieser Ort dann in der Öffentlichkeit dastehen wird?" Er wartete die Antwort gar nicht erst ab, sondern gab sie gleich selbst. „Ich kann es Ihnen sagen. Als Spukdorf, in dem wiederauferstandene Germanenhäuptlinge ihr Unwesen treiben. Dabei gehört unser Landkreis doch ohnehin schon zu den strukturschwächsten in ganz Deutschland. Wollen Sie mit Ihrem Geschwätz auch noch die letzten Investoren und Touristen vergraulen?"

Der so Gescholtene schwieg und zog es vor, das Argument, dass der Tourismus durch die mit dem Mord in Verbindung stehenden ungewöhnlichen Umstände ebenso gut belebt werden könnte, für sich zu behalten. Außerdem war jetzt, Mitte Mai, keine Hochsaison. Die begann erst ab August mit dem Beginn der Weinfeste und den `Rhein in Flammen´ Veranstaltungen für Freunde vergorener Rebensäfte und Feuerwerksliebhaber. Aber auch das behielt der Streifenpolizist lieber für sich. Jemand von der Spurensicherung trat hinzu und reichte Arno einen Plastikbeutel, der die Tatwaffe enthielt.

„Der Mörder benutzte offensichtlich die Hintertür", sagte er. „Das Schloss dort haben wir aufgebrochen vorgefunden. Das hier ist übrigens bloß die billige Imitation eines germanischen Kurzschwertes", fügte der Mann im Ganzkörperanzug hinzu und deutete auf den Beutel. „Gibt es im Versandhandel oder Internet. Kostet so um die einhundert Euro."

„Dann ist das die Tatwaffe, nehme ich an?", fragte Arno, während er das Schwert in der Hand wog.

„Mit größter anzunehmender Wahrscheinlichkeit", bestätigte der Spurensicherer. „Sie bekommen meinen Bericht ..."

„ ... so schnell wie möglich", ergänzte Arno. „Wer hat uns eigentlich angerufen?"

„Dort drüben, die Frau beim Krankenwagen. Das ist Petra Maurer, die Gattin des Opfers", sagte der vor kurzem gescholtene Beamte. Der Hauptkommissar bahnte sich mit seinem langen Körper einen Weg zum Notarztwagen. Im Vorbeigehen griff er nach einem Pappbecher mit heißem Kaffee, der ihm von einem weiteren Beamten gereicht wurde.

„Frau Maurer?", fragte er, als er vor die in eine Decke gehüllte Person trat. Die Angesprochene nickte.

„Arno Stecken, mein Name. Ich möchte Ihnen mein Mitgefühl aussprechen. Und Sie gleichzeitig um Verständnis dafür bitten, dass ich Ihnen trotz dieses schweren Verlusts einige Fragen stellen muss."

Frau Maurer nickte erneut, ohne den Hauptkommissar anzusehen.

„Möchten Sie vielleicht einen Kaffee?"

Wieder nur eine Kopfbewegung, diesmal als Verneinung. Arno nahm neben ihr Platz. Er kauerte sich auf einen Sitz im Transportbereich des Notarztwagens, bemüht, mit seinen langen Beinen nicht allzu viel Raum einzunehmen.

„Es ist für uns sehr wichtig, den genauen Ablauf der Tat zu rekonstruieren", sagte er. „Können Sie mir erzählen, wann Sie das Haus verlassen haben und um wie viel Uhr Sie dorthin zurückgekehrt sind?"

„Ich war den Vormittag über in der Stadt einkaufen. So etwa ab neun Uhr. Gegen elfuhrdreißig kam ich zurück. Und da ..." Der Rest ging in einem Schluchzen unter. Arno reichte der Witwe ein Papiertaschentuch. Er überlegte kurz. Ihr Notruf war um elfuhrvierunddreißig eingegangen. Demnach hatte die Frau unmittelbar nach ihrer Rückkehr die Leiche des Ehegatten entdeckt und unverzüglich die Polizei angerufen. Eine Beamtin der

Spurensicherung winkte Arno zu. Vielleicht hat sie etwas Wichtiges entdeckt, dachte er und erhob sich von seinem Sitzplatz.

„Kann ich Sie morgen Vormittag aufsuchen?", fragte er Frau Maurer.

Sie nickte und schnäuzte erneut in das Taschentuch. „Ich kann die nächsten Tage bei meiner Schwester unterkommen. Sie wohnt gleich hier im Ort. Dort vorne das gelbe Haus ist es." Der Hauptkommissar nickte ihr zum Abschied zu und ging hinüber zu der Beamtin.

„Wir haben Stofffasern in der Hand der Leiche gefunden", sagte sie.

„Stammen die möglicherweise von der Kleidung des Täters?"

„Wohl kaum. Ich vermute, dass sie zu einem größeren Tuch gehören, das wir im Arbeitszimmer des Ermordeten gefunden haben. Wir werden das noch genau prüfen."

Arno vergewisserte sich, dass er hier nichts mehr ausrichten oder Neues erfahren konnte. Es war besser, die Spurensicherung ihre Arbeit machen zu lassen. Für ihn war heute Feierabend. Er winkte seiner Kollegin Laura und bedeutete ihr durch Handzeichen, sich mit ihm beim Wagen zu treffen und gemeinsam zum Revier zurückzufahren.

Am nächsten Vormittag suchte Arno wie verabredet Frau Maurer erneut auf. Sie trug die Haare hochgesteckt, hatte ein schwarzes Kostüm an und war blass im Gesicht, was nicht weiter verwunderte.

„Möchten Sie etwas trinken?", fragte sie. „Einen Kaffee vielleicht?"

Der Hauptkommissar verneinte. „Ist Ihnen noch irgendetwas eingefallen, was uns weiterhelfen könnte?", kam er gleich zur Sache.

„Ja."

Die Antwort kam unerwartet. Eigentlich hatte Arno nicht unbedingt damit gerechnet, von der Witwe einen neuen Hinweis zu bekommen.

„Erzählen Sie."

„Letzte Woche kam ein Mann vorbei, der Roland sprechen wollte", sagte Frau Maurer und knetete geistesabwesend ihre Finger.

„Sie gingen in Rolands Arbeitszimmer. Das ist dort wo er gestern ..." Sie unterbrach ihren Bericht und schluchzte. Arno wartete schweigend ab, bis sie sich wieder in der Gewalt hatte.

„Nach wenigen Minuten hörte ich Roland wütend schreien. „Das kommt überhaupt nicht in Frage!", hat er gebrüllt. Kurz darauf kam der Mann die Treppe herunter und verließ grußlos das Haus."

„Wie sah er aus?"

„Etwa einen Meter achtzig groß, schlank, Alter um Mitte fünfzig, vielleicht auch etwas älter. Er hatte schütteres blondes Haar, trug keinen Bart und auch keine Brille."

„War dieser Besucher vorher schon einmal bei Ihrem Mann zu Besuch gewesen?"

Frau Maurer verneinte.

„Würden Sie ihn wiedererkennen?"

„Ja."

„Wir können ein Phantombild erstellen. Dazu wäre es allerdings gut, wenn Sie zu mir ins Präsidium kämen."

Die Witwe holte ein Taschentuch hervor und umklammerte es.

„Wie soll ich das alles schaffen?", fragte sie. „Ich muss doch die Beerdigung vorbereiten, die Familie informieren, einen Bestatter aufsuchen ..."

„Ich verstehe, dass Sie zur Zeit viel um die Ohren haben", erwiderte Arno. „aber das Fahndungsporträt wäre sehr wichtig. Ich werde arrangieren, dass eine Streife Sie abholt und wieder zurück bringt, damit wir das mit dem Bild schnell hinter uns bringen können."

Frau Maurer nickte zögernd. „Gut, wenn Sie meinen." Sie schnäuzte wieder in das Taschentuch. „Entschuldigung", sagte sie und schob es in den umgeschlagenen Ärmel ihrer Bluse. „Ich möchte im Anschluss an die Beerdigung einige Tage wegfahren. Wäre das möglich? Ich brauche einfach Abstand von hier, um wieder zu mir zu kommen."

„Dem dürfte nichts im Weg stehen", antwortete der Hauptkommissar. Beinahe hätte er noch hinzugefügt, dass gegen sie ja kein Verdacht vorliege, aber er konnte sich rechtzeitig zurückhalten.

„Es wäre ganz gut, wenn Sie uns Ihre Urlaubsadresse mitteilen, falls doch noch Fragen auftauchen", meinte er stattdessen. „Wissen Sie denn schon wo es hingeht?"

Frau Maurer schüttelte den Kopf. „Nein. Ich wollte mir spontan etwas suchen. Irgendwas, wo es ruhig ist. Ich bleibe nicht lange weg. Höchstens eine Woche, eher weniger. Aber wenn ich gebucht habe, teile ich Ihnen die Anschrift mit und über meine Handynummer können Sie mich natürlich auch erreichen."

Arno nickte und stand auf, um sich zu verabschieden. „Ich will Sie nicht länger aufhalten. Ich rufe an, sobald wir soweit sind, um Ihre Beschreibung aufzunehmen."

KAPITEL 5

Tags darauf saß Vogt in seinem Esszimmer beim Frühstück und studierte die Morgenzeitungen, die ihm seine
Haushälterin besorgt hatte. Er begann mit der Frankfur-
ter Allgemeinen und setzte die Lektüre mit dem Han-
delsblatt fort, um sich über die aktuelle wirtschaftliche
Lage im Land auf dem Laufenden zu halten. Missmutig
verzog er das Gesicht, als er dem Gastkommentar eines
Wirtschaftsexperten entnehmen musste, dass der dem
Bundeskartellamt empfehlen würde, der Expansion des
Vogt'schen Firmenimperiums Einhalt zu gebieten. Kon-
kret ging es um die Übernahme der Firma eines Unter-
nehmers namens Gunter Hartfeldt, eben jenes Ge-
schäftspartners, den Vogt seinerzeit genötigt hatte, Roland Maurer aufzusuchen. Dass es sich nicht um die
Verbindung zweier gleichberechtigter Betriebe handelte, hatte das Kartellamt ganz richtig erkannt. Das allein wäre nicht weiter problematisch, doch da gab es
noch einen anderen Punkt, der dem Gastkommentator
und womöglich auch bald den Kartellbeamten ein Dorn
im Auge war. Die Übernahme würden den Vogt-Werken in manchen Wirtschaftsbereichen eine marktbeherr-
schende Stellung verschaffen, die fast einem Monopol
gleich kam. Vogt hoffte, dass seine einflussreichen Verbindungen zum Wirtschaftsministerium stark genug
waren, um eine Entscheidung in seinem Sinne herbeizu-
führen. Er schob das Blatt beiseite und widmete sich der
hiesigen Lokalzeitung. Als ein Blick auf die Schlagzeile:

`Hobbyarchäologe niedergestochen´ fiel, zitterte seine Hand derart, dass er einen Teil seines Kaffees verschüttete.

„Was hat dieser Idiot Woller da nur angestellt?", murmelte er. „Von umbringen war doch überhaupt keine Rede gewesen. Kein Wunder, dass ich den Kerl nicht erreichen kann. Er ist bestimmt untergetaucht. Aber ich werde mein Schwert schon noch bekommen, verlass dich drauf!"

Um die gleiche Zeit stieß die Journalistin Astrid Schenk einen derben Fluch aus und knallte ihren Moleskin Kalender auf den Schreibtisch. Der Wechsel von Wiesbaden nach Koblenz machten der hochgewachsenen schlanken Enddreißigerin noch immer zu schaffen, zumal der nicht ganz freiwillig erfolgt war. Von der Redaktion eines angesehen Blattes einer Landeshauptstadt in die Schreibstube der hiesigen Lokalzeitung war auch nicht gerade der große Karriereschritt. Dafür gab es hier Arbeit zuhauf. Außer für die Wirtschaftsseite sollte sie ab heute auch noch für die lokalen Nachrichten zuständig sein, weil sich der erst vor kurzem in dieses Ressort berufene verantwortliche Mitarbeiter als Totalausfall erwiesen hatte. Der Kollege war noch vor Ablauf der Probezeit gefeuert worden. Proteste Schenks gegen die damit verbundene Überlastung waren vom Chefredakteur mit dem lapidaren Hinweis auf Dutzende von Volontären und PIMs, Praktikanten, die irgendwas mit Medien machen wollten und nur darauf warteten, ihren Platz einzunehmen, abgeschmettert worden. Missmutig sichtete die blonde Journalistin das Material ihres Vorgängers. Eine Tätigkeit, die sie ein ums andere Mal herzhaft gähnen ließ. Der Rauswurf dieses Kollegen war ihrer Meinung nach absolut gerechtfertigt gewesen. Flüchtig sichtete sie den Rest der Aufzeichnungen. Wie erwartet auch hier nur belangloses Zeug. Die Ankündigung eines von vier Chören der Umgebung veranstalteten Frühlingsfestes, Ehrennadeln für langjährig Beschäftigte in der Kreisverwaltung und so weiter. Astrid Schenk überlegte, ob sie bald gezwungen sein würde, ihr Urteil über die Fähigkeiten ihres Vorgängers zu revidieren. Wenn nichts los war, konnte auch der beste Reporter oder die fähigste Journalistin nicht mit einem Scoop glänzen. Sollte sie tatsächlich auf diesem Niveau arbeiten und nur noch über Vereinsfeierlichkeiten in der Provinz berichten? Das waren ja trübe Aussichten. Um die düsteren Gedanken zu vertreiben, öffnete sie den Browser ihres PCs und rief die Startseite eines E-Mail-Providers auf. Ein Blick auf den am unteren Bildschirmrand durchlaufenden Ticker führte dazu, dass Astrids journalistische Professionalität augenblicklich die Oberhand gewann und ihre schlechte Laune verdrängte. „Hobby-Archäologe ermordet. Kripo Koblenz ermittelt", stand da. Das klang doch eindeutig interessanter als das, was in den Vereinsnachrichten zu lesen war. Astrid fragte sich, wieso sie auf diese Weise von einem Mord in der hiesigen Gegend erfahren musste. Sie vermutete, dass die Information nicht auf dem offiziellen Weg an die Öffentlichkeit gelangt war. Möglicherweise hatten einige Kollegen den Polizeifunk abgehört oder ein Kripobeamter besserte sein Gehalt durch den Verkauf von Interna auf. Vielleicht traf sogar beides zu. Astrid war klar, dass sie sich ebenfalls Zugang zu einer ergiebigen Informationsquelle verschaffen musste, wenn ihre Karriere nicht völlig den Bach runtergehen sollte. Mit festem Griff packte sie ihre Handtasche und begab sich auf den Weg zum Polizeipräsidium.

In seinem Büro machte sich Hauptkommissar Stecken derweil daran, einen Bericht über die Fortschritte seiner Ermittlungen zu tippen. Im Gegensatz zur überwiegenden Mehrheit der Kolleginnen und Kollegen empfand Arno gegen diesen Teil seiner Arbeit keine Abneigung. Er vertrat die Auffassung, dass eine erfolgreiche Polizeiermittlung zu einem großen Teil auf sorgfältiger Büroarbeit beruhte. Da die meisten seiner Kollegen bereits ihren wohlverdienten Feierabend genossen, war es jetzt ruhig. Niemand würde ihn stören und daher leistete sich Arno den Luxus, die Tür zu seinem Büro offen zu lassen. Er war gerade mit der Erstfassung seines Berichts fertig, als jemand an den Türrahmen klopfte. Arno blickte auf und sah eine blonde Frau, die das an der Tür angebrachte Namensschild studierte. Er schätzte sie auf Mitte bis Ende dreißig. Sie hatte lockiges Haar, war etwas über einen Meter siebzig groß und schlank.

„Kommissar Stecken?, fragte sie.

„Hauptkommissar", korrigierte er. „Kann ich Ihnen helfen?"

„Guten Tag. Mein Name ist Astrid Schenk. Ich arbeite seit kurzem für die hiesige Zeitung. Hier, mein Presseausweis. Gibt es schon erste Ergebnisse zum Mord an diesem Hobby-Archäologen oder wenigstens eine Vermutung, welcher Täterkreis in Frage kommt?"

Arno schüttelte den Kopf und stand auf.

„Nichts dergleichen", antwortete er knapp, während er auf die Frau zuging. „Wie sind Sie überhaupt ohne Anmeldung hier hereingekommen?"

„Berufsgeheimnis", war alles, was sie dazu sagte.

„Wir geben unsere Informationen auf der Pressekonferenz bekannt", gab er zurück. „Üben Sie sich bis dahin in Geduld."

„Sie haben also keine Ahnung, in welche Richtung Ihre Ermittlungen gehen sollen? Oder sind Sie etwa nicht der leitende Beamte?"

„Sie bekommen von uns Bescheid, wann die Pressekonferenz stattfindet", wiederholte Arno, wobei er seiner Stimme Nachdruck verlieh. Während er sprach, stellte sich der Beamte der unwillkommenen Besucherin in seiner vollen Zwei-Meter-Größe so in den Weg, dass es ihr nicht möglich war, sich an ihm vorbei ins Büro zu drängen. Gleichzeitig schloss er die Tür, sodass Astrid nichts anderes übrig blieb, als zurückzuweichen.

„Ich begleite Sie zum Ausgang", sagte er in einem Ton, der keinen Widerspruch duldete. „Hier entlang."

Eine Minute später fand sich Astrid außerhalb des Gebäudes wieder. Sie konnte es nicht fassen, auf welch rüde Weise sie von diesem Kerl gerade hinauskomplimentiert worden war.

Na warte, dachte sie und kniff die Lippen zusammen. So leicht wirst du mich nicht los!

Zwei uniformierte Polizeibeamte kamen ihr entgegen. Der größere von ihnen redete wild gestikulierend auf seinen Kollegen ein.

„Dieser arrogante Kerl will von einem Kultmord nichts wissen", schnappte Astrid im Vorbeigehen auf. Ihr journalistischer Instinkt sprang auf diese Äußerung direkt an. Vielleicht bot sich schon jetzt die Gelegenheit, es diesem überheblichen Kommissar heimzuzahlen! Sie verlangsamte ihren Schritt und tat so, als suche sie etwas in ihrer Handtasche. Kurz darauf heftete sie sich an die Fersen der beiden Männer, die offensichtlich keine Notiz von ihr nahmen. Dabei achtete die Frau von der Zeitung sorgfältig darauf, genügend Abstand zu halten und dennoch in Hörweite der Beamten zu bleiben.

„Ich würde dir raten, den Ball flach zu halten", hörte sie den kleineren der beiden sagen. „Dieser Stecken ist ein ganz Korrekter. Der kennt kein Pardon und hängt dir schneller ein Disziplinarverfahren an den Hals als du bis drei zählen kannst." Er klopfte seinem Kollegen zum Abschied auf die Schulter.

„Wir sehen uns. Denk an meine Worte und halte dich bedeckt!"

Astrid registrierte zufrieden die enttäuschte Miene des anderen Beamten. Dessen Mitteilungsbedürfnis war offensichtlich noch nicht gestillt, aber dem konnte sie gerne abhelfen.

Keine zehn Minuten später klappte die Journalistin zufrieden ihr Moleskin-Notizbuch zu und machte sich auf den Weg zur Redaktion. Wenn sie sich sputete, konnte sie es schaffen, innerhalb der nächsten Stunde einen Artikel für die Online-Ausgabe ihrer Zeitung zu schreiben.

An ihrem Arbeitsplatz angekommen, hämmerte Astrid auf die Tastatur ihres Computers, dass es nur so klackerte. Nachdem sie den Schlusspunkt gesetzt hatte, rollte sie auf ihrem Bürostuhl ein wenig zurück und betrachtete ihr jüngstes Werk. Der Text, den sie nun auf dem Bildschirm lesen konnte, dürfte einem gewissen Herrn Stecken ganz und gar nicht gefallen.

„Kultmord bei Koblenz?" stand da und weiter: „Mordopfer mit Nachbildung eines Germanenschwerts getötet."

Astrid bewegte den Mauszeiger und scrollte auf dem Bildschirm nach unten. Auf dem Monitor spiegelte sich ihr helles schulterlanges Haar, das ein schmales Gesicht mit einem breiten Mund, einer länglichen Nase und ein energisches, leicht vorstehendes Kinn umrahmte. Ein Lächeln umspielte die Mundwinkel der Journalistin, während sie ihren eigenen Artikel las. Sie hatte es einfach drauf. Die Berichte der Konkurrenz würden da nicht mithalten können und unter ferner liefen rangieren. Dieser Kommissar, wegen ihr auch Hauptkommissar, Stecken würde sicher schäumen vor Wut. Vielleicht war der ominöse Schwertmord ihre große Gelegenheit, diese Gegend bald wieder hinter sich zu lassen und im Rhein-Main-Gebiet erneut Fuß fassen zu können. Frankfurt wäre eine gute Adresse, überlegte sie. Der Gedanke ließ ihr Lächeln noch ein wenig breiter werden. Astrid war von ihrem Naturell her ein Stadtmensch, der sich nur in einer weltläufigen Metropole glücklich fühlte. Wiesbaden strotzte zwar auch nicht gerade vor überschäumender Aktivität. Aber Koblenz, dessen Einwohnerzahl nur knapp oberhalb der Grenze zur Großstadt lag, genügte ihr schon gar nicht. Ein Blick auf die Uhr sagte der Journalistin, dass es an der Zeit war, für heute Feierabend zu machen.

Nachdem er sich der aufdringlichen Dame von der Zeitung entledigt hatte, kehrte Arno zu seinem Schreibtisch zurück. Es fiel ihm jedoch schwer, sich auf die Überarbeitung des Berichts zu konzentrieren. Immer wieder kehrten seine Gedanken zu der blonden Frau und ihren bohrenden Fragen zurück. Die Dame musste mit allen Wassern gewaschen sein, denn normalerweise konnte niemand unbemerkt in das Polizeipräsidium gelangen. So unverschämt das Auftreten von dieser Journalistin auch gewesen war, ihre Äußerung, dass die Ermittlungen bereits in einer Sackgasse steckten, passte wie die Faust aufs Auge zu genau derselben Befürchtung, die der Hauptkommissar selbst hegte. Gut möglich, dass er deswegen so erpicht darauf gewesen war, diese Astrid Schenk so schnell wie möglich wieder loszuwerden. Jetzt hatte er jedoch möglicherweise das nicht unerhebliche Problem, die örtliche Presse gegen sich zu haben. Bei dem Gedanken daran verschlechterte sich seine Laune merklich. Das fehlte gerade noch, dass seine Ermittlungen die nächsten Tage und vielleicht sogar Wochen von hämischen Schlagzeilen wie „Polizei tappt weiterhin im Dunkeln" begleitet wurden. Der Staatsanwalt würde toben und der Kriminalrat ihm die Hölle heiß machen. Das war leider nicht mehr zu ändern. Arno prüfte seine E-Mails nach Neuzugängen. Die Obduktion von Maurers Leiche würde morgen Vormittag um elf Uhr in der Rechtsmedizin vorgenommen werden. Arno notierte den Termin in seinem Kalender und fuhr den Computer wieder herunter und überlegte. Obwohl frei von Fingerabdrücken, war die Tatwaffe momentan die vielversprechendste Spur. Zumindest solange, bis das

Phantombild von Roland Maurers geheimnisvollen Besucher vorliegen würde. Der Online Versandhandel erschwerte die Polizeiarbeit zunehmend. In der guten alten VI-Zeit wie Arno sie gerne nannte, wobei das VI für Vor Internet stand, hätte es ausgereicht, einige Läden in der Umgebung abzuklappern, um die Herkunft der Schwertkopie zu ermitteln. Heutzutage stellte es kein Problem dar, sich eine solche Waffe aus jeder beliebigen Stadt zu beschaffen. Trotzdem schnappte sich Arno das Branchenbuch und fragte telefonisch bei den einschlägigen Geschäften des Kreises nach, ob dort in jüngster Zeit die Kopie eines Kurzschwerts verkauft worden war. Tatsächlich hatte der Stammkunde eines Koblenzer Fachgeschäfts vor vier Wochen eine solche Nachbildung geordert und kurz darauf abgeholt. Der Inhaber des Ladens wollte jedoch Namen und Adresse des Kunden nicht am Telefon preisgeben. Dafür hatte Arno durchaus Verständnis, wenngleich es für ihn bedeutete, dass er sich persönlich zu dem Geschäft würde begeben müssen.

KAPITEL 6

Die Obduktion bestätigte, dass Roland Maurer mit der am Tatort gefundenen Waffe erstochen worden war. Seine Leberwerte deuteten darauf hin, dass Maurer über einen längeren Zeitraum vor seinem Tod kräftig dem Alkohol zugesprochen hatte. Arno vermerkte dies in seinem Notizbuch. Er würde die Witwe danach fragen, wann ihr Ehemann angefangen hatte zu trinken. Gut möglich, dass Maurer mit dem Rentnerdasein nicht zurechtgekommen war. Aber vielleicht gab es noch eine andere Ursache. Nachdem die Todesursache einwandfrei festgestellt werden konnte, stand einer Freigabe des Leichnams nichts mehr im Wege. Arno sagte sich, dass diese Nachricht Frau Maurer vielleicht nicht erfreuen, aber möglicherweise doch ein wenig zufriedenstellen würde.

Am späten Nachmittag schickte der Hauptkommissar seine Kollegin Laura Schneider mit dem Streifenwagen los, um Petra Maurer abzuholen. Das Erstellen des Phantombildes ging schnell vonstatten. Die Witwe verfügte über eine ausgeprägte Beobachtungsgabe, das zusammen mit ihrem guten Erinnerungsvermögen schnell zum Ergebnis führte.

An seine Kollegin Schneider gewandt, bat Arno: „Machen Sie bitte einen Bildabgleich."

„Geht klar."

„Hatte Ihr Mann Probleme mit dem Alkohol?", wandte sich Arno an die Witwe. Die Frau sah ihn erstaunt an.

„Wie kommen Sie denn darauf?"

„Das hat die Obduktion ergeben. Wann genau hat Ihr Mann angefangen zu trinken?"

„Kurz nach seiner Frühpensionierung", erwiderte Frau Maurer und senkte den Blick.

„Gab es dafür einen bestimmten Anlass?"

„Ich weiß es nicht. Er hat sich ja immer mehr abgekapselt. Wühlte nur noch in seinen Geschichtsbüchern und sammelte jeden Zeitungsartikel, der mit dieser Varusschlacht zu tun hatte. Dabei regte er sich manchmal furchtbar auf, wenn ihm eine Meinung unterkam, die ihm nicht passte. Im Lauf der Zeit wurde es mit dem Trinken immer schlimmer."

Arno zückte seinen Notizblock und fasste die Aussage der Witwe stichwortartig zusammen.

„Hat er auf eigene Faust archäologische Ausgrabungen vorgenommen?", folgte er einer plötzlichen Eingebung.

„Roland hat Unsummen für Suchgeräte und solches Zeug ausgegeben", lautete die Antwort. Oft verschwand er mitten in der Nacht und kam erst morgens wieder nach Hause. Ich durfte ihn nicht danach fragen, was er getrieben hatte, sonst wurde er jedes Mal furchtbar wütend."

„Vielen Dank, Frau Maurer", sagte Arno. „Sie haben uns sehr geholfen. Bitte denken Sie daran, Ihre Urlaubsadresse zu hinterlassen, wenn Sie fahren. Ach so, die Rechtsmedizin hat den Leichnam Ihres Mannes freigegeben. Sie können ihn jetzt bestatten lassen."

„Ich habe bereits ein Beerdigungsinstitut beauftragt", sagte sie und holte aus ihrer Handtasche ein Taschentuch hervor. „Ich bin einigermaßen froh drüber, dass die Beisetzung noch in dieser Woche über die Bühne gehen kann."

Arno konnte nicht verhindern, dass sich eine seiner Augenbrauen unwillkürlich leicht nach oben verzog. Er beschloss jedoch, die ihm ein wenig unpassend erscheinende Formulierung der Witwe unkommentiert zu lassen. Stattdessen beschränkte er sich darauf, einen Streifenwagen anzufordern, der Frau Maurer nach Hause bringen sollte. Dann ging er in sein Büro und verfasste aufgrund seiner Notizen über das eben geführte Gespräch einen Bericht. Dabei unterließ er es nicht, nach kurzem Zögern den Vermerk hinzuzufügen, dass es mit der Ehe der Maurers in jüngster Zeit nicht zum Besten gestanden hatte.

KAPITEL 7

Astrid saß auf ihrem Bürostuhl und schlug sich mit dem Kugelschreiber leicht auf die Vorderzähne. Dabei verzog sie die Lippen zu einem breiten Grinsen. Insgeheim beglückwünschte sie sich zu ihrem ausgeprägten Journalisteninstinkt. Der hatte sie rechtzeitig dazu veranlasst, das Gespräch mit der Ehefrau des ermordeten Roland Maurer zu suchen. Zu einer Unterhaltung war es zwar nicht gekommen. Frau Maurer hatte die unerwünschte Besucherin unwirsch mit dem Hinweis auf die bevorstehende Beisetzung ihres Gatten abgefertigt. Doch ohne diese Kontaktaufnahme hätte Astrid dieses Ereignis glatt verpasst. Wenn sie die für heute Vormittag angesetzte Trauerfeier für das Mordopfer nicht verpassen wollte, musste sie sich jetzt auf den Weg machen. Die Beisetzung sollte auf dem Friedhof der Gemeinde stattfinden, in der Roland Maurer mit seiner Frau die letzten zwanzig Jahre seines Lebens verbracht hatte. Eine Strategie dafür, wie sie nach der Zeremonie eine mögliche Quelle auftun wollte, hatte sich Astrid nicht zurechtgelegt. Die Journalistin wollte sich auch diesmal auf ihren Instinkt verlassen. Sie schnappte sich ihren Regenmantel und verließ die Redaktion. Auf der Straße stieg sie in ihren beigen Volvo.

Am Friedhof angekommen, parkte Astrid den Wagen und machte sich auf den Weg Richtung Trauerhalle. Da der dichte Stadtverkehr ihre pünktliche Ankunft vereitelt hatte, wartete sie außerhalb der Halle das Ende der

Zeremonie ab. Die noch vor einer Stunde den Himmel dominierenden Regenwolken waren inzwischen weitergezogen. Die Wolkendecke begann aufzureißen und ließ das Sonnenlicht durch. Die Journalistin klappte den Schirm zusammen und öffnete die Knöpfe ihres Regenmantels. Sie musste nicht lange warten, bis zuerst ein Pfarrer und dahinter Frau Maurer sowie einige weitere Trauergäste die kleine Friedhofshalle verließen und sich auf den Weg Richtung Grabstätte machten. Aus dem Hintergrund verfolgte sie die Beerdigungszeremonie. Es waren nur wenige Gäste gekommen. Einer von ihnen erregte ihr Interesse. Er stand ein wenig abseits der Trauergemeinde und schien kein direkter Angehöriger des Verstorbenen zu sein. Astrid schätzte ihn auf Anfang vierzig. Sein hellblondes Haar war dünn und konnte die Geheimratsecken nicht mehr verdecken. Er trug dem Anlass entsprechend dunkle Kleidung, einen blaugrauen Regenmantel und darunter eine schwarze Stoffhose. Ihr Instinkt riet der Journalistin, diesen Mann im Auge zu behalten. Seine Körpersprache ließ darauf schließen, dass er mit dem Mordopfer zu dessen Lebzeiten auf eine besondere Weise verbunden gewesen war. Als er der Witwe kondolierte, nahm die seine Bekundung ohne erkennbare Reaktion entgegen. Das kann viel bedeuten, sagte sich die Journalistin. Vielleicht ist die Frau zu sehr in ihrem Schmerz gefangen, oder sie kann den Herrn tatsächlich nicht leiden. Dann wäre es möglicherweise interessant, den Grund für die Abneigung zu erfahren. Astrid wartete, bis der Mann Erde in das offene Grab geschaufelt hatte und sich anschließend auf den Weg Richtung Friedhofsausgang machte.

„Entschuldigung", sagte sie, sich ihm in den Weg stellend. „Dürfte ich Sie kurz sprechen?"

„Worum geht es denn?", fragte er zurück und musterte sie ebenso, wie sie ihn taxierte.

„Ich würde gerne wissen, ob Sie Roland Maurer näher kannten und ob Sie mir vielleicht etwas erzählen könnten, was zur Aufklärung des Mordes an ihm beiträgt."

„Sind Sie von der Polizei?"

„Ich bin Journalistin."

Der Mann verzog das Gesicht und tat einen Schritt zur Seite, um sich an ihr vorbeizudrängen.

„Bitte", sagte Astrid, sich ihm erneut in den Weg stellend. „Ich bin nicht einfach an einer billigen Story interessiert. Ich möchte wirklich herausfinden, wer Ihren Freund auf dem Gewissen hat."

„Wer sagt denn, dass er mein Freund war?"

„Wären Sie sonst auf seiner Beerdigung gewesen?"

Der Mann musterte sie erneut. „Na schön", meinte er dann. „Nicht weit von hier ist ein Café. Dort können wir reden. Aber ich warne Sie. Wenn ich lese, dass Ihr Blatt Roland Maurer in den Dreck zieht, werde ich Sie persönlich zur Rechenschaft ziehen."

Sie fanden einen kleinen Tisch direkt am Fenster. Nachdem die Serviererin die Bestellung aufgenommen hatte, wandte sich die Journalistin an ihr Gegenüber. „Ich heiße übrigens Astrid Schenk und arbeite zur Zeit für den Koblenzer Anzeiger. Ich möchte gleich betonen, dass ich meine Stelle erst vor kurzem angetreten habe", beeilte sie sich hinzuzufügen. „Nur für den Fall, dass Sie mit dem Blatt schlechte Erfahrungen gemacht haben sollten."

„Ingo Raab", antwortete ihr Gegenüber knapp. „Wenn Sie gleich zur Sache kommen würden, ich habe noch einen Termin."

Hast du vermutlich nicht, widersprach Astrid in Gedanken. Du willst nur nicht mit mir reden und bereust jetzt schon, dich auf dieses Gespräch eingelassen zu haben. Aber bitte, gehen wir gleich in medias res.

„Woher kannten Sie Herrn Maurer?", fragte sie.

„Wir teilten die Leidenschaft für die Geschichte der germanischen Stämme und waren beide in derselben Re-enactment Gruppe."

„Re-enactment", wiederholte Astrid. „Sind das nicht die Leute, die in Kostümen herumlaufen und versuchen, Geschichte wieder lebendig werden zu lassen?"

„Das mit der Geschichte stimmt", versetzte Raab, der das Gesicht verzog, als hätte er in eine Zitrone gebissen. „Aber wir nehmen weder an einer Fastnachtssitzung noch an einer Comicon teil. Daher sprechen wir nicht von Kostümen, sondern von Gewandung."

„Ich bitte um Verzeihung", sagte Astrid und verdrehte innerlich die Augen. Der Typ war ja so trocken wie fünf Tage altes Brot. Zum Glück brachte die Serviererin gerade den Kaffee, was die leicht angespannte Lage entschärfte.

„Schon gut", wehrte Raab ab. „Interessant dürfte für Sie der Umstand sein, dass sich Roland seit ein paar Monaten verändert hatte."

Die Journalistin horchte auf. „Wie meinen Sie das? Welche konkreten Anhaltspunkte gab es dafür?"

„Keine, die ich wüsste", versetzte Raab und trank einen Schluck Kaffee. „Nein, ich muss es anders ausdrücken. Natürlich konnte jeder, der Roland näher kannte, nicht übersehen, dass ihn irgendetwas umtrieb. Es war nur so, dass er sich niemandem mitteilte. Außer ..." Der Historiker hielt plötzlich inne und schlug sich mit der Hand auf die Stirn. „Wie konnte ich nur so blind sein!"

„Was meinen Sie?", Astrid, die schon befürchtet hatte, dass sie hier nur ihre Zeit verschwendete, spürte, dass der sentimentale Kerl, der ihr gegenüber saß, doch etwas Verwertbares wusste. Sie zwang sich, ihn nicht barsch anzufahren, dass er gefälligst mit der Sprache rausrücken solle. Es war sehr wahrscheinlich, dass er dann dicht machen und alle weiteren Gesprächsversuche ihrerseits direkt abblocken würde. Also rang sie sich ein Lächeln ab, das, wie sie hoffte, freundlich und doch erwartungsvoll aussah.

„Ist das denn die Möglichkeit?", fragte Raab mehr sich selbst als die ihm gegenüber sitzende Journalistin. „Wie konnte ich das nur vergessen? Es muss wohl an der Trauer liegen, anders kann ich es mir nicht erklären." Astrid übte sich in Geduld. Sie wusste, dass mehr aus Raab herauszuholen war, wenn sie ihn nicht drängte. Er würde auch so zum Punkt kommen. Auf diese Weise vielleicht etwas länger brauchen, aber auf seinem Weg dorthin möglicherweise das ein oder andere interessante Detail erwähnen, das sonst verloren gehen würde.

„Vor einigen Wochen erschien im Anzeiger ein Artikel über Roland. Warten Sie", Raabs Blick wurde stechend. „Das ist doch genau dasselbe Blatt, für das Sie selbst arbeiten! Wollen Sie mich vielleicht zum Besten halten?"

„Wie gesagt, ich habe ganz neu in der Redaktion angefangen". beeilte sich Astrid zu sagen. „Wirklich, ich arbeitete noch bis vor kurzem für eine Wiesbadener Zeitung."

Vogt musterte die Journalistin kritisch. „Stimmt, dass Sie bei der hiesigen Zeitung neu sind, hatten Sie erwähnt. Na schön, ich glaube Ihnen. Aber denken Sie an meine Warnung, dass dieses Gespräch sofort zu Ende ist, wenn ich den Eindruck habe, dass Sie mich nur für eine billige Geschichte, die Rolands Ruf schadet, aushorchen wollen." Er leerte seine Tasse und fuhr fort. „Der Artikel, den ich meine, bestand zum größten Teil aus einem Interview, das Roland einem Ihrer Kollegen gegeben hatte. Oder war es eine Kollegin? Ach, egal. Jedenfalls ließ er darin durchblicken, Anhaltspunkte dafür zu haben, dass sich das Grab von Arminius, dem Cheruskerfürst, hier in unserer Gegend befinden soll."

„Dem Kerl, der die Legionen von diesem Varus vernichtet hat? Ist nicht Ihr Ernst, oder?" Astrid gab sich keine Mühe, ihre Skepsis zu verbergen. Das war es dann wohl mit der Story. Ente statt Scoop. Natürlich kam es immer wieder mal vor, dass sich eine verheißungsvolle Geschichte als ein Flop erwies. Damit musste sie als Journalistin leben. Dennoch konnte sie mit ihrer Enttäuschung nicht hinterm Berg halten und verzog das Gesicht.

„Roland war alles andere als ein Spinner!", fuhr Raab auf. „Sie haben keinen Grund, ihn so verächtlich abzutun!"

„Niemand hat Ihren Freund einen Spinner genannt, und ich schon gar nicht. Aber Sie werden zugeben müssen, dass sich das für eine Außenstehende wie mich doch sehr fantastisch anhört."

„Und wenn schon", versetzte Raab. „Ich gebe ja zu, dass ich zu Anfang auch sehr skeptisch gewesen bin, was seine Entdeckung betraf. Schließlich hat es bislang keinerlei Anhaltspunkte dafür gegeben, dass sich das Grab von Arminius in unserer Gegend befinden soll. Darum sind wir auch so heftig aneinandergeraten. Roland hatte eben seinen eigenen Kopf. Er konnte manchmal sogar ein richtiger Dickschädel sein. Fremde oder gar abweichende Meinungen ließ er oft nicht gelten. Aber er wusste immer, wovon er redete. Zumindest, wenn es um seine Geschichtsforschung ging. Roland war keiner von denen, die sich auf Hörensagen verließen. Manchmal setzte er sich stundenlang mit einem Detail auseinander, das allen anderen in der Gruppe völlig nebensächlich erschien. Aber er blieb stur wie ein Panzer und gab sich erst zufrieden, wenn für ihn alles hundertprozentig geklärt war. „Wenn schon Re-enactment, dann aber richtig", pflegte er immer zu sagen. Und Roland kannte sich aus. In letzter Zeit allerdings zog er sich immer mehr zurück. Die Sache mit dem Zeitungsartikel hatte ihm ganz schön zugesetzt."

Raab verstummte und schaute zum Fenster hinaus. Sein Blick verlor sich irgendwo draußen in der Ferne. Nach einigen Sekunden begann er wieder zu reden.

„Wir haben immer gut zusammengearbeitet", sagte er. „Sind oft gemeinsam mit unserer Gruppe im Nachbau des Limeskastells bei Pohl aufgetreten. Manchmal auch bei einer Veranstaltung auf der Loreley oder der Festung Ehrenbreitstein. Roland war immer zuverlässig und hat sich nie um irgendwelche Aufgaben gedrückt. Er war ein feiner Kerl."

Die Servierern kam an den Tisch und fragte, ob die Gäste noch einen Wunsch hätten. Raab schaute Astrid fragend an, die jedoch verneinte. Sie hatte genug erfahren und wollte ihre Zeit nicht länger mit einem sentimentalen Kerl verschwenden, der seinem Freund nachtrauerte.

„Ich muss dann mal", sagte sie leichthin und reichte Raab eine Visitenkarte. „Falls Ihnen noch etwas einfällt, können Sie mich jederzeit anrufen. Aber bitte nur, wenn es wirklich wichtig ist." Das klingt jetzt vielleicht ein wenig unsensibel, dachte sie, aber immer noch besser, als wenn ich einen dieser Dauerschwätzer am Hals habe, die mir wegen jeder Kleinigkeit auf den Wecker gehen.

„Ich zahle vorn an der Theke für Sie mit", sagte sie. „Soll ich Ihnen noch etwas bestellen?"

Ingo Raab antwortete nicht. Stattdessen bedachte er sie mit einem Blick, der ihr äußerst unangenehm war. Sie meinte gar, so etwas wie Ekel in ihm zu erkennen. Gerade als sie sich vergewissern wollte, ob etwas nicht in Ordnung sei, wandte er sein Gesicht ab und starrte auf die Tischplatte.

„Dann auf Wiedersehen", sagte sie und beeilte sich, das Café zu verlassen.

Raab ließ ihren Gruß unerwidert. Verstohlen wischte er sich eine Träne aus dem Gesicht.

KAPITEL 8

Die vielversprechende heiße Spur mit dem Phantombild
kühlte zunächst einmal schnell ab. Die dargestellte Person war in keiner einschlägigen Datei erfasst. Arno
nahm den Bericht der Kollegin Schneider nach außen
hin gleichmütig auf.

„Wäre ja auch zu schön gewesen", meinte er knapp.
Innerlich blieb der Hauptkommissar nicht ganz so cool.
Die Aussicht, mit leeren Händen bei einer Pressekonferenz zu erscheinen, ließ seine Laune auf den Tiefpunkt
des heutigen Tages sinken. Vor allem, wenn er daran
dachte, dass eine gewisse aufdringliche Mitarbeiterin
der hiesigen Zeitung diese Gelegenheit gnadenlos aus-
nutzen und ihm ganz schön einheizen würde.

Blieb noch die Möglichkeit mit dem Requisitenge-
schäft. Arno hatte seinen Besuch dort extra auf einen
späteren Zeitpunkt verlegt, weil er die Erstellung des
Phantombilds von Maurers Besuch abwarten wollte. So
konnte er dem Händler gleich das Porträt vorlegen und
ihn fragen, ob das den Stammkunden darstellte, der die
Nachbildung des Cheruskerschwerts erworben hatte.

Der Ladenbetreiber, ein untersetzter Mann Ende dreißig mit Brille und ungepflegtem Vollbart, studierte aufmerksam das Phantombild, ehe er antwortete.

„Das könnte Ingo Raab sein", meinte er schließlich,
wobei er sich mit der Hand über das Kinn fuhr. „Eine
gewisse Ähnlichkeit ist durchaus vorhanden, obwohl er
hier um einiges älter aussieht, als er tatsächlich ist. Er

schaut in Abständen immer wieder einmal hier vorbei und hat sich auch in meine Kundenkartei aufnehmen lassen. Ich versende einmal im Jahr einen kleinen Katalog an meine Stammkunden."

„Dann haben Sie die Adresse?", fragte Arno.

„Ich hole sie Ihnen", sagte der Mann und verschwand hinter einem Vorhang, der den Durchgang zu einem Raum hinter der Ladentheke verbarg. Kurz darauf kehrte er zurück und reichte dem Ermittler einen kleinen Notizzettel.

„Ich habe die Anschrift für Sie notiert. Eigentlich kann ich mir nicht vorstellen, dass Ingo Raab irgendetwas mit Roland Maurers Tod zu tun haben soll", meinte der Ladenbetreiber. „Aber man kann ja keinem in den Kopf gucken."

Arno bedankte sich höflich und gab Raabs Adresse an seine Kollegin Laura Schneider durch.

„Wir treffen uns unten vorm Haus", sagte er. „Ich bin in etwa zehn Minuten dort."

Er brauchte über eine Viertelstunde, weil er zunächst keinen Parkplatz fand und zweimal erfolglos um den Block gefahren war. Erst beim dritten Versuch kam er rechtzeitig, um einen gerade frei gewordenen Stellplatz einzunehmen. Laura stand bereits vor dem Eingang des Mietshauses und studierte die Namen auf der Klingelleiste.

„Schätze, die Wohnung liegt im dritten Stock", meinte sie und trat zur Seite, um einer Frau Platz zu machen, die gerade aus dem Haus kam." Arno streckte seinen Arm aus, um zu verhindern, dass die Tür wieder ins

Schloss fiel. Er nahm die Treppe, während seine Kollegin mit dem Aufzug in die dritte Etage fuhr. Den Flur teilten sich sechs Parteien.

„Hier ist es", sagte Laura und deutete auf ein Namensschild. Durch die Tür waren die gedämpften Töne mittelalterlicher Musik zu hören. „Raab scheint ganz in seinem Element zu sein", bemerkte sie. „Ich klingel mal."

Die Musik verstummte und kurz darauf wurde die Tür geöffnet. Arno hielt das Phantombild in der Hand und reichte es seiner Kollegin.

„Herr Raab?", fragte er. „Ingo Raab?"

„Worum geht es?", kam die Gegenfrage. Laura, die wie ihr Kollege zu dem Schluss gekommen war, dass das Bild einige Ähnlichkeit mit dem mutmaßlichen Wohnungsinhaber aufwies, zückte ihren Dienstausweis.

„Schneider, mein Name. Das ist mein Kollege, Kriminalhauptkommissar Stecken. Wenn Sie Ingo Raab sind, würden wir uns gerne mit Ihnen unterhalten." Sie deutete in die Diele. „Dürfen wir hereinkommen?"

Raab zögerte einen Moment und trat dann zur Seite. „Zweite Tür rechts", sagte er. „Aber es ist nicht aufgeräumt."

„Macht nichts", erwiderte Laura. „Wir haben nur ein paar Fragen. Sie kannten Roland Maurer?"

„Das klingt eher nach einer Feststellung", brummte Raab. „Aber ja, wir waren befreundet. Wollen Sie sich nicht setzen?"

Ohne auf dieses Angebot einzugehen, setzte Laura die Befragung fort. „Waren Sie öfter bei Herrn Maurer in dessen Haus?"

„Das ist ja wohl nicht ungewöhnlich, dass man sich unter Freunden gegenseitig besucht", antwortete Raab und runzelte die Stirn. „Allerdings habe ich mich bei Roland in letzter Zeit rar gemacht. Ich brauchte etwas Abstand. Wollen Sie mir nicht verraten, was das Ganze hier soll?"

„Sie haben vor nicht langer Zeit ein Kurzschwert erworben", schaltete sich Arno in die Befragung ein. „Können wir das mal sehen?"

„Habe ich verloren", antwortete Raab. „Wieso, was hat es damit auf sich?"

„Das Schwert war doch neu", wandte der Kommissar ein.

„Glauben Sie, man kann nur alte Sachen verlieren?" Raabs Stimme verriet, dass er allmählich die Geduld verlor. „Ich vermisse das Ding seit dem letzten Wochenende. Da habe ich an dem Historienspektakel auf der Festung Ehrenbreitstein teilgenommen. Wir hatten dort ein römisches Heerlager aufgebaut. Keine Ahnung, wo das Schwert abgeblieben ist. Hat mich selbst am meisten geärgert. Vielleicht hat es jemand aus Versehen mitgenommen und die Verwechslung nicht bemerkt. Aber würden Sie mir jetzt endlich sagen, was die ganze Fragerei soll?"

„Das klären wir am besten auf dem Revier", entgegnete Arno. „Ich muss Sie bitten, mitzukommen."

Raab starrte entgeistert zuerst auf den Kommissar, dann zu dessen Kollegin hinüber. Schließlich zuckte er resigniert mit den Schultern und meinte: „Ich hole nur schnell meine Brieftasche."

Als er in das gegenüberliegende Zimmer ging, wandte sich die Polizistin an ihren Vorgesetzten.

„Ein wenig Ähnlichkeit ist durchaus vorhanden", flüsterte sie, „aber ich finde, Raab sieht mindestens zehn bis fünfzehn Jahre jünger aus, als die Person auf unserem Phantombild."

„Ich weiß", erwiderte Arno. „Aber Frau Maurer kann sich in Bezug auf sein Alter geirrt haben. Kommt doch bei Zeugen öfter vor."

„Er hat auch gesagt, dass er ihren Mann häufiger besucht hat", insistierte sie. „Aber Frau Maurer will ihn nur einmal gesehen haben."

„Möglicherweise hat sie die anderen Besuche nicht mitbekommen und zuletzt war Raab angeblich nicht mehr dort gewesen", wischte er ihren Einwand beiseite. „Um die Ehe der Maurers stand es nicht gut und Roland Maurer hatte ein eigenes Arbeitszimmer. Vielleicht empfing er Raab immer nur dort."

Laura war nicht überzeugt, verzichtete aber auf eine Fortführung der Diskussion. Ihr Vorgesetzter wirkte bereits angespannt genug. Weitere Einwände ihrerseits würden ihn nur gereizter machen. Raab kehrte zurück. Er hatte eine leichte Windjacke übergezogen.

„Ich hoffe, Sie können auf Handschellen verzichten", meinte er. „Wäre mir doch sehr unangenehm, wenn Nachbarn sehen würden, wie ich von Ihnen abgeführt werde."

„Schätzen Sie sich selbst als so verdächtig ein, dass Sie glauben, von uns verhaftet zu werden?", fragte Arno.

„Warum sollte ich mit Ihnen aufs Revier, wenn dem nicht so wäre?", fragte Raab zurück. Arno zog es vor, darauf nichts zu antworten.

Laura ließ Raab im Fonds des Wagens Platz nehmen und setzte sich neben ihn auf die Rückbank. Arno ließ den Motor an und steuerte den Wagen Richtung Polizeipräsidium.

Dort führte er Raab in einen Vernehmungsraum und setzte sich ihm gegenüber. Laura ließ sich neben ihrem Vorgesetzten nieder.

„Sind Sie damit einverstanden, dass ich das Gespräch aufzeichne?"

Raabs Antwort bestand aus einem kurzen Schulterzucken.

„Bitte antworten Sie deutlich mit ja oder nein."

„Ja."

„Wann haben Sie Roland Maurer das letzte Mal gesehen?", begann Arno mit der Befragung.

„Das ist schon einige Wochen her. Wir sind uns in letzter Zeit aus dem Weg gegangen."

„Sie hatten Streit?", fragte Laura.

„Eine Meinungsverschiedenheit, ja. Mehr aber auch nicht. Denken Sie, dass ich besser einen Anwalt hinzuziehen soll?"

„Das kommt darauf an, ob Sie uns die Wahrheit sagen", erwiderte Arno. „Aber bis jetzt sehe ich dafür keinen Grund."

Raab schnaubte verächtlich und sah zum Fenster hinaus auf die Straße.

„Worum ging es denn bei Ihrem Streit?", fragte Laura Schneider.

„Roland hatte sich da in etwas verrannt", antwortete Raab. „Er war davon überzeugt, dem Grab von dem Cherusker Arminius auf der Spur zu sein. Wochenlang hat er von nichts anderem mehr geredet. Das war bei ihm zu einer regelrechten Manie geworden. Als ich Roland gegenüber einmal meine Zweifel äußerte, wurde er richtig ausfallend. Das lag sicher auch an der Trinkerei, mit der er seit geraumer Zeit angefangen hatte.

Jedenfalls war mit ihm überhaupt nicht mehr zu reden. Ich habe Roland gesagt, dass er sich wieder bei mir melden könne, wenn er wieder zur Vernunft gekommen sei. Seitdem herrschte Funkstille zwischen uns."

„Was haben Sie denn letzten Dienstag gemacht?", fragte Arno.

„Da ist Roland ermordet worden, nicht wahr?", Raab atmete tief durch, ehe er antwortete. „Ich habe Ihnen doch gerade gesagt, dass ich Roland schon länger nicht mehr gesehen hatte."

Danach habe ich Sie nicht gefragt", entgegnete Arno. „Aber ich bekomme langsam den Eindruck, dass Sie mir ausweichen. Also noch einmal: Wie haben Sie den Tag verbracht?"

„Ich war Zuhause. Es ging mir nicht gut. Ich habe den ganzen Tag im Bett gelegen und viel geschlafen."

„Wir behalten Sie über Nacht hier", entschied Arno, nachdem sie Raab über eine Stunde lang verhört hatten.

„Wie Sie meinen", entgegnete der knapp.

„Möchten Sie jetzt einen Anwalt benachrichtigen?", erkundigte sich die Kommissariatsanwärterin.

Raab schüttelte den Kopf. „Erstens kenne ich keinen und zweitens würde ich ihn nicht brauchen. Ich bin unschuldig und das werden Sie hoffentlich bald begreifen. Bringen Sie mich einfach in meine Zelle. Ich bin müde."

Arno rief zwei Beamte, die den Verhafteten in Gewahrsam nehmen sollten.

„Warum lassen wir ihn nicht laufen?", fragte die Polizistin, nachdem Raab abgeführt worden war. „Wir haben nichts gegen ihn in der Hand."

„Ein bisschen schon", widersprach Arno. „Er hat kein Alibi und ich glaube, dass er mir nicht alles sagt, was er weiß. Vielleicht macht ihn eine Nacht in der Zelle mürbe."

„Es ist wegen der Pressekonferenz nicht wahr? Ein rascher Fahndungserfolg macht sich immer gut."

Arno bedachte seine Kollegin mit einem finsteren Blick, sagte aber nichts. Insgeheim wusste er genau, dass sie Recht hatte.

KAPITEL 9

Astrid saß in der Redaktion vor ihrem Computer und studierte den Aktienindex.

Der Kurs für Silber war schon wieder in die Höhe geschnellt. Das ging schon seit geraumer Zeit so. Kein anderes Metall unterlag derartigen Preissteigerungen, obwohl die Rohstoffknappheit allenthalben zu spüren war. Was mochte dahinter stecken? Ob hier ein Spekulant sein eigenes Süppchen kochte? Die Journalistin griff zum Telefon.

„Becker", kam es vom anderen Ende der Leitung.

„Ich brauche Material über ungewöhnliche Vorkommnisse der letzten Jahre, die Börse betreffend", sagte Astrid, ohne sich mit irgendwelchen Vorreden oder Höflichkeitsfloskeln aufzuhalten. „Beschränken Sie sich bei Ihrer Suche zunächst einmal auf Artikel, die in unserem Blatt veröffentlicht worden sind."

„Entschuldigung?", klang es irritiert aus dem Hörer. „Mit wem spreche denn überhaupt?"

„Astrid Schenk, Wirtschaftsredaktion. Ich habe es eilig."

„Wie weit soll ich zurückgehen?"

„Bis Sie gefunden haben, was ich suche", erwiderte die Journalistin, um noch „und Beeilung bitte, es ist dringend", hinzuzufügen. Damit legte sie auf. Anschließend öffnete Astrid ihr Schreibprogramm und tippte einige Stichworte ein. Nachdem sie noch einige Fragen hinsichtlich des Industriebedarfs an Silber und die möglichen Auswirkungen, die eine Verknappung des Edelmetalls mit sich bringen würde, notiert hatte, speicherte sie die Datei ab, lehnte sich in ihrem Stuhl zurück und verschränkte die Arme hinter dem Nacken. Vielleicht, dachte sie, lässt sich aus den Turbulenzen um den Silberkurs eine brauchbare Story machen.

Derweil atmete Saskia Becker, die Empfängerin der ihr von Astrid Schenk so harsch mitgeteilten Anweisung, tief durch. „Arrogante Ziege", murmelte sie und machte sich missmutig daran, den Auftrag auszuführen. Während dieser Arbeit strich sich die knapp einhundertsechzig Zentimeter messende junge Frau alle paar Minuten eine lose Strähne ihres schwarzen Haares zurück. Zwischendurch rückte sie immer wieder ihre dünnrandige Brille mit den eckigen Gläsern zurecht.

Viel war es nicht, was die Archivarin an Material vorfand. Oder zu viel, denn die Auftragsbeschreibung war ja auch mehr als vage. Nach einigen Minuten lustlosem Herumsuchen betrachtete Becker stirnrunzelnd die gesammelten Texte. Einige Artikel über die Verteuerung von Getreide und Rohöl, starke Kurssteigerungen beim Silber sowie Berichte über die in jüngster Zeit an Bedeutung zunehmenden Seltenerdmetalle. Dazu noch einige Meldungen über Goldverkäufe. Der Milliardär George Soros hatte sich mal wieder von einem Teil seiner Vorräte getrennt und sie auf den Markt geworfen, was den Preis prompt drückte. Im Quartal davor war es gerade andersrum gewesen und drei Monate zuvor wieder umgekehrt. Jede dieser Aktionen hatte das Vermögen des Milliardärs weiter anwachsen lassen. Mehr gab die hauseigene elektronische Datenbank nicht her. Allerdings erfasste die auch lediglich das digitalisierte Archivmaterial der letzten fünfundzwanzig Jahre und auch das noch nicht einmal vollständig. Saskia seufzte und griff nach den Kartons mit der Aufschrift 1987-1989. Die darin befindlichen Artikel waren noch nicht einmal thematisch geordnet. Es würde Stunden dauern, bis sie sich da durchgewühlt hatte. Sie sah auf die Uhr. Feierabend. Das passte ja hervorragend! Saskia griff zum Telefonhörer und wählte Astrid Büronummer. Die Journalistin war sofort am Apparat.

„Ja?"

„Becker hier. Wegen Ihrer Anfrage, ich schicke Ihnen eine E-Mail mit ein paar ausgewählten Dateien. Alles eingescannte Artikel über die Entwicklung von Rohstoffpreisen. Da es sich oft um inhaltliche Wiederholungen handelt, habe ich eine Vorauswahl getroffen, sonst wäre die E-Mail zu umfangreich geworden. Ehrlich gesagt glaube ich kaum, dass ich Ihnen viel weiterhelfen konnte. Die Artikel geben meiner Meinung nach nicht viel her. Na ja, wir sind ja auch kein Fachblatt für Wirtschaft. Ich bin jetzt gut zwanzig Jahre zurückgegangen. Was darüber hinausgeht, ist elektronisch nicht erfasst."

„Aber es wird sich doch noch etwas finden lassen?" Die Ungeduld in Astrids Stimme war nicht zu überhören.

„Natürlich, aber dazu muss ich die alten Artikel einzeln durchforsten und das dauert."

„Na und? Machen Sie sich an die Arbeit. Sie werden schließlich dafür bezahlt."

„Morgen", erwiderte die Archivarin trocken.

„Was soll das heißen? Der Tag ist schließlich noch lang."

„Sicher, aber ich habe jetzt Feierabend. Ich arbeite hier nur halbtags."

„Dann machen Sie halt mal Überstunden."

„Bestimmt nicht, denn ich werde an meinem anderen Arbeitsplatz erwartet. Auf Wiedersehen."

Ohne eine Replik der Journalistin abzuwarten, legte Saskia auf. Sie freute sich diebisch darüber, dieser arroganten Ziege Paroli geboten zu haben. Sie griff nach der Handtasche, schlüpfte in ihren Sommermantel und verließ schnell das Redaktionsgebäude. Nur weg, ehe die Schenk auf die Idee kam, sie abzufangen und zur Rede zu stellen.

Astrid starrte derweil wütend auf den Telefonhörer in ihrer Hand. Die blöde Kuh hatte tatsächlich einfach aufgelegt. Das durfte doch wohl nicht wahr sein! Na warte, dachte sie. Darüber reden wir noch. Sie hämmerte auf die Tastatur ihres Computers und startete den Browser. Anschließend tippte sie ein paar Schlagwörter in die Textzeile der Suchmaschine und überflog die Ergebnisse. Die erste Seite zeigte zuerst kommerzielle Anzeigen für Geldanlagen. Dann folgten einige Hinweise auf die Entwicklung des Goldpreises und die steigenden Rohölpreise. Astrid überflog die Artikel. Irgendwie schien ihr das nicht sehr ergiebig zu sein. Das Thema erforderte offensichtlich mehr Aufmerksamkeit als eine oberflächliche Recherche wie sie die Verfasser der lausigen Artikel, die bisher in dieser Zeitung erschienen waren, durchgeführt hatten. Sie tippte in schneller Folge mit dem Zeigefinger auf die Schreibtischplatte und zog die Stirn kraus. Bei dem ermittelnden Kommissar hatte sie schon auf Granit gebissen und jetzt kam ihr diese Bibliothekshilfskraft auch noch blöde. Würde sie an Horoskope glauben, so hätte sich Astrid ihre gegenwärtigen Misserfolge damit erklärt, dass die Sterne für sie derzeit einfach schlecht standen. Jedenfalls war die Bilanz des Tages, was erfolgreiche Journalistenarbeit betraf, Astrids Meinung nach durchaus verbesserungswürdig. Aber wie sollte sie vernünftig arbeiten können, wenn ihr die Mittel dafür vorenthalten wurden? Ein nur halbtags besetztes Archiv, das war doch ein Witz! War die andere Teilzeitstelle nur vorübergehend vakant oder komplett gestrichen worden? Bei dem Kostendruck, unter dem die Zeitungsverlage standen, war alles möglich. Ein Blick auf die Uhr verriet ihr, dass sie sich beeilen musste, wenn sie bei der für heute angesetzten Pressekonferenz der Polizei einen Platz in der vorderen Reihe ergattern wollte. Die Journalistin fuhr den PC wieder herunter, sorgte mit wenigen Handgriffen für Ordnung auf ihrem Schreibtisch und machte sich auf dem Weg zum Präsidium.

Sie hatte Glück und fand auf Anhieb einen Parkplatz in der Nähe des Gebäudes. Erfreut stellte sie fest, dass sie für die Strecke weniger Zeit gebraucht hatte als gedacht. Tatsächlich waren bis jetzt nur wenige Vertreter von Presse und Rundfunk eingetroffen. Von der Tür zum Presseraum aus erspähte sie einen freien Stuhl direkt gegenüber dem Podium. Während Astrid darauf zusteuerte, fragte sie sich, warum noch niemand diesen Platz besetzt hatte. Als sie davor stand, erkannte sie den Grund. Der Berichterstatter auf dem Sitz daneben hatte seine Kameraausrüstung auf dem Stuhl platziert. So nicht, mein Lieber, dachte die Journalistin und griff nach einem Teil der Ausrüstung.

„He", sagte der Eigentümer, ein Mann um die sechzig mit Bierwampe, Stirnglatze und breitem Schnurrbart, der schon seit längerem hätte gestutzt werden müssen, um als gepflegt zu gelten.

„Sie sind nicht alleine hier", versetzte Astrid und drückte ihm die Tasche gegen den Bauch.

„Aber der Platz ist besetzt", protestierte der Journalist. „Mein Kollege kommt gleich. Der ist nur gerademal wohin."

Astrid warf einen Blick auf den Presseausweis, den der Kerl um den Hals trug. Irgendein lokales Anzeigenblatt aus der Gegend. Die würden sogar bei einer Story dieser Größenordnung keine zwei Leute abstellen. Andere mochte dieser Typ ja mit seiner Masche vergrault haben, aber bei ihr würde er damit nicht durchkommen. Astrid räumte den Rest der Ausrüstung vom Stuhl und drückte die Sachen dem Kerl in die Arme. Der wurde von dieser Aktion völlig überrumpelt und griff hastig zu.

„Wenn Ihr Kollege kommt, sehen wir weiter", sagte sie und betonte dabei das Wort Kollege. Ehe der Dicke antworten konnte, nahm sie Platz und streckte die Füße von sich. „Guter Platz, hier vorn", stellte sie fest. „Hier hat man wenigstens Beinfreiheit." Eine Fortführung der Diskussion wurde ihr erspart, weil in diesem Moment der Staatsanwalt, Hauptkommissar Stecken und einige weitere Männer den Raum betraten und sich zu ihren Plätzen begaben. Typisch, wieder mal keine Frau dabei, dachte sie und zog die Stirn in Falten. Na dann will ich doch mal hören, was die Herren der Schöpfung mir mitzuteilen haben.

Saskia Becker bekleidete zwei Teilzeitstellen. Eine im Archiv der örtlichen Zeitung und eine weitere in der hiesigen Bibliothek. Die Tätigkeit an ihrem zweiten Arbeitsplatz entschädigte sie für den Ärger, den sie am ersten auszuhalten hatte. Die Journalisten und Redakteure setzten ihr teilweise ganz schön zu. Jeder machte Druck und forderte, dass sein Anliegen vorrangig behandelt wurde, egal ob er jetzt an der Reihe war oder nicht. Besonders diese neue Journalistin aus Wiesbaden spielte sich auf, als wäre sie sonstwer. Saskia hatte von dieser Frau bislang noch kein einziges freundliches Wort gehört. Sie schüttelte energisch den Kopf, um die unerfreulichen Gedanken an die ruppige blonde Zeitungsfrau zu vertreiben. Das fehlte noch, dass sie sich die Laune an der angenehmen Arbeit in der Bibliothek von dieser blöden Ziege verderben ließ.

Die dunkelhaarige Bibliothekarin rückte ihre dünnrandige Brille zurecht und öffnete einen Karteikasten. Diese herrische Person mit ihrem ruppigen Benehmen und ihren aufdringlichen Fragen hatte irgendetwas in ihr geweckt. Saskia Becker konnte nicht sagen, was das genau war, aber sie kannte dieses Gefühl nur zu gut. Es war, als ob sich ihr eine fremde Macht mitteilen wollte. Die Endzwanzigerin wusste sehr wohl, wer da Kontakt zu ihr suchte. Das Archiv selbst war es, das versuchte, mit ihr zu kommunizieren. Sie musste es nur zulassen und sich leer machen, wie sie es nannte. An nichts Bestimm-

tes denken. Darum hatte sie den Karteikasten aufs Gera-
dewohl geöffnet. Sie starrte in die offene Lade blätterte
ziellos durch die Karten. Einige Minuten stand sie so da.
Hin und wieder fuhren ihre Finger ziellos über die Kar-
tenränder. Schließlich breitete sich ein Lächeln auf ihrem Gesicht aus. Die Bibliothekarin lauschte dem Rau-
nen, das nur für ihre Ohren bestimmt war.

„Ungeheuerliches ist geschehen ...", vernahm sie „...
und wird wieder geschehen, wenn niemand einschrei-
tet, es zu verhindern."

Saskia bewegte die Lippen und sprach lautlos die Worte
mit, die sie vernahm. Unmöglich für sie zu sagen, woher
die Stimmen stammten; ob sie alleine in ihrem Kopf exis-
tierten oder doch von außen kamen, derart leise, dass
nur ihr außergewöhnlich feines Gehör sie vernehmen
konnte. Saskia hatte gelernt, mit ihrer Gabe umzugehen.
Seit der Kindheit war sie es gewohnt, ein Außenseiter-
dasein zu führen, als Freak angesehen und verspottet zu
werden.

„Gier und Machtstreben, dieselben Triebfedern wie damals sind es, die sich diesmal einen Mensch ausgewählt
haben, der unheilvolle Zwecke verfolgt."

Saskias Lippen bewegten sich weiter ohne Unterlass. Sie
bemühte sich angestrengt, jedes einzelne Wort genau
einzuprägen. Ihre Finger strichen weiter über die Ober-
kanten der Karteikarten in der offenen Lade. So vergin-
gen fast zwei Minuten, bis ihr bewusst wurde, dass sie
mit ihrem Daumen und dem Zeigefinger eine der Karten

angelupft und halb aus dem Kasten gezogen hatte. Behutsam nahm die Bibliothekarin das Stück Karton ganz heraus, damit sie lesen konnte, welcher Titel darauf erfasst worden war. Es handelte sich um ein Buch über eine gewagte Börsenspekulation zweier texanischer Brüder. Diese hatten vor einigen Jahrzehnten versucht, sämtliche Silbervorräte der Welt aufzukaufen. Die Gebrüder Hunt waren dabei ihrem Ziel so nahe gekommen, dass der Börsenhandel mit dem Edelmetall zeitweise ausgesetzt werden musste. Letztlich waren die Milliardäre aber doch gescheitert und mit großen Verlusten aus ihrer Unternehmung hervorgegangen. Saskia Becker konnte sich nicht erklären, was sie mit dem Hinweis auf dieses Buch anfangen sollte. Dann fiel ihr diese unverschämte Journalistin ein, die ihr die Suche nach derartigem Archivmaterial auf recht rüde Weise aufgetragen hatte. Saskia zog die Stirn in Falten und steckte die Karteikarte zurück an ihren Platz. Mit einem Schulterzucken schloss sie die Lade wieder. Was soll's, dachte sie. Wäre diese Ziege freundlicher gewesen, würde ich mir die Mühe machen, sie anzurufen. Aber jetzt arbeite ich schließlich nicht im Zeitungsarchiv und hier hat sie mir nichts zu sagen. Ich habe auch keine Lust, mir mit unerfreulichen Gedanken an diese Person den Tag zu verderben. Damit ging Saskia zurück an ihren Schreibtisch, um zu sehen, welche neuen Bücher sie dem Bibliotheksbestand als nächstes zuordnen konnte.

KAPITEL 10

Der Presseraum im Polizeipräsidium war inzwischen bis auf den letzten Platz besetzt. Ein Umstand, der Arno ein gewisses Unbehagen bereitete. Der Mordfall Roland Maurer erweckte bereits jetzt bundesweites Interesse. Es waren unter anderem Vertreter vom ZDF und sogar welche von einer niederländischen Fernsehstation anwesend. Die ARD hatte natürlich über das SWR Studio Koblenz eine Korrespondentin vor Ort. Arnos Laune verschlechterte sich noch mehr, als er Astrid Schenk entdeckte. Die musste natürlich ausgerechnet in der ersten Reihe sitzen, nur wenige Meter vom Podium entfernt. Als Arno ihren Blick kreuzte, verzog er unwillkürlich das Gesicht. Er stand sowieso schon unter Stress. Die ungewöhnlich hohe Anzahl der Medienvertreter konnte für ihn nur bedeuten, dass Details durchgesickert waren, die besser nicht ungefiltert an die Öffentlichkeit weitergegeben wurden. Direkt neben Arno saßen links der ermittelnde Staatsanwalt Holger Friese und rechts ein Pressesprecher der Ermittlungsbehörde. Friese wirkte wie stets frisch aus dem Ei gepellt. Der schlanke Mittvierziger trug einen Maßanzug, der ihm, wie Arno zugestehen musste, ausgesprochen gut stand. Friese hatte das dunkle Haar nach hinten gekämmt und mit reichlich Gel aufbereitet. Er lächelte in die Runde und zeigte dabei seine makellos weißen Zähne. Der neben ihm sitzende Pressesprecher, ein gleichaltriger Mann von weitaus unauffälligerer Erscheinung, ergriff das

Wort und begrüßte die anwesenden Damen und Herren. Nach dieser Einleitung gab Staatsanwalt Friese einen allgemeinen Überblick über den Tathergang und kündigte an, dass Hauptkommissar Stecken über die Details, soweit diese für die Öffentlichkeit bestimmt waren, informieren würde. Arno räusperte sich und rückte seine Krawatte zurecht.

„Wir haben eine Festnahme vorgenommen", sagte er. Eigentlich hatte er sich das für später aufheben wollen, aber ehe er sich versehen hatte, waren die Worte aus ihm herausgesprudelt Seine Sitznachbarn beugten sich vor und bedachten ihn mit verwunderten Blicken. Staatsanwalt Friese starrte seinen Untergebenen mit zu Schlitzen verengten Augen an.

„Um wen handelt es sich?", fragte jemand aus dem Publikum. Arno erkannte sofort die Stimme von Astrid Schenk, die ihm nur wenige Meter entfernt gegenübersaß. Er widerstand dem Impuls, die Journalistin dahingehend zurechtzuweisen, dass Fragen erst nach offizieller Beendigung der Presseerklärung zugelassen waren. Stattdessen antwortete er: „Darüber möchte ich beim bisherigen Stand der Ermittlungen noch keine Auskunft geben. Wenn die Haftprüfung erfolgt ist und der Verdächtige in Untersuchungshaft kommt, werden wir Sie selbstverständlich über die Identität des Mannes in Kenntnis setzen."

„Es handelt sich also um einen Mann", stellte ein anderer Berichterstatter fest.

„Äh, ja", Arno spürte, wie ihm der Schweiß ausbrach. Ihm wurde bewusst, dass er doch besser daran getan hätte, die Fragerei gleich im Ansatz zu unterbinden. „Aber mehr möchte ich ..." Sein Blick fiel auf Astrid, die ihn mit ausdruckslosem Gesicht musterte. Er wollte sein Gesicht gerade von ihr abwenden, als sie die Hand hob.

„Ja, bitte?", fragte er automatisch und hätte sich im nächsten Moment am liebsten auf die Zunge gebissen.

„Trifft es zu, dass Roland Maurer mit einem germanischen Kurzschwert ermordet wurde?", fragte die Journalistin. Sie gab dem Angesprochenen zunächst keine Gelegenheit zu antworten, sondern feuerte sogleich die nächste Frage ab. „Und stimmt es außerdem, dass es sich bei der Waffe zumindest um ein Modell von so einem Schwert handelt, wie es der Cherusker Arminius bei der Schlacht im Teutoburger Wald benutzt hat?"

Arno schwirrte der Kopf. Auf seiner Stirn und den Lippen bildeten sich Schweißtropfen. Aus dem Augenwinkel konnte er noch erkennen, wie Pressesprecher und Staatsanwalt die Köpfe zusammensteckten. In Gedanken verfluchte er den Beamten, den er am Tatort zusammengefaltet hatte. Die Info mit der Tatwaffe konnte eigentlich nur von ihm stammen. Er würde ihn gern zur Rede stellen, aber was half das schon? Die Beweise für seine Anschuldigung fehlten. Das Kind war in den Brunnen gefallen und fünfzig Augenpaare starrten auf das Podium. Seine Zuhörer warteten auf eine Antwort, aber ihm fiel keine ein.

„Ich bitte Sie", kam ihm nun der Pressesprecher zu Hilfe. „An derart reißerischen Spekulationen wollen wir uns gar nicht erst beteiligen. Über Details wie die Tatwaffe können wir zum jetzigen Zeitpunkt sowieso noch nichts bekannt geben, um die Aufklärung des Falles nicht zu gefährden."

Arno ließ geräuschvoll die Luft aus seinen aufgeblasenen Backen. Das war ja gerade noch einmal gut gegangen. Zufrieden registrierte er, wie sich die Schenk enttäuscht zurücklehnte und die Arme verschränkte.

Der Pressesprecher war zur Enttäuschung der Journalisten ein absoluter Vollprofi. Nachdem er das Wort an sich gerissen hatte, gab er die Gesprächsführung nicht mehr aus der Hand. Der Rest der Pressekonferenz verlief sich in vergeblichen Vorstößen der Medienmeute, mehr über die ungeheure Dimension dieses Mordfalls zu erfahren. Nachdem der Sprecher ein halbes Dutzend Fragen ebenso routiniert wie nichtssagend beantwortet hatte, ergriff Friese nach einem Blick auf die Uhr das Schlusswort und beendete offiziell die Veranstaltung. Arno lief beim Verlassen des Raumes dem Staatsanwalt direkt in die Arme.

„Wieso haben Sie mich nicht über die Festnahme informiert?", blaffte Friese ungehalten.

„Dafür war keine Zeit mehr", versuchte Arno sich zu verteidigen. „Bis vor einer Stunde war ich mir selbst noch nicht sicher, ob ich ihn in Gewahrsam behalte."

„Um wen handelt es sich überhaupt?"

„Ingo Raab, ein Freund und Mitglied der Re-enactment-Gruppe des Ermordeten. Er gab zu, sich vor kurzem mit Maurer gestritten zu haben. Außerdem hat er vor einem Monat die Kopie eines germanischen Kurzschwerts erworben."

Der Staatsanwalt verzog das Gesicht. „Nicht ungewöhnlich für einen, der sich für diese Geschichtsepoche begeistert. Ist das alles?"

„Raab hat das Schwert nicht mehr. Er will es verloren haben."

Frieses Miene entspannte sich. „Das ist doch schon mal was. Bleiben Sie dran, aber halten Sie mich von nun an auf dem Laufenden. So eine Pleite wie eben will ich nicht noch einmal erleben!" Der Staatsanwalt wartete die Antwort seines Untergebenen gar nicht erst ab, sondern machte auf dem Absatz kehrt.

Arno atmete tief durch und ließ dabei die Schultern nach vorn fallen. Er war sich dessen bewusst, dass ihm nur eine äußerst kurze Gnadenfrist vergönnt war, um seinen Kopf aus der Schlinge zu ziehen. Im Laufe des morgigen Tages würden ihm die Presse und auch Friese wieder im Genick sitzen und Ergebnisse einfordern. Er musste so schnell wie möglich Beweise für Raabs Schuld finden. Andernfalls war er verpflichtet, den Verdächtigen wieder freizulassen. Das würde sich weder vor dem Staatsanwalt noch vor der Presse gut machen.

KAPITEL 11

Jan Marvin Vanderbilt, ein Vierundfünfzigjähriger mit kantigem Gesicht, durchtrainiertem Körper und grauen Haaren, hatte gerade den Terminal 2 des Flughafens Frankfurt am Main verlassen. Der Flug war anstrengend gewesen. Elf Stunden Transatlantiküberquerung waren nicht mehr so leicht zu verkraften, wenn man sich in seinen fünfziger Jahren befand. Auch dann nicht, wenn man jeden Morgen genauso viele Liegestützen machte wie man Jahre zählte. Vor allem aber dann nicht, wenn man eine tödliche Krankheit wie Leukämie in sich trug, Der grauhaarige, hochgewachsene Mann setzte eine Sonnenbrille auf und winkte ein Taxi heran, mit dem er sich ins Stadtzentrum fahren ließ. In zwei Tagen sollte er jemanden treffen, der seine Dienste in Anspruch nehmen wollte. Bis dahin musste Vanderbilt noch einige Vorbereitungen treffen. Eine davon war, einen Kurierdienst aufzusuchen, über den er bereits vor einer Woche zwei Pistolen der Marke Glock 17 in die örtliche Filiale des Versandunternehmens vorausgeschickt hatte. Vanderbilt wollte die Zeit nutzen, um sich in der Mainmetropole einzugewöhnen. Er hatte viele Jahre im Ausland zugebracht, weil ihm der Boden in Deutschland zu heiß geworden war. Im Rahmen verstärkter Terrorfahndung war auch er zunehmend ins Visier der Ermittler geraten. Nicht, dass er einer bestimmten Extremistengruppe angehörte, aber Vanderbilt war nicht wählerisch, was die Art seiner Aufträge anging. Wer zahlte, bekam, wofür er ihn beauftragt hatte. Und da der Killer in den letzten Jahren nachlässig geworden war, was gewisse Vorsichtsmaßnahmen anging, wurde er mit einer zunehmenden Anzahl von Attentaten, darunter auch solche mit politischem Hintergrund, in Verbindung gebracht. Das konnte vor allem deshalb passieren, weil der Killer es nicht mehr für nötig hielt, seine verschossenen Kugeln einzusammeln oder aus den Körpern der Getöteten herauszupulen. Und da er sich seit langer Zeit derselben Waffen bediente, war es kein Wunder, dass man ihm auf die Spur gekommen war.

Seit ihm die Endlichkeit seiner Existenz bewusst war, scherte sich der Auftragsmörder einen Dreck, darum, ob er ins Visier der Kriminalermittler geriet. Allerdings ging seine Umsicht doch noch soweit, dass er sich auf Reisen gefälschter Dokumente bediente und unter diversen Decknamen in der Welt bewegte.

Vanderbilt steuerte eine Telefonzelle an und wählte eine Nummer, die er sich vor seiner Abreise eingeprägt hatte. Die Stimme am anderen Ende der Leitung gehörte zu einem Mann, der etwa in seinem Alter sein mochte.

„Besorgen Sie sich ein Prepaidhandy. Aber kein Billiggerät, sondern eins, das Bilddateien in hoher Auflösung anzeigen kann", instruierte ihn der unbekannte Auftraggeber. „Rufen Sie mich dann wieder an."

Ein akustisches Signal verriet, dass die Verbindung abgebrochen war. Vanderbilt kaufte ein Smartphone ohne Vertrag und rief erneut bei dem Unbekannten an.

„Deaktivieren Sie die Rufunterdrückung, damit ich Ihre Nummer sehen kann", forderte der Auftraggeber. „Anschließend legen Sie auf und halten Ihren Apparat auf Empfang."

Vanderbilt seufzte kurz auf. Eins der schlimmeren Dinge, die ihm in seinem Leben noch unterkommen konnten, war ein nervenschwacher, paranoider Auftraggeber. Dennoch tat er wie ihm geheißen. Nach zwei Minuten zeigte ihm sein Mobiltelefon den Eingang einer MMS an. Der Killer öffnete die Datei und erkannte den Ausschnitt eines Koblenzer Stadtplans. Der Text darunter beschrieb eine Hausnummer. Eine Uhrzeit war ebenfalls angegeben. Da das Treffen mit dem Absender der MMS für übermorgen festgesetzt war, erübrigte sich die erneute Angabe eines Datums.

Der Killer ging zu einem Mietwagenverleih und buchte einen weißen Peugeot 306. Nachdem die Formalitäten erledigt waren, setzte sich Vanderbilt hinter das Steuer und schloss sein mitgebrachtes Navigationsgerät an. Anschließend fuhr er in Richtung Koblenz zu der Adresse, die ihm sein Auftraggeber vorhin per Mobiltelefon übermittelt hatte. Knapp zwei Stunden später stand der Killer vor einer Lagerhalle, die zwar verschlossen war, aber offensichtlich nicht mehr genutzt wurde. Er lief um das Gebäude, konnte jedoch keinen offenen Zugang finden. Das große Tor an der Vorderseite der Halle war fest verschlossen und die an den Fenstern angebrachten Gitter verhinderten jeden Versuch, schnell in das Innere der Halle einzudringen. Nachdem er das Grundstück zwei Mal umrundet hatte, befestigte Vanderbilt einen Zettel am Haupttor. Die Notiz darauf lautete schlicht: Rufen Sie mich wieder an.

Dann begab er sich wieder in seinen Wagen und steuerte die Innenstadt an, wo er sich in einem kleinen Hotelzimmer einmietete.

Zwei Tage später signalisierte Vanderbilts Handy einen Anruf.

„Sie haben unsere Verabredung platzen lassen", kam der Anrufer gleich zur Sache. Der Mann gab sich keine Mühe, mit seiner Verärgerung hinter dem Berg zu halten.

„Das Ambiente gefiel mir nicht", erklärte der Killer ruhig.

„Welchen Treffpunkt würde der Herr denn bevorzugen?"

„Bei Ihnen zu Hause," erwiderte Vanderbilt gelassen, ohne auf den Sarkasmus seines Gesprächspartners einzugehen.

„Sie sind ja verrückt!"

„Ich kenne die Gerüchte, die über mich in Umlauf sind. Aber entweder läuft es so wie ich sage oder gar nicht."

Einen Moment lang war es still in der Leitung. Dann hörte Vanderbilt, wie der Mann am anderen Ende der Leitung tief durchatmete.

„Also schön", meinte er schließlich. „Merken Sie sich die Adresse im Kopf. Keine schriftlichen Notizen, verstanden?"

Nachdem das Gespräch beendet war, wusste Vanderbilt mehr über den Auftrag, als sich der Anrufer hätte träumen lassen. Klar war, dass es sich um eine Terminsache handelte. Stünde dem Auftraggeber mehr Zeit zur Verfügung, würde er sich jemand anderen suchen, der die Drecksarbeit für ihn erledigte. Jetzt stand der geheimnisvolle Anrufer aber offensichtlich so sehr unter Zeitdruck, dass er sogar die Enthüllung seiner Identität

in Kauf nahm. Der Schritt, aus der Anonymität heraus-
zutreten, fiel ihm gewiss nicht leicht, sonst hätte er bis
jetzt nicht den ganzen Hokuspokus veranstaltet.

KAPITEL 12

Rudolf Vogt presste die Kiefer so stark aufeinander, dass seine Zähne knirschten. Dieser Vanderbilt hatte vielleicht Nerven, ihn herumzukommandieren. Natürlich kam es nicht in Frage, dass der Kerl ihn in seinem eigenen Haus aufsuchte. Zum Glück hatte Hartfeldt sich darauf eingelassen, auf einige Forderungen Vogts einzugehen, so ungewöhnlich sie ihm auch erscheinen mochten. Aber Hartfeldt war so versessen darauf gewesen, mit ihm Geschäfte zu machen, dass er die Bedingungen akzeptiert hatte. Kein Wunder, denn außer Hartfeldts Kapitalanlagegesellschaft, der international renommierten GH-Invest, stand dessen Firmenkomplex alles andere als gut da und war auf die Finanzspritze, die Vogt großzügig in Aussicht stellte, dringend angewiesen. Hartfeldts Lage war so verzweifelt, dass er darauf verzichtet hatte, Vogts Pläne zu hinterfragen, aus Angst, den Geldgeber zu verprellen. Gut so, dachte Vogt. Wirst schon früh genug erfahren, um was es geht. Er wechselte erneut die Simkarte und wählte. Hartfeldt war sofort am Apparat.

„Ich möchte Punkt zwei auf unserer Liste abhaken", sagte Vogt.

„Um was handelt es sich?"

„Ich brauche Ihre Villa und zwar noch heute Abend. Sagen wir für zwei bis drei Stunden."

Einige Sekunden war es still in der Leitung. Vogt konnte hören, wie sein Gesprächspartner schluckte.

„Geht in Ordnung", sagte der schließlich. „Das Haus steht Ihnen in einer halben Stunde zur Verfügung."

Vogt legte auf und rieb sich die Hände. Drei Gefallen hatte er bei Hartfeldt noch gut. Dessen Besuch bei Maurer war der erste Punkt auf der Liste gewesen. Fünf waren vereinbart worden. Hartfeldt musste Vogts Anliegen erfüllen, solange sie keine kriminellen Handlungen darstellten. Und das taten sie für sich genommen ja nicht.

Unterdessen umklammerte Hartfeldts rechte Hand noch immer das Telefon. Er fragte sich, wozu Vogt sich sein Haus ausleihen wollte. Noch dazu so kurzfristig. Ihm war unwohl bei dem Gedanken, dass er seinem Geschäftspartner noch ganze drei Gefallen schuldete. Wie hatte er sich nur den Launen dieses Exzentrikers so unterordnen können?

„Du kennst die Antwort", murmelte er vor sich hin. „Ausländische Investoren haben schon vor einiger Zeit begonnen, ihre gierigen Klauen nach deinem Unternehmen auszustrecken. Es ist nur eine Frage der Zeit, bis es zu einer Übernahme kommt. Dann sind deine Tage als Firmenchef gezählt. Wer immer dein Unternehmen aufkauft, seien es nun die Chinesen oder die Amerikaner, wird dich schneller auf die Straße setzen, als du bis drei zählen kannst. Eine Fusion mit Vogts Werken ist der einzige Ausweg, deine Firma im Land und dich auf dem Chefsessel zu halten."

Hartfeldt öffnete die Hausbar und entnahm ihr eine Flasche Bourbon. Er schenkte sich einen Drink ein, nahm einen großen Schluck und leerte damit das Glas zur Hälfte. Er spürte wie sich die Wärme in seinem Körper ausbreitete und die Bedenken verdrängte, in Vogt nicht etwa seinen Retter, sondern eher die Ursache seines Untergangs gefunden zu haben. Mit einem weiteren Schluck leerte Hartfeldt das Glas vollends und stellte es hinter die Flaschen der Bar. Es widerstrebte ihm, sein Eigentum im eigenen Haus derart verstecken zu müssen, aber Vogt würde vielleicht bereits in einigen Minuten hier eintreffen. Er wäre gewiss nicht erfreut, ein benutztes Glas vorzufinden. Hartfeldt beschloss, die Zeit sinnvoll zu nutzen und sich über die aktuellen Geschehnisse auf dem Laufenden zu halten. Er schaltete den Computer ein und öffnete den Browser. Auf dem Bildschirm aktualisierte sich die Seite eines lokalen Nachrichtenportals. Die Meldung über die Ermordung Roland Maurers sprang Hartfeldt sofort ins Auge. Während er den Artikel las, wich ihm das Blut aus dem Gesicht. Ein leichtes Knacken seiner gegeneinander gepressten Kiefer veranlasste ihn, tief durchzuatmen und den Griff um die Computermaus zu lockern. Dafür schuldet mir dieser Mistkerl eine Erklärung, dachte er, während er den Computer herunterfuhr. Er widerstand dem ersten Impuls, im Haus zu bleiben bis Vogt eintreffen würde. Was, wenn sein Geschäftspartner mit Begleitung kam? Durchaus denkbar, denn wozu sonst wollte der das Haus für sich haben? Hartfeldt kam zu dem Schluss, dass es klüger war, einen anderen Zeitpunkt für die Konfrontation mit Vogt zu wählen.

Wenn er seinem Geschäftspartner nicht doch noch über den Weg laufen wollte, musste er die Wohnung jetzt verlassen. Vielleicht konnte er es noch rechtzeitig vor Veranstaltungsbeginn ins Theater schaffen. Das Personal hatte bereits Feierabend. Die Haushälterin würde

erst ab morgen früh um sieben wieder ihren Dienst aufnehmen und ihm Frühstück machen. Hartfeldt dachte
daran, dass er wie Vogt allein lebte. Vielleicht war es
das, was ihn seinerzeit dazu veranlasst hatte zu hoffen,
dass aus ihrer geschäftlichen Beziehung so etwas wie
eine Freundschaft würde entstehen können. Doch im
Moment war er alles andere als sicher, ob er sich das
wirklich wünschen sollte.

KAPITEL 13

Es war weit nach Mitternacht, als Vanderbilt mit seinem Mietwagen die zu einem Villengrundstück gehörende Auffahrt hinauf fuhr. Er parkte den Peugeot hinter einer kleinen Baumgruppe, sodass das Fahrzeug von der Straße aus nicht zu sehen war. Wie verabredet, waren die Bewegungsmelder ausgeschaltet. Offensichtlich wollte der Bewohner der Villa es unter allen Umständen vermeiden, dass Vanderbilts Anwesenheit Dritten bekannt wurde.

Der Killer betrat das Gebäude. Nur eine gedimmte LED-Leuchte erhellte den Gang. Eine Notbeleuchtung, nicht mehr. Der Fußboden knarrte und verriet die Anwesenheit des Besuchers.

„Hier entlang", ertönte eine Stimme, die aus einem rechter Hand gelegenen Raum erklang, dessen Tür offen stand. Vanderbilt steuerte darauf zu und betrat das Zimmer.

„Bleiben Sie dort stehen", sagte die Stimme. Sie gehörte zu einem Mann, dessen Gesicht in dem dunklen Raum nicht zu erkennen war.

„Wollen Sie ernsthaft dieses Theater mit mir durchziehen?", fragte Vanderbilt.

„Denken Sie darüber wie Sie wollen, aber Ihre Meinung dazu interessiert mich herzlich wenig", lautete die unwirsche Antwort.

„Bleiben Sie gefälligst höflich und kommen Sie zur Sache, damit wir das hier möglichst bald hinter uns haben", versetzte der Killer in gleicher Tonart. Was folgte, war ein Moment des Schweigens, in dem Vanderbilt den schweren Atemzügen seines Gastgebers lauschte.

„Hier", sagte der Mann im Dunkel schließlich und schob dem Besucher einige mit einer Büroklammer zusammengeheftete Papiere hin.

„Lesen Sie sich die Informationen durch. Es handelt sich überwiegend um die Kopie einer Personalakte über Volker Woller. Der Mann hat mir ein archäologisches Fundstück gestohlen, das für mich persönlich von großer Bedeutung ist. In der Akte finden Sie Fotoaufnahmen einer Nachbildung. Es handelt sich um ein antikes Schwert. Ich will es unbedingt wieder haben. Möglicherweise ist es sehr stark beschädigt und hat nur entfernte Ähnlichkeit mit dem Objekt auf den Bildern."

„Möglicherweise?", Vanderbilt blätterte durch den Hefter, aber es war zu dunkel, als dass er darin hätte viel erkennen können. „Warum wissen Sie das nicht und wieso gibt es keine Fotos von dem Original?"

„Es gibt nun einmal nur Bilder von der Kopie. Und woher soll ich wissen, was Woller mittlerweile mit dem Schwert angestellt hat? Ich hoffe, dass es wenigstens gut verpackt und einigermaßen geschützt ist. Aber er ist ein grober Kerl, der womöglich nicht besonders achtsam damit umgegangen ist. Egal, ich möchte, dass Sie mir mein Eigentum wiederbeschaffen und dafür sorgen, dass Woller es mir nicht noch einmal stehlen kann."

Vanderbilt ließ diesen Satz nachhallen, ehe er antwortete. „Ich verstehe", sagte er schließlich. „Sonst noch etwas?"

„Es ist alles gesagt", tönte es aus dem Dunkel. „Enttäuschen Sie mich nicht."

Als Vanderbilt seine Unterkunft erreicht hatte, war es bereits nach Mitternacht und längst Zeit für ihn schlafen zu gehen, aber seine Neugier hielt ihn wach. Er schloss seinen Laptop an und schob eine kleine Speicherkarte in den dafür vorgesehenen Schacht. Nachdem das Programm gestartet war, gab er die Adresse der Villa, die er aufgesucht hatte, in die Suchmaske ein. Als Eigentümer wurde eine Person namens Gunter Hartfeldt ausgewiesen. Vanderbilt gab den Namen in diverse Suchmaschinen ein und verschaffte sich Informationen über den Mann. Hartfeldt besaß unter anderem eine renommierte Beraterfirma für Kapitalanlagen sowie ein Unternehmen, das auf die Herstellung chirurgischer Bestecke für ambulante und stationäre Operationen spezialisiert war. Die Qualität dieser Instrumente musste herausragend sein, denn zu den Kunden von Hartfeldts Firma zählten zahlreiche Kliniken im In- und Ausland. Darunter befanden sich auch Krankenhäuser von internationalem Ruf. Den Angaben diverser Porträts zufolge, die im weltweiten Netz haufenweise von jedermann eingesehen werden konnten, war Hartfeldt einundsechzig Jahre alt. Eine Schätzung, die mit der übereinstimmte, die Vanderbilt aufgrund der Stimme des Mannes in der Villa getroffen hatte.

Weitere Online-Recherchen des Killers ergaben, dass Hartfeldt beabsichtigte, mit dem Konzern eines gewissen Rudolf Vogt zu fusionieren. Vanderbilt gab auch diesen Namen in die Suchmaschine ein und verschaffte sich so einige Informationen über den Mann. Der war ungefähr im gleichen Alter wie Hartfeldt und schien in wirtschaftlicher Hinsicht mindestens eine Liga höher zu spielen, als der Eigentümer der Villa, die der Killer am Abend aufgesucht hatte.

„Interessant", murmelte Vanderbilt. Er stand auf, ging zum Fenster seiner kleinen Behausung und öffnete es. Frische Nachtluft strömte herein und übte eine belebende Wirkung auf ihn aus. Er atmete einige Male tief durch und stellte das Fenster auf Kippstellung. Während er sich in dem kleinen Bad bettfertig machte, ließ er sich den Verlauf des Besuchs noch einmal durch den Kopf gehen. Eigentlich, so fand er, war es doch sonnenklar, dass derjenige, der ihn empfangen und so unfreundlich abgefertigt hatte, ganz gewiss nicht Gunter Hartfeldt gewesen war. Es wäre doch völlig daneben, jemanden in seiner eigenen Wohnung zu treffen und so ein Theater abzuziehen. Sinn ergab das nur, wenn die als Treffpunkt gewählte Villa jemand Anderem gehörte. Der logische Schluss konnte daher nur lauten, dass Vanderbilts Gesprächspartner von heute Abend ein anderer Mann als Gunter Hartfeldt gewesen war. Wem hätte der aber sein Haus für diesen Abend überlassen sollen, wenn nicht einem Menschen, der ihm entweder sehr nahe stand oder jemand anderem, der bedeutend mächtiger war als er selbst? Während er sich ins Bett legte und auf die Seite drehte, dachte Vanderbilt daran, dass er sich am folgenden Tag näher mit einem Großindustriellen namens Rudolf Vogt beschäftigen würde.

KAPITEL 14

Vanderbilt saß in seinem gemieteten weißen Peugeot und beobachtete das auf der anderen Straßenseite gelegene Fabrikgelände. Es gehörte zu der Firma, deren Namen ihm bereits im Zusammenhang mit seinen Recherchen zu dem geheimnisvollen Bewohner der Villa, die er aufgesucht hatte, untergekommen war. Es handelte sich um das Unternehmen, mit dem Hartfeldt fusionieren wollte. War das jetzt Zufall oder steckte mehr dahinter? Der Killer hatte keine Gelegenheit, länger über diese Frage nachzugrübeln, denn in diesem Moment verließ Volker Woller in seinem rostigen Ford Fiesta den Firmenparkplatz. Vanderbilt ließ zwei Wagen passieren, ehe er die Verfolgung aufnahm. Während der ruhigen Fahrt rief er sich einige Informationen ins Gedächtnis zurück, die Wollers Charakter treffend umschrieben. Der junge Mann war wegen Körperverletzung mehrfach vorbestraft, wobei einige Delikte im Zusammenhang mit Fremdenfeindlichkeit standen. Vanderbilt fiel auf, dass die Informationen über Woller recht umfangreich waren. Es handelte sich um ein umfassendes Dossier, so als wäre der Schläger gezielt über einen längeren Zeitraum observiert worden. Der Killer glaubte nicht daran, dass es sich bei dem Diebstahl des Schwerts um ein einfaches Eigentumsdelikt handelte. Dahinter steckte mehr. Soviel war sicher.

Woller fuhr nicht in Richtung Innenstadt. Der Verkehr wurde immer spärlicher und Vanderbilt musste den Abstand vergrößern, um keinen Verdacht zu erregen. Nach wenigen Minuten erreichten sie eine Schrebergartenkolonie. Der Killer entspannte sich wieder. Die Wahrscheinlichkeit, dass der Observierte ihn für jemand anders als einen Besucher oder Besitzer einer dieser Gärten halten würde, war mehr als gering. Es war kaum vorstellbar, dass Woller viele Kontakte zu den hiesigen Freizeitgärtnern pflegte und wusste, wer zu der Laubenkolonie gehörte und wer nicht. Die ansonsten von jeglichem Unkraut befreiten Beete und kurz gemähten Rasenflächen passten so gar nicht zu dem Mann in dem rostigen Kleinwagen vor ihm. Vanderbilt parkte an einer Stelle, wo sein Wagen niemanden stören würde und stieg aus. Der Lagerarbeiter war weiter gefahren, aber das machte nichts. Weit konnte er nicht sein, denn ein Verkehrsschild mit der Aufschrift: „Sackgasse, keine Wendemöglichkeit" informierte darüber, dass es jenseits der Gartenkolonie für Kraftfahrzeuge nicht weiter ging. Vermutlich schloss sich direkt an die letzten Gartengrundstücke ein Waldgebiet an.

Der Killer gab sich den Anschein eines harmlosen Spaziergängers. Er schlenderte an den Gärten vorbei auf die Bäume zu, die knapp zweihundert Meter entfernt standen. Als er die Hälfte der Strecke zurückgelegt hatte, sah er Wollers Auto neben einer Harley Davidson auf einem geschotterten Platz stehen. Daneben stand eine größere Holzhütte, eine Art Clubhaus, wie Vanderbilt vermutete. Er ging weiter, wobei er wie beiläufig einen Blick auf das Gebäude warf. Dabei prägte er sich die Einzelheiten ein. An den beiden Fenstern der Frontseite waren hölzerne Läden angebracht. Die in der Mitte des Gebäudes angebrachte Tür war ebenfalls aus massivem Holz. Rechts neben der Hütte befand sich ein kleiner Geräteschuppen. In diesem Moment trat Woller in Begleitung eines zweiten Mannes vor die Tür. Der Unbekannte trug auf seiner Weste die Colors eines zu einer der großen Motorradbanden gehörenden lokalen Untergruppe, eines sogenannten Chapters. Die beiden Männer wechselten einige Worte, die Vanderbilt nicht verstehen konnte. Anschließend gingen sie zu Wollers Auto. Dessen Besitzer öffnete den Kofferraum und entnahm ihm einen länglichen, mit Packpapier umwickelten Gegenstand. Das schmale Paket hatte eine Länge von etwas über einen Meter. Vanderbilt atmete tief durch. Sollte es sich um das gesuchte Kurzschwert handeln? Konnte Woller tatsächlich so blöd sein, etwas derart Wertvolles durch die Gegend spazieren zu fahren und es während seiner Arbeitsschicht im Kofferraum liegen zu lassen? Auszuschließen war das nicht. Nach allem, was Vanderbilt über Woller wusste, war der Mann nicht sonderlich intelligent. Ein impulsgesteuerter Schläger, der niedere Arbeiten verrichtete. Gut möglich, dass sich hier die Gelegenheit bot, Vogts Auftrag auf der Stelle auszuführen. Zwei gezielte Schüsse und der Fall wäre erledigt. Er griff in die Innentasche seiner Jacke und packte den Griff der darin befindlichen Glock. Die beiden standen zu weit entfernt und der Schusswinkel war ungünstig. Vanderbilt würde sich ihnen unauffällig nähern müssen. Noch hatten sie ihn nicht bemerkt, weil sie offensichtlich zu sehr mit dem Päckchen beschäftigt waren. Allerdings machten sie keine Anstalten, es zu öffnen. Stattdessen hielt es der Rocker mit der Weste in seinen ausgestreckten Händen vor sich und bewegte dabei die Arme auf und ab, so als wolle er das Gewicht schätzen. Dabei lachten beide. Sie schienen so auf sich und ihr Tun konzentriert, dass sie ihrer Umgebung offenbar keinerlei Beachtung schenkten. Vanderbilt bewegte sich mit langsamen Schritten auf seine Ziele zu. Jetzt schien die Gelegenheit günstig. Doch gerade als der Killer die Waffe hervorziehen wollte, näherten sich aus dem Wald zwei Spaziergänger. Ein älteres Ehepaar mit einem kleinen Hund, der unaufhörlich kläffte. Sie grüßten freundlich und Vanderbilt nickte ihnen lächelnd zu. Das Gebell des Hundes riss Woller und seinen Kumpan aus ihrem Gespräch. Misstrauisch blickten sie sich um und musterten die neu hinzugekommenen Personen. Als ihre Blicke auf Vanderbilt trafen, drehte der sich um und ging wieder in Richtung seines Wagens. Von dort beobachtete er, wie die beiden Männer ihr Clubhaus betraten. Nach einigen Minuten kamen sie wieder heraus. Woller beugte sich zu dem anderen und flüsterte ihm etwas ins Ohr, woraufhin der laut lachte und einen Daumen in die Höhe reckte.

Anschließend reichten sie sich die Hand und der Rocker ging zur Harley, um mit ihr davonzufahren. Woller verschloss die Tür des Clubhauses und stieg in sein Auto. Der Killer wartete, bis der Ford Fiesta und die Spaziergänger außer Sichtweite waren und näherte sich der Holzhütte. Mit einem Dietrich verschaffte er sich Zugang und betrat den Innenraum. In einer Ecke stand ein großer Kühlschrank, der vermutlich bei Bedarf mit einem Generator betrieben wurde. Vanderbilt öffnete ihn und erblickte außer einem Dutzend Bierflaschen einige Flaschen Wodka und Tequila. Neben dem Kühlschrank stand ein Kasten Cola. An Möbeln waren außer einem fest montierten Tresen, vor dem einige Barhocker standen, lediglich zwei unterschiedlich große Tische und einige Stühle vorhanden. Über dem Tresen hing ein Transparent mit der Aufschrift: „Willkommen zurück!" Von dem Schwert, das Woller gestohlen haben sollte, keine Spur. Vanderbilt warf sogar einen Blick in einen in der Ecke stehenden Mülleimer, aber darin befand sich tatsächlich nur Abfall. Darunter war ein Papierknäuel, von dem Vanderbilt nicht genau sagen konnte, ob es sich um die Verpackung des von Woller mitgebrachten Gegenstands handelte. Nachdem er seine Suche abgeschlossen hatte, verließ der Killer die Hütte wieder. Mit einem abschließenden Kontrollblick überzeugte er sich davon, dass niemandem sein Eindringen auffallen würde. Er war sich sicher, dass dies nicht sein einziger Besuch in diesem Clubhaus gewesen war.

KAPITEL 15

Auf dem Weg zu ihrem Büro begegnete Astrid ihrem Kollegen von der Politikredaktion. Lukas Hennen war etwa in ihrem Alter, gut einen Kopf größer als sie und von athletischer Statur. Astrid vermutete, dass er wenigstens drei Mal die Woche ins Fitnessstudio ging. Zudem war sie sich sicher, dass der ein wenig an den Frauenschwarm Fabio erinnernde Mann ein Auge auf sie geworfen hatte. Pech für ihn, dachte sie, Er ist einfach nicht mein Typ. Lukas strich sich eine blonde Strähne seines schulterlangen Haares aus der Stirn und kam auf sie zu.

„Hast du was Neues zu diesem angeblichen Ritualmord?", fragte er.

„Noch nicht, aber ich denke, es ergibt sich bald was."

„Das wird dem Alten nicht reichen", meinte er und lehnte sich gegen die Wand. „Wenn du nichts liefern kannst, wird der Fall von der ersten Seite verschwinden."

„Woher willst du das wissen?" Ihre Frage kam lauter als beabsichtigt heraus.

„Habe so etwas läuten hören", antwortete er unbestimmt. „Der Chef wittert in den aktuellen Kursschwankungen eine Story und plant darüber einen Aufmacher."

„Gerüchte", schnaubte sie und verzog das Gesicht. „Wenn ein Wirtschaftsthema auf die Titelseite kommen sollte, müsste ich das wissen. Schließlich bin auch für dieses Ressort zuständig!"

„Das ist so nicht ganz richtig", widersprach Lukas und ließ eine Reihe falscher Zähne aufblitzen.

„Was soll das heißen?"

„Wirtschaft ist ab sofort mein Gebiet." Astrid konnte ihrem Kollegen ansehen, wie viel Freude es ihm bereitete, sie zu demütigen.

Astrid stürmte an ihm vorbei und betrat ohne anzuklopfen das Büro von Chefredakteur Mario Kullmann. Ehe der untersetzte Brillenträger seiner Empörung Luft machen konnte, knallte Astrid ihre Handtasche auf den Schreibtisch des Fünfzigjährigen.

„Wieso erfahre ich als letzte von meiner Abberufung als Wirtschaftsredakteurin?", platzte sie heraus. Sie stützte sich mit den Armen auf Kullmanns Schreibtisch ab und funkelte ihn böse an. Der Chefredakteur wich auf seinem Stuhl zurück und streckte ihr die Handflächen entgegen.

„Jetzt halten Sie erst einmal die Luft an und atmen anschließend tief durch", meinte er, um direkt im Anschluss ein: „Zuerst rede ich", folgen zu lassen. Astrid hatte zwar tief Luft geholt, aber nur, um zu einer Schimpfkanonade anzusetzen. Der war ihr Chef nun aber zuvorgekommen. Ungeachtet seiner unscheinbaren Statur, verfügte Mario Kullmann über eine große Portion natürlicher Autorität, die sogar bei der kämpferischen Schenk wirkte.

„Da Sie von Anfang an wenig begeistert waren, für zwei Ressorts zuständig zu sein, habe ich nun Ihrem Wunsch entsprochen und für Entlastung gesorgt."

Kullmann registrierte die roten Flecken, die sich auf Astrids Wangen abzeichneten und hob die Hand zum Zeichen, dass er noch nicht fertig war. Noch einmal schluckte die aufgebrachte Journalistin das, was sie sagen wollte, herunter, obwohl sie das Gefühl hatte, in Bälde zu platzen.

„Sie klemmen sich bitte ab sofort mit voller Energie an diesen Ritualmord, wenn es denn einer ist", fuhr Kullmann fort und lockerte seine Krawatte. „Schaffen Sie mir anständiges Material herbei, dann können Sie Ihren Namen eine Woche lang auf der Titelseite lesen. Gehen Sie der Polizei auf die Nerven, Befragen Sie noch einmal die Angehörigen von diesem Maurer und treiben Sie weitere Zeugen auf. Aber was rede ich, Ihren Job muss ich Ihnen ja wohl nicht erklären. Und nun ab an die Arbeit, ich zähle auf Sie!"

Astrid machte auf dem Absatz kehrt und verließ wortlos Kullmanns Büro. Auf dem Flur ließ sie geräuschvoll die Luft ab, die sich in ihrem Innern angesammelt hatte. Sie zog sich am Getränkeautomat einen Kaffee, wobei sie direkt nach Einwurf der Münze kräftig gegen das Gehäuse hämmerte. Nachdem sie auf diese Weise etwas von der aufgestauten Wut losgeworden war, bedachte sie ihre Situation neu. Im Grunde hatte sie ein ungeliebtes Ressort verloren und dafür eine echte Karrierechance erhalten. Kullmann hielt anscheinend große Stücke auf sie, wenngleich er es zunächst so hatte aussehen lassen, als wäre dies ganz und gar nicht der Fall.

„Bist ein alter Fuchs", murmelte Astrid und nippte an ihrem Kaffee. Sie konnte nicht leugnen, dass es ihrem Chef gelungen war, sie aufs Höchste zu motivieren.

KAPITEL 16

Vanderbilt hatte seinen Mietwagen in einem Parkhaus abgestellt und sich zu Fuß auf den Weg zu Wollers Wohnung gemacht. Die Adresse hatte er dem Dossier entnommen, das er von Vogt bekommen hatte. Dem umfangreichen Material nach zu urteilen, stammte es von einem Privatdetektiv, der Woller über einen längeren Zeitraum bespitzelt hatte. Vanderbilt nahm die Umgebung in Augenschein. Offensichtlich wohnte Woller in einem sozialen Brennpunkt. Die Gebäude wirkten vernachlässigt und manche ihrer Fassaden waren mit stümperhaften Graffiti versehen worden. Das Haus, in dem Woller wohnte, befand sich hinter einer Hofeinfahrt. Gegenüber lagen vier Garagen und eine unbebaute, mit Gras überwucherte Fläche. Vanderbilt umrundete das Gebäude, um sich einen Überblick über das Gelände zu verschaffen. Zugleich wollte er sichergehen, dass sich niemand anderer auf dem Grundstück befand. Er betrat den Hausflur und stieg die Treppe hinauf. Der Beschriftung auf der Klingelleiste neben dem Hauseingang nach zu urteilen, befand sich Wollers Wohnung im obersten Stockwerk. Dort gab es nur eine Mietpartei und ein kaum leserliches Namensschild mit der Aufschrift: Woller, was Vanderbilts Vermutung bestätigte. Mit einem Dietrich öffnete er die Tür und schloss sie hinter sich. Er stand in einer kleinen Diele und schaute direkt auf einen Durchgang zu einem etwa fünfzehn Quadratmeter großen Zimmer. Links befand sich ein Bett, über dem eine

Tagesdecke lag. Auf dem Tisch daneben standen zwei leere Bierflaschen und eine ebenfalls leere Dose, in der sich ein Energiegetränk befunden hatte. Einige Kleidungsstücke lagen achtlos dahin geworfen auf dem Läufer vor dem Bett. Vanderbilt schob Kleidung und Läufer mit der Fußspitze beiseite und legte den Holzboden frei. Dabei bemerkte er einen Spalt zwischen den Dielen. Offenbar war der Fußboden an dieser Stelle locker. Die Diele ließ sich leicht anheben und gab den Blick auf einen Hohlraum frei. Dieser war groß genug, um dem gesuchten Gegenstand Platz zu bieten. Allerdings war das Fach leer, doch etwas musste sich bis vor kurzem darin befunden haben. Der Killer konnte dies an den zerstörten Staubfäden erkennen und daran, dass er hier kaum Krümel und Dreck vorfand.

„Also hast du es doch deinem Kumpan im Clubhaus übergeben und ich habe das Versteck dort nur nicht gefunden", murmelte Vanderbilt, während er Läufer und Kleidung wieder an ihren Platz schob. „Schade um deine Freunde."

KAPITEL 17

Arno saß an seinem Schreibtisch und blätterte in der Ermittlungsakte zum Mordfall Roland Maurer. Zähneknirschend musste er sich eingestehen, dass er in dieser Sache auf der Stelle trat und keinen Erfolg vorweisen konnte. Staatsanwalt Friese hatte erwartungsgemäß die Einstellung sämtlicher Ermittlungen gegen Ingo Raab angeordnet, nachdem Frau Maurer Raab als Freund ihres Mannes identifiziert hatte, der nicht mit dem geheimnisvollen Besucher, den ihr Mann aus dem Haus geworfen hatte, identisch war. Die Verdachtsmomente gegen Raab hatten sich damit endgültig in Luft aufgelöst. Der Unbekannte, der Roland Maurer kurz vor dessen Ermordung aufgesucht hatte, blieb immer noch ein Phantom. Andere Spuren gab es nicht. Befragungen im Familien- und Bekanntenkreis Maurers hatten bislang ebenso wenig zu neuen Erkenntnissen geführt wie weitere Recherchen innerhalb der Re-Enactment-Gruppe, deren Mitglied Maurer gewesen war. Mangels anderer Ermittlungsansätze hatte sich Arno sogar an jene Verfasserin des Artikels gewandt, die seinerzeit das Interview mit Maurer geführt hatte. Auch das hatte nichts Brauchbares ergeben, außer dass sich Arno in dem Bild bestätigt fühlte, das er sich inzwischen von dem Mann gemacht hatte. Ein Sonderling mit cholerischem Zug, der dazu neigte, sich gedanklich zu verrennen und nur schwer mit dem Leben zurechtgekommen war. Von diesem Menschenschlag gab es genug, im Oberen Mittelrheintal vielleicht sogar etwas mehr als im Bundesdurchschnitt, fand Arno. Insgeheim fragte sich der Ermittler, ob enge Flusstäler einen besonders engstirnigen Menschentyp hervorbrachten. Er verscheuchte den Gedanken, griff nach seiner Aktentasche und stieß einen verärgert klingenden Laut aus.

„Was haben Sie denn?", fragte Laura.

„Ich habe mein Wasser zuhause vergessen."

„Ziehen Sie sich doch eine Flasche am Automaten."

„Später vielleicht, wenn ich Pause mache."

„Wie sollen wir im Fall Maurer jetzt vorgehen?", fragte sie.

„Ich werde noch einmal die Akte durchgehen. Möglicherweise habe ich irgendwas übersehen." Er seufzte. „Dann fange ich mit den Befragungen noch einmal ganz von vorne an. Ansonsten können wir nur hoffen, dass sich in der Zwischenzeit etwas ergibt, das uns weiterhilft."

Arno hätte diese Hoffnung sicher nicht geäußert, wenn er gewusst hätte, was sich bald ergeben sollte.

KAPITEL 18

Jan Marvin Vanderbilt näherte sich dem Clubraum, wo sich Woller regelmäßig mit seinen Kumpels traf. Er ging schnurstracks auf die Tür zu, die in diesem Moment geöffnet wurde. Ein breitschultriger Mittzwanziger in Lederjacke hielt ein Zippo Feuerzeug in der linken Hand und versuchte sich damit im Laufen eine selbstgedrehte Zigarette anzuzünden. Als er Vanderbilt sah, steckte er die Kippe weg und baute sich breitbeinig vor ihm auf. Im nächsten Moment traf ihn eine Kugel, die der Killer aus seiner schallgedämpften Glock 17 abgefeuert hatte. Der junge Mann riss die Augen auf und kippte zur Seite. Vanderbilt stieg über ihn hinweg und öffnete seinerseits die Tür. Sorgen darüber, dass der vor sich hin röchelnde Niedergeschossene ihm noch gefährlich werden konnte, machte er sich keine. Er wusste, dass sein Schuss durch dessen Lunge gegangen war.

Ohne einen weiteren Gedanken an den Sterbenden zu verschwenden, stürmte Vanderbilt in den Raum und feuerte blindlings fünf Schüsse in alle Richtungen. Ein anderer junger Mann in Lederjacke hielt sich die Hand vor den Bauch und stürzte zu Boden. Rechts vor ihm sah der Killer zwei weitere Kerle einen Tisch umstürzen und sich dahinter verschanzen. Vanderbilt feuerte zwei weitere Kugeln ab, die die Platte durchschlugen. Jemand stöhnte auf und kroch in der nächsten Sekunde aus der Deckung hervor, eine Hand auf den blutigen Oberschenkel gepresst. Ein weiterer Schuss in dessen Kopf machte seinem Leben ein Ende. Der zweite Mann, der hinter dem Tisch Schutz gesucht hatte, war noch unverletzt, stand aber unter Schock. Er umklammerte mit seinen Händen die Kante des Möbels und zog sich daran hoch, bis er aufrecht stand. Er war noch jung, gerade einmal Anfang zwanzig, schätzte Vanderbilt. Er richtete die Glock auf ihn.

„Du bist nicht Volker Woller", stellte er fest.

Der Mann am Tisch schüttelte langsam den Kopf.

Vanderbilt sah sich um. Es gab kein Möbelstück in diesem Raum. das sich als Versteck für ein Schwert eignete.

„Wo bewahrt ihr eure Sachen auf?", fragte er. „Dinge, die euch wichtig sind. Euer Clubmaskottchen oder so etwas in der Art. Sagen wir, ein germanisches Kurzschwert."

Der Junge schaute ihn verständnislos an. Seine Verwirrung wirkte echt. Er bewegte die Lippen, brachte es aber erst nach einigen Versuchen fertig, verständliche Töne hervorzubringen.

„Es gibt draußen noch einen Schuppen", brachte er schließlich hervor.

Vanderbilt nickte und betrachtete das Gesicht des Jungen genauer. Der sah Woller irgendwie ähnlich, wirkte aber mindestens zehn Jahre jünger. Der kleine Bruder, schoss es ihm durch den Kopf.

„Wie heißt du?", fragte er.

„Timo", lautete die hastige Antwort. „Timo Frenzel."

Anderer Nachname, wahrscheinlich der Halbbruder, korrigierte sich Vanderbilt in Gedanken.

„Wo steckt Volker?"

Die Antwort war nur ein Flüstern und kaum zu verstehen.

„W ... Weiß ich nicht, ehrlich ... Ich habe ihn schon seit über einer Woche nicht mehr gesehen. Das ist bis jetzt noch nie vorgekommen. Telefonisch kann ich ihn auch nicht erreichen, kommt immer nur die Mailbox. Und auf der Arbeit war er auch nicht mehr." Die letzten Sätze hatte der junge Kerl immer schneller hervorgestoßen, so, als hinge sein Leben von der Sprechgeschwindigkeit ab.

„Dein Bruder hat etwas, das ihm nicht gehört", sagte Vanderbilt. „Ich weiß, dass er gestern hier gewesen ist und einem eurer Leute etwas übergeben hat. Es war ein längliches Paket, ungefähr einen Meter lang. Was kannst du mir darüber erzählen?"

Timo schaute den Mann, der ihn bedrohte, mit großen Augen an. Auf seiner Stirn bildeten sich Schweißperlen, die ihm entlang der Schläfen über das Gesicht liefen.

„Ein Kumpel hat mir erzählt, dass Volker gestern einmal hier gewesen ist, um ein Transparent abzugeben, das er bemalt hat. Er hat es aus einem alten Bettlaken gemacht. Ehrlich, es war nur ein Laken, nichts weiter." Timo nickte, um seine Aussage zu unterstreichen. „Ein bunt bemaltes Laken. Es sollte ein Willkommensgruß für unseren Vize sein, der wieder aus dem Knast raus ist. Mein Bruder hat sich mit der Beschriftung viel Mühe gegeben. Er war ganz stolz darauf und hat das Transparent extra in festes Packpapier gewickelt, damit nichts dran kommt."

Vanderbilt überlegte. Er hatte das Transparent in der Hütte gesehen. Da das Laken das Woller dafür benutzt hatte, etwa einen Meter hoch war, kam das mit der Verpackung durchaus hin. Auseinander gerollt könnte der Willkommensgruß für den Knastbruder ja mehrere Meter lang sein. Aber so würde kaum jemand ein Transparent auf diese Weise transportieren. Stattdessen würde er es zusammenrollen, wenn die Farbe darauf trocken war.

„Ich suche ein antikes Schwert", sagte der Killer und drückte den Lauf der Glock in Timos Wange. Dein Bruder hat es gestohlen und irgendwo versteckt. Was weißt du darüber?"

„Wichtige Dinge bewahrt Volker immer bei sich zuhause auf, wenn er sie nicht bei sich trägt", antwortete Timo. Er bog den Kopf zur Seite, um den Druck der Waffe abzumildern. „Ich kann mir nicht vorstellen, dass er eine so wertvolle Antiquität woanders verstecken würde."

„Bei sich Zuhause hat er es nicht und das Teil ist zu groß, um es ständig mit sich zu führen", wandte der Killer. „Volker würde damit mehr Aufsehen erregen, als ihm lieb sein kann."

„Vielleicht hat er es nur kurz jemandem zeigen wollen, um damit anzugeben. Ich kann mir vorstellen, dass er damit ein Mädchen beeindrucken wollte. Das würde ihm ähnlich sehen."

Vanderbilt verzog das Gesicht. Womöglich hatte Timo recht. Volker war einfach gestrickt und hatte nicht viel zu bieten. Vielleicht war er seinen Kumpanen gegenüber zurückhaltend, und ließ ihnen gegenüber nichts über das Schwert verlauten. Die Gefahr, Begehrlichkeiten zu wecken, war ihm bestimmt bewusst. Da brauchte er vermutlich nur von sich auf andere zu schließen. Aber wenn es um Frauen ging, würde er der Versuchung zu prahlen sicher nicht widerstehen können. Dass Woller in absehbarer Zeit wieder in seine Wohnung oder an seinen Arbeitsplatz zurückkehren würde, war äußerst unwahrscheinlich. Er hatte seinen Chef hintergangen und wusste, dass der nach ihm suchen ließ. Volker Woller war untergetaucht. Daran gab es für den Killer keinen Zweifel. Den Dieb und das Schwert ausfindig zu machen kam der berühmten Suche nach der Nadel im Heuhaufen gleich.

Vanderbilt senkte die Waffe und musterte seinen Gefangen erneut. Der Kerl war wirklich jung, vielleicht noch nicht einmal zwanzig Jahre. Er überlegte kurz und steckte die Waffe weg.

„Mach was aus deinem Leben, Timo", sagte er im Weggehen. „Eine zweite Chance dieser Art bekommt nicht jeder. Deinem Bruder ist allerdings nicht mehr zu helfen."

Er verließ den Clubraum und begab sich zum Geräteschuppen. Der war fast leer. Lediglich ein verrosteter Spaten und ein Besen mit abgebrochenem Stiel befanden sich darin. Ansonsten gab es hier nur noch Spinnweben. Vanderbilt verließ den Schuppen, ohne die Tür hinter sich zu schließen.

Der Killer machte sich keine Illusionen darüber, dass es ihm kaum gelingen würde, Volker Woller aufzuspüren, wenn der so radikal seine Brücken hinter sich abgebrochen hatte, dass er Arbeit, Freunde und Verwandte ohne ein Wort des Abschieds hinter sich ließ. Vom Koblenzer Hauptbahnhof gelangte man mit der Bahn schnell in das Ruhrgebiet und von dort aus weiter ins Ausland, etwa in die Niederlande oder nach Belgien. Wie sollte er also an ihn herankommen? Vanderbilt überlegte kurz und ging dann zurück zum Clubraum.

Er kam gerade rechtzeitig, um Wollers jüngeren Bruder abzufangen, der das Gelände verlassen wollte. Vanderbilt hielt ihm seine Glock erneut unter die Nase.

„Wie nah stehst du deinem Halbbruder?"

„Ich … wieso?" Timos Knie zitterten so sehr, dass er kaum gerade stehen konnte.

„Was ist daran so schwer zu verstehen", blaffte Vanderbilt. „Steht ihr füreinander ein oder geht ihr euch am Arsch vorbei? Sag mir die Wahrheit!" Timo stand die Panik so ins Gesicht geschrieben, dass es keiner weiteren Drohung bedurft hätte, um ihn unter Druck zu setzen. Dennoch drückte Vanderbilt ihm die Mündung der Glock auf die Stirn.

„Wir mögen uns", beeilte sich Timo mit der Antwort. „Ist doch klar, wir haben doch sonst keine Familie."

„Perfekt", kommentierte Vanderbilt und senkte die Waffe. „Gib mir dein Handy."

Timo tat wie ihm geheißen und reichte dem Killer das Mobiltelefon.

„Pin?"

„Gibt keinen", kam es mit dünner Stimme zurück.

Vanderbilt scrollte durch die Kontaktliste und klickte auf die unter Wolle gespeicherte Nummer. Es meldete sich nur die Mailbox. Vanderbilt hinterließ eine Nachricht, die Instruktionen enthielt, die Woller besser befolgen sollte, wenn er seinen Bruder Timo Frenzel lebend wiedersehen wollte.

„Du kommst mit mir", wandte er sich an seine Geisel und stieß den jungen Mann in Richtung seines Wagens.

„Hinknien!"

Timo gehorchte widerstandslos.

„Nicht hier, dorthin", sagte Vanderbilt und deutete auf eine Stelle, direkt am Wagen.

„Arme hinter den Kopf!"

Auch dieser Aufforderung kam der Gefangene sofort nach. Vanderbilt öffnete die vordere Wagentür und entnahm dem Handschuhfach eine Rolle Klebeband. Dabei hielt er die Waffe stets auf den Knienden gerichtet. Er drückte Timos Kopf nach vorn gegen den Wagen, steckte die Glock in den Hosenbund und band Wollers Halbbruder die Hände zusammen. Nachdem er ihn auch noch geknebelt hatte, packte Vanderbilt seine Geisel am Kragen und hievte den jungen Mann in den Kofferraum. In diesem Moment zeigte der Vibrationsalarm von Timos Handy einen eingehenden Anruf an. Der Killer ignorierte das Signal, schloss den Kofferraum und setzte sich ans Steuer. Er hatte Volker Woller die nötigen Anweisungen erteilt, die dieser besser befolgen sollte, wenn ihm etwas am Leben seines Bruders lag. Für ihn gab es keinen Grund, ein weiteres Telefonat zu führen.

KAPITEL 19

Die Bewohner des Mittelrheintals standen unter Schock. In den Dorfläden, Kneipen und Ortsvereinen beherrschte ein Thema die Gespräche, der Mord an drei Mitgliedern einer Rockerbande Die meisten Spekulationen gingen in die Richtung, dass es sich um einen Krieg zweier verfeindeter Motorradgangs handelte. Für den Nachmittag war wieder einmal eine Pressekonferenz angesetzt worden, der Arno mit Bangen entgegensah. Er wollte sich gerade auf den Weg dorthin machen, als ihm der Pressesprecher auf dem Flur entgegenkam.

„Wir übernehmen das, Herr Stecken", beschied er ihn. „Die Öffentlichkeit wird sicher Verständnis dafür haben, dass Sie der Aufklärung dieses Falles höchste Priorität einräumen und es dem Staatsanwalt und mir überlassen, mit den Journalisten zu reden."

Arno verstand sehr wohl, dass er keine Gelegenheit zu einem weiteren peinlichen Auftritt vor den Pressevertretern erhalten sollte. Das konnte ihm nur recht sein. Die Konferenz würde für die Herrschaften auf dem Podium auch ohne ihn alles andere als ein Vergnügen werden. Die Art, wie Staatsanwalt Friese nach dem Pressetermin auf ihn zustürzte, bestätigte Arnos Vermutung.

„Ich brauche schnelle Ergebnisse", forderte Friese. „Wir bilden natürlich eine SoKo. Wer die Leitung übernimmt, hängt davon ab, was die Untersuchungen der Spurensicherung ergeben." Er fuhr sich mit der Hand über die Stirn. „Wenn LKA Mainz oder das BKA in

Wiesbaden den Fall übernehmen, brauchen wir uns wenigstens nicht mehr mit den Rockern herumzuschlagen."

Arno nickte und hoffte inständig, dass Friese recht hatte und dieser Kelch an ihm vorübergehen mochte. Allerdings stand zu befürchten, dass die übergeordneten Behörden nicht auf die Unterstützung durch ortskundige Beamte wie ihn verzichten würden.

„Wie weit sind Sie im Fall Maurer?", wollte der Staatsanwalt wissen.

„Wir überprüfen weiterhin das Umfeld und fahnden nach dem mysteriösen Besucher, der das Opfer möglicherweise zuletzt gesehen hat. Vielleicht sollten wir mit einem Aufruf in den Medien an die Öffentlichkeit gehen?"

Friese schob die Unterlippe vor, was ihn wie ein trotziges Kind aussehen ließ.

„Warten wir damit noch ein oder zwei Tage", meinte er. „Vielleicht ergibt sich bis dahin noch etwas."

Arno schalt sich insgeheim einen Narren dafür, dass er geglaubt hatte, der Staatsanwalt würde sich nach der offensichtlich ungünstig verlaufenen Konferenz für eine Zusammenarbeit mit der Presse begeistern lassen.

KAPITEL 20

Volker Woller parkte den Fiesta wie bei seinem ersten Besuch nur wenige Meter von dem großen Tor der Lagerhalle entfernt. Seine Laune war auf dem Tiefpunkt, denn den Verlauf des gestrigen Tages hatte er sich anders vorgestellt. Zunächst war er mit dem Schwert zu Biggi gefahren, einer Bekannten, mit der er gern eine Affäre begonnen hätte. Sie hatte ihm irgendwann einmal erzählt, dass sie sich für Zeug aus dem Mittelalter interessierte. Woller hatte gehofft, sie mit seiner Antiquität beeindrucken zu können und war damit spontan zu ihrer Wohnung gefahren. Biggis Empfang war jedoch alles andere als herzlich gewesen. Sie hatte ihn deutlich spüren lassen, dass er unwillkommen war und ihr auf die Nerven ging. Wie ein begossener Pudel war er wieder in seinen Wagen gestiegen und mit überhöhter Geschwindigkeit zurück nach Hause gefahren. Ein Besäufnis in der Stammkneipe beendete den missglückten Abend. Irgendwann in der Nacht fiel er sturzbetrunken in sein Bett und schlief seinen Rausch aus. Gegen Morgen fiel ihm siedend heiß ein, dass sich das Schwert noch im Kofferraum seines Autos befand. Völlig verkatert machte er sich auf den Weg, um das Schwert zu holen und wieder unter der losen Diele zu verstecken. Dann hörte er seine Mailbox ab und konnte kaum glauben, was für eine Nachricht sich darauf befand. Ein merkwürdiger Kerl hatte ihn angerufen und gedroht, seinen Halbbruder umzubringen, wenn er das gestohlene

Schwert nicht sofort aushändigte. Woller schwirrte der Kopf. Woher wusste der Anrufer von dem Schwert? Hatte er Timo tatsächlich in seiner Gewalt? Der geheimnisvolle Anrufer war nicht allein gewesen. Woller hatte im Hintergrund Laute gehört, die wie Stöhnen klangen. Gut möglich, dass der Kerl jemanden in seiner Gewalt hatte. Ob es sich dabei um Timo handelte, konnte er natürlich nicht mit Gewissheit sagen. Dafür sprach jedoch, dass der Anruf von Timos Handynummer stammte. Volker war mit seinem Halbbruder aufgewachsen und hatte sich immer um den Jüngeren gekümmert und ihn beschützt. Umgekehrt hatte er auch Timo viel zu verdanken, unter anderem seinen letzten Arbeitsplatz. Was jedoch viel schwerer wog, war der Umstand, dass Timo der einzige Mensch war, der ihm wirklich etwas bedeutete. Daher hatte Volker nicht gezögert und sich wieder hinters Steuer seines Ford Fiestas geklemmt, um zum angegebenen Übergabeort zu fahren. Allerdings hatte er keinesfalls vor, das Schwert kampflos abzugeben.

Nichts deutete darauf hin, dass sich außer ihm noch jemand auf dem ausgedienten Fabrikgelände befand. Ein anderer Wagen war weit und breit nicht zu sehen. Auch die Halle selbst wirkte wie ausgestorben. Woller schob das Tor auf und schloss es sofort wieder, nachdem er die Halle betreten hatte. Er griff in die Innentasche seiner Jacke und holte eine Taschenlampe hervor. Er schaltete sie ein und richtete den Strahl auf die Galerie, die über seinem Kopf an der Wand der Halle verlief. Dort musste sich damals sein Auftraggeber versteckt haben, als er ihn mit dem Scheinwerfer geblendet hatte. Diesmal war Woller jedoch vorbereitet und würde demjenigen, der ihn hierher bestellt hatte, nicht wie beim ersten Mal gegenübertreten, ohne eine Möglichkeit zu haben, ihn zu erkennen. Mit der freien Hand befühlte er die Brusttasche seiner Jeans-Jacke, wo sich eine Schutzbrille befand, die er aufsetzen wollte, sobald der andere ihn wieder mit dem Scheinwerfer blenden wollte. Er fragte sich noch immer, wie der Kerl darauf gekommen war, ihn für seine Drecksarbeit anzuheuern. Und woher, verdammt nochmal, wusste er alle Details über seine kriminelle Vergangenheit? Wer immer das sein mochte, dachte Woller, der kennt mich bald besser, als ich mich selbst.

Der Lichtstrahl wanderte die Galerie entlang. Niemand zu sehen. Woller richtete den Strahl weiter nach unten und begann, Stützpfeiler und mit allerlei Gerümpel zusammengeschichtete Haufen anzuleuchten, die als Versteck dienen konnten. Wieder nichts. Die Halle war so riesig, dass große Teile von ihr trotz des starken Scheinwerferstrahls nicht auf einmal ausgeleuchtet werden konnten. Er bewegte sich langsam nach rechts und schritt vorsichtig durch die Halle, wobei er systematisch jeden Winkel durchsuchte. Kein Zweifel, er war allein.

„Was soll das?", rief er in die Stille. Vielleicht hatte er ja doch ein Versteck übersehen. „Sie haben mich doch extra hierher bestellt, also zeigen Sie sich gefälligst!" Keine Antwort. Einen deftigen Fluch ausstoßend, trat Woller gegen ein Stahlblech, das scheppernd zu Boden fiel. Dann ging er zum Tor, durch das er die Halle betreten hatte. Er öffnete es, trat auf die Schwelle und blickte direkt in den Lauf einer Pistole.

„Was soll ... ?", setzte er erneut an. Weiter kam er nicht. Kurz hintereinander schlugen zwei Kugeln in seinen Körper ein. Beide Schüsse waren tödlich.

Vanderbilt trat zur Leiche und durchsuchte sie flüchtig. Kein Schwert. Er verließ die Halle und steuerte Wollers Auto an. Als er an seinem eigenen Wagen vorbeikam, hörte er dumpfe Schläge aus dem Kofferraum. Der Killer schlug mit der Faust auf den Deckel.

„Hör sofort auf damit, sonst geht es dir wie deinem Bruder."

Ein undeutliches Gemurmel war die Antwort, gefolgt von Stille.

Der Auftragsmörder öffnete Wollers Wagen und durchsuchte ihn. Auch hier befand sich kein Schwert. Vanderbilt stieß einen Fluch aus und schalt sich wegen seiner Voreiligkeit. Den Mann zu erschießen, ehe der ihm das Schwert übergeben hatte, war eine unverzeihliche Dummheit gewesen. Aber er hatte fest damit gerechnet, dass Woller das Leben seines kleinen Bruders nicht gefährden und das Schwert zu diesem Treffen mitbringen würde. Vanderbilt kehrte zurück zu seinem eigenen Wagen, öffnete dort den Kofferraum und zerrte den Bruder des Toten heraus.

„Wo hat Volker das Schwert versteckt?", fragte er, nachdem er seine Geisel von dem Knebel befreit hatte.

Timo starrte ihn bloß mit weit aufgerissenen Augen an. Der Killer packte ihn am Kragen und hob die Faust. Mit dem ersten Schlag brach er dem anderen das Nasenbein. Er trat schnell einen Schritt beiseite, als das Blut hervorspritzte.

„Wo?", wiederholte er.

Ein Zucken um die Mundwinkel war die einzige Reaktion des Gefangenen. Vanderbilt holte erneut aus, aber nach einem Blick in die verstört dreinblickenden Augen seines Gefangenen überlegte er es sich anders und nahm ihm die Fesseln ab.

Es hatte keinen Zweck. Der Junge wusste nichts. Falls doch, hätte er schon längst geredet, davon war Vanderbilt fest überzeugt. Wenn es darum ging herauszufinden, ob ihn jemand anlog, hatte er sich bislang immer auf seinen Instinkt verlassen können. Dumm war nur, dass er denjenigen, der über den Verbleib des Schwertes genau Bescheid wusste, erschossen hatte. Eine voreilige Handlung, ja, ein Fehler, der ihn maßlos ärgerte und diesen Ärger hatte er jetzt überflüssigerweise an Timo ausgelassen. Der Killer trat gegen das Heck von Wollers Wagen und erwischte das Rücklicht. Glas splitterte und fiel in Scherben zu Boden. Vanderbilt starrte auf das nackte Glühbirnchen und atmete tief durch. Nach einigen Sekunden hatte er sich wieder soweit im Griff, dass er in Ruhe darüber nachdenken konnte, was als nächstes zu tun war. Er hatte es verpatzt und würde sich dafür vor Vogt rechtfertigen müssen. Vanderbilt wusste, dass ihm damit alles andere als eine erfreuliche Unterhaltung bevorstand. Der Killer beschloss, die Sache schnell hinter sich zu bringen. Ein Geräusch in seinem Rücken ließ ihn herumwirbeln. Gerade noch rechtzeitig sah er Timo mit einem großen Stein in der Hand auf sich zustürzen. Der junge Mann hatte es irgendwie geschafft, sich von seinen Fesseln zu befreien. Vielleicht mit einer der Scherben vom Rücklicht. Allerdings war er beim Anschleichen wohl auf weiteres Glas getreten, was ihn verraten hatte. Vanderbilt tat einen schnellen Schritt zur

Seite und stieß dem Angreifer das Knie in den Unterleib. Timo ächzte auf und fiel wie ein nasser Sack zu Boden, wo er mit angezogenen Beinen liegenblieb. Ohne sich ein weiteres Mal nach ihm umzusehen, stieg Vanderbilt in sein Auto und fuhr davon.

Am nächsten Morgen brachte der Killer den Wagen in eine Werkstatt, um das defekte Rücklicht inklusive der dazugehörigen Birne austauschen zu lassen. Er hatte Glück, denn alle benötigten Teile waren tatsächlich auf Lager. Während er auf die Ausführung der Reparatur wartete, überlegte er, was er als nächstes tun sollte. Der Kaffee, den ihm der Werkstattbesitzer angeboten hatte, verursachte ihm Magenbeschwerden. Vanderbilt schob die Tasse von sich und verschränkte die Arme hinter dem Kopf. Dann ließ er die Ereignisse des vergangenen Tages in seinem Kopf Revue passieren.

Timo richtete sich stöhnend auf und starrte in die Nacht. Wie lange er so dagelegen hatte, seit er niedergeschlagen worden war, wusste er nicht. Inzwischen musste es weit nach Mitternacht sein. Langsam richtete er sich auf und durchsuchte seine Taschen. In einer davon befand sich noch sein Handy. Timo schaltete es ein und atmete erleichtert auf, als sich das Menü aufbaute. Zum Glück funktionierte das Teil noch. Er öffnete das Adressenverzeichnis und wählte eine Nummer.

„Ich bin es, Timo", sagte er, als sich am anderen Ende eine bekannte Stimme meldete. „Kannst Du mich abholen? Und bring bitte einen zweiten Helm mit."

Eine knappe Stunde später saß Timo als Sozius auf dem Sattel einer Harley Davidson, die in Richtung Innenstadt fuhr. Er ließ sich vor seiner Wohnung absetzen, übergab den Helm wieder an den Fahrer der Maschine und klopfte ihm auf die Schulter.

„Danke dir, Keule. Du hast was gut bei mir. Ich melde mich morgen."

„Schlaf dich erst einmal aus", antwortete der Fahrer. „Du siehst richtig Scheiße aus, was allerdings kein Wunder ist. Tut mir echt leid um Wolle."

Timo nickte knapp und machte eine unbestimmte Handbewegung. Ohne sich noch einmal nach Keule umzusehen, ließ er die Haustür hinter sich in Schloss fallen.

KAPITEL 21

Kollegin Laura Schneider befand sich bereits am Tatort, als Arno eintraf. Sie begrüßte ihn und bot ihm Kaffee aus ihrer Thermoskanne an. Obwohl er müde war und der Duft des Wachmachers verführerisch um seine Nase wehte, lehnte Arno höflich ab. Zunächst wollte er sich ein Bild von der Lage machen, ehe er sich einen Kaffee als Belohnung gönnte. Das Gelände der alten Fabrik, von dem Volker Wollers Leiche inzwischen abtransportiert worden war, hatten Polizeibeamte weiträumig abgesperrt.

„Zwei Schüsse, beide tödlich", unterrichtete ihn der Polizeiarzt. „Glück für uns, dass die Kugeln noch im Körper der Leiche stecken. Außerdem haben wir einige Meter von der Leiche entfernt weitere Blutspuren gefunden, die nicht vom Opfer stammen."

„Ab ins Labor damit und das Ergebnis dann mit der Datenbank abgleichen", befahl Arno einem uniformierten Beamten, der gerade seinen Weg kreuzte. „Vielleicht landen wir einen Treffer."

„Habe ich doch bereits veranlasst, Chef", sagte Laura.

Etwas an ihrer Antwort ließ ihn aufhorchen. Täuschte er sich oder lag eine Spur von Ironie in dem Wort Chef? Arno blieb keine Zeit, um länger darüber nachzudenken, weil sein Handy klingelte. Der Staatsanwalt höchstpersönlich.

„Können Sie schon was Genaues sagen?", kam er gleich zur Sache. Offenbar hatte er Order ausgegeben, sofort über Neuigkeiten, die mit diesem Fall in Verbindung stehen könnten, informiert zu werden. Egal zu welcher Uhrzeit.

„Der Tote ist Volker Woller, ein Mitglied der rechten Szene. Er hatte Kontakt zu den ermordeten Bikern. Es könnte sich um denselben Täter handeln, aber mit Sicherheit können wir das erst nach der ballistischen Untersuchung sagen."

„Und sonst?"

„Am Tatort wurden außerdem Blutspuren gesichert, die möglicherweise vom Täter stammen."

„Sehen Sie zu, dass aus dem Möglicherweise schnell ein: Mit Sicherheit wird. Wir brauchen Ergebnisse."

Du brauchst die vor allem, dachte Arno, nachdem das Gespräch beendet war. Weil du in deinem schicken Anzug vor der Presse gut dastehen willst.

Am nächsten Vormittag sorgte das Laborresultat für die Überraschung des Tages. Die nicht zum Opfer gehörenden Blutspuren stammten von einem nahen Verwandten des Ermordeten. Arno starrte angestrengt auf das Papier mit dem Ergebnis der Blutuntersuchung.

„Sollte Volker Woller das Opfer einer innerfamiliären Beziehungstat geworden sein?", fragte er halblaut.

„Daran glaube ich nicht", wandte Kollegin Laura ein. „Vielleicht gibt es zwei Tote und wir haben die andere Leiche nur noch nicht gefunden."

„Oder das Familienmitglied hat überlebt und ist aus Angst vor dem Mörder untergetaucht", sagte Arno.

Ein Beamter trat hinzu und hob die Hand wie ein Schüler, der darauf wartet, von seinem Klassenlehrer aufgerufen zu werden. Arno nickte ihm aufmunternd zu.

„Die Ballistik hat mich gerade darüber informiert, dass die Kugeln im Körper von Volker Woller teilweise mit denen übereinstimmen, die wir im Clubhaus der Motorradbande gefunden haben."

„Teilweise?", fragte Arno.

„Entweder die Rocker haben zurückgeschossen oder der Mörder benutzte verschiedene Waffen", sagte Laura Schneider. Der freundliche Blick, mit dem Arno die junge Frau bedachte, drückte seine Anerkennung aus.

„Ich denke, Sie haben richtig vermutet, liebe Kollegin. Sehr gut!"

„Ich setze mich gleich einmal an den Computer", sagte Laura, ohne auf das Lob einzugehen. „So brutal und wahnsinnig der Mörder vorgeht, scheint er dennoch einen konkreten Plan zu verfolgen. Wäre doch gelacht, wenn wir in der Datenbank nicht den ein oder anderen Kandidaten hätten, auf den das Täterprofil zutrifft."

„Ich habe heute Morgen mit einigen Behörden telefoniert", erwiderte er. „Woller war zuletzt als Lagerarbeiter bei den hiesigen Vogt-Werken beschäftigt. Den Job hat er erst vor kurzem angetreten. Während sie den Datenabgleich machen, werde ich mich mit Wollers Arbeitgeber in Verbindung setzen. Vielleicht hilft uns das weiter."

„Wollen Sie da etwa alleine hin gehen?", fragte Laura.

„Der Datenabgleich dauert nicht lange. Ich kann ihn aber auch später erledigen, wenn Sie nicht warten wollen, bis ich damit fertig bin."

„Na schön, kommen Sie mit", sagte er und griff nach dem Autoschlüssel.

KAPITEL 22

Arno war sich dessen bewusst, dass es für ihn in den nächsten Tagen und Wochen keinen Feierabend gehen würde. Er hatte jetzt einen weiteren Mordfall an der Backe und natürlich würde er sich an den Ermittlungen zu den anderen erschossenen Rockern, Wollers Kumpane, beteiligen müssen. Dennoch befand er sich in besserer Stimmung als während der vergangenen Tage, da seine Ermittlungen endlich voran kamen. Zudem war er froh, Laura Schneider an seiner Seite zu haben, die ihn gelegentlich ausbremste, wenn er wieder einmal dazu neigte, hektisch zu werden. Es war besser, die Befragung von Vogt und Wollers Kollegen im Beisein der Kommissariatsanwärterin durchzuführen. Sollten Komplikationen auftreten, würde er sich hinterher nicht für einen unvorschriftsmäßigen Alleingang rechtfertigen müssen.

„Sprechen wir zunächst einmal mit dem Firmenchef, wenn der im Hause ist", meinte er. „Falls nicht, hören wir uns in der Belegschaft um."

An der Pförtnerloge der Vogt-Werke angekommen, zückten sie ihre Dienstausweise und begaben sich in die Chefetage. Dort erfuhren sie von der Sekretärin, Silke Offenburg, dass ihr Arbeitgeber unterwegs sei.

„Wann genau er zurück sein wird, kann ich Ihnen leider nicht sagen", meinte sie und deutete auf eine mit Kunstleder bezogene Sitzgruppe, in deren Mitte sich ein niedriger Tisch befand.

„Wenn Sie wollen, können Sie dort drüben Platz nehmen und auf ihn warten. Vielleicht haben Sie Glück und er kommt bald wieder."

Arno machte einen Schritt in Richtung des Sitzmobiliars, doch dann zögerte er. Vogts Sekretärin schien sehr daran gelegen zu sein, ihren Chef unvorbereitet auf die Polizei treffen zu lassen. Wahrscheinlich fühlte sie sich von ihm ungerecht behandelt und nahm auf ihre Weise Rache, wann immer sich die Gelegenheit dazu bot.

„Sagt Ihnen der Name Volker Woller etwas?", fragte er sie.

„Ist noch nicht lange her, dass er eingestellt worden ist. Habe ich mir gleich gedacht, dass der Ärger mit der Polizei bekommt."

„Wieso dachten Sie das?"

„Weil er ein unangenehmer Mensch ohne Benehmen ist", gab sie zur Antwort und rückte ihre Lesebrille zurecht. „Ich kann immer noch nicht verstehen, warum Herr Vogt ihn eingestellt hat. Er hätte nicht auf diesen Frenzel hören sollen."

„Von wem sprechen Sie jetzt?"

„Timo Frenzel, einer unserer Lageristen. Er ist einige Jahre jünger als Volker Woller und scheint gut mit ihm befreundet zu sein. Jedenfalls hat er sich sehr dafür eingesetzt, dass Vogt diesen Woller einstellt."

„Könnte es sein, dass die beiden verwandt sind, Cousins vielleicht?", mischte sich Laura in das Gespräch ein. Frau Offenburg musterte die junge Frau mit einem kritischem Blick, den die Kommissariatsanwärterin ungerührt erwiderte.

„Nun, was meinen Sie?", versuchte Arno die ange-spannte Atmosphäre mit sanfter Stimme zu entspannen. „Könnte das der Fall sein, Frau Offenburg?"

Die Erkenntnis, dass diesmal er es war, der die Situa-tion rettete, verlieh seinem Gesicht einen freundlichen Ausdruck, der seine Wirkung auf Vogts Chefsekretärin nicht verfehlte.

„Sie haben sich mit „Bruder" angeredet", sagte sie schließlich. „Wobei das bei den jungen Leuten heutzu-tage nicht unbedingt etwas bedeuten muss. Allerdings bestand schon eine gewisse Ähnlichkeit zwischen den beiden, wenngleich Timo Frenzel längst nicht so kräftig gebaut ist wie dieser Woller."

„Vielleicht Halbbrüder", meldete sich Laura erneut zu Wort. „Das würde auch die unterschiedlichen Nachna-men erklären."

„Und die Ergebnisse der Blutuntersuchung", flüsterte Arno.

„Vielen Dank, Frau Offenburg", sagte er wieder in normaler Lautstärke. „Sie haben uns sehr geholfen."

„So, hat sie das?", erklang eine weitere männliche Stimme. „Wobei denn, wenn ich mir als Eigentümer die-ses Gebäudes die Frage erlauben darf?"

„Die Herrschaften sind von der Polizei", gab die Sek-retärin ihrem Chef zur Antwort. „Ich habe ihnen ledig-lich bestätigt, dass Volker Woller hier als Lagerarbeiter beschäftigt ist."

„Und wieso wollen Sie das wissen?", fragte Rudolf Vogt.

„Er wurde ermordet", versetzte Arno knapp und beo-bachtete die Wirkung dieser Aussage auf die Firmenan-gehörigen. Während Silke Offenburg sich an den Hals fasste und hörbar nach Luft schnappte, zeigte ihr Arbeitgeber keine erkennbare Reaktion.

„Gehen wir in mein Büro", sagte er nur und öffnete die Tür zu seinem Arbeitszimmer.

Er bot den Kriminalbeamten Sitzgelegenheiten an und nahm selbst an seinem Schreibtisch Platz.

„Wie kann ich Ihnen helfen?"

„Sie haben Herrn Woller erst vor kurzem eingestellt", begann Arno die Befragung. „Warum?"

„Ich brauchte einen Lagerarbeiter und er suchte eine Stelle. Das war es auch schon."

„Hat ihn jemand empfohlen?"

„Nein, er hat sich im Personalbüro vorgestellt. Vielleicht sollten Sie dort mit jemandem reden. Die verantwortlichen Mitarbeiter können Ihnen sicher besser Auskunft geben als ich. Hier arbeiten viele Menschen, die ich nicht einmal mit Namen kenne, obwohl sie von meinem Geld leben. Mit Personaleinstellungen habe ich so gut wie nichts zu tun, zumindest nicht auf den unteren Firmenebenen."

„Ich frage deshalb, weil Volker Woller vorbestraft war."

„Tatsächlich?" Vogt kniff die Augen zusammen und starrte auf die Schreibtischplatte. „Nun ja", meinte er schließlich. „Jeder hat eine zweite Chance verdient, finden Sie nicht? Aber wie gesagt, die Personalakquise für Lager und Produktion liegt allein in den Händen des Personalbüros."

Arno verschränkte die Hände und ließ Vogts Worte einen Augenblick sacken. Dann stand er auf und reichte dem Firmenchef die Hand.

„Vielen Dank, das war es auch schon. Ich denke, wir finden allein hinaus."

„Er lügt", sagte Laura, während sie auf dem Rückweg zum Präsidium waren. „Das ist offensichtlich."

„Davon bin ich auch überzeugt", bestätigte Arno. „Und die Antwort auf das Warum kann meiner Meinung nach nur lauten: Weil er etwas zu verbergen hat."

„Was machen wir jetzt mit Timo Frenzel?"

„Den heben wir uns für später auf", entschied er. „Auch wenn es sehr wahrscheinlich ist, dass Teile des Blutes am Tatort von ihm stammen, können wir das noch nicht mit Sicherheit sagen. Bemerkenswert übrigens, dass Rudolf Vogt nichts mehr davon wissen will, dass er Woller auf Frenzels persönliche Empfehlung hin eingestellt hat. Finden Sie nicht auch?"

Davon, dass Vogt direkt nach dem Gespräch mit den Kripobeamten zum Telefon gegriffen hatte, wusste Arno natürlich nichts. Doch die Wirkung dieses Telefonats bekam der Ermittler deutlich zu spüren.

„Sind Sie von allen guten Geistern verlassen?", herrschte ihn Staatsanwalt Friese an, nachdem er den Kriminalhauptkommissar nach dessen Rückkehr ins Präsidium in sein Büro zitiert hatte. Dem größten Arbeitgeber der Region, einer der einflussreichsten Persönlichkeiten unseres Bundeslandes Vorhaltungen zu machen, dass er sich für die Resozialisierung ehemaliger Strafgefangener stark macht ...",

„Das habe ich nicht getan", widersprach Arno.

„Lassen Sie mich gefälligst ausreden", fuhr Friese ihn an.

„Herr Vogt hatte jedenfalls den Eindruck, sich für sein soziales Engagement rechtfertigen zu müssen. Das kann ja wohl nicht angehen."

Jeder zieht sich den Schuh an, der zu ihm passt, dachte Arno, behielt diesen Gedanken jedoch lieber für sich.

„Künftig werden sie derartig überfallartige Besuche bei Vogt gefälligst unterlassen. Zumindest, solange kein konkreter Verdacht vorliegt! Habe ich mich klar genug ausgedrückt?"

„Vollkommen und unmissverständlich", bestätigte Arno, der in Gedanken bereits die zweite Befragung des Konzernchefs plante.

„Der Staatsanwalt war sauer, was?", fragte Laura, als ihr Chef mit düsterer Miene das Büro betrat.

„Kann man wohl sagen", gab er zurück. „Aber wenn Vogt glaubt, dass er mit seinen Beziehungen Druck auf mich ausüben kann, hat er sich geschnitten. Im Gegenteil, der Versuch zeigt mir, dass ich ihn in die Enge getrieben habe. Ich möchte ihm möglichst bald erneut auf die Pelle rücken. Allerdings brauche ich dafür einen triftigen Grund, sonst macht mich Friese wieder zur Schnecke."

„Der aktuelle Laborbericht dürfte ihre Laune heben", sagte Laura und reichte ihm einen Schnellhefter.

„Haben Sie ihn schon gelesen? Wenn ja, geben Sie mir bitte eine Kurzfassung. Ich habe mit den Mordfällen wirklich genug um die Ohren und einfach nicht die Zeit für ein langes Aktenstudium."

„Immerhin haben wir bereits einen der Täter gefunden", bemerkte sie. Arnos Kopf ruckte hoch.

„Wirklich?", fragte er. „Hat das die Laboruntersuchung ergeben?"

„Genauso ist es", antwortete sie und strahlte ihn an. „Volker Woller hat in Roland Maurers Haus jede Menge Fingerabdrücke und DNA-Spuren hinterlassen. Sowohl am aufgebrochenen Schloss des Hintereingangs zum Haus als auch auf der Tatwaffe. Wir können also davon ausgehen, dass Volker Woller Roland Maurer umgebracht hat."

„Das ist in der Tat eine gute Nachricht", freute sich Arno.

„Ermittlungstechnisch gesehen schon", erwiderte sie.

„Sie wirken dennoch unzufrieden", wandte sich Arno an die Kommissariatsanwärterin. „Dabei sind wir doch jetzt ein gutes Stück vorangekommen."

„Schon", gab sie zur Antwort und bedankte sich mit einem Kopfnicken für den Kaffee, den ihr der Vorgesetzte soeben reichte. „Ich frage mich allerdings, ob wir wirklich alle Aspekte berücksichtigt haben."

„Wie meinen Sie das?", fragte Arno und nippte an seinem Heißgetränk.

„Widmen wir uns noch einmal der Tatwaffe."

„Was ist damit?"

„Roland Maurer wurde mit der Imitation eines antiken Kurzschwerts ermordet. Er selbst beschäftigte sich mit den alten Germanen und sein Mörder hat engen Kontakt zu rechtsextremen Kreisen, deren Mitglieder auf ihre eigene verdrehte Art gerne altgermanisches Brauchtum pflegen. Das hat doch irgendetwas zu bedeuten."

„Ich fürchte, ich kann Ihnen da nicht folgen", sagte er und blickte sie über den Rand seiner Tasse hinweg an.

„Ich meine ja nur, Chef", sagte sie und setzte ihren Becher eine Spur zu hart auf die Schreibtischplatte. „Nachdem Maurers Freund Ingo Raab als Täter ausgeschieden ist, stellt sich doch erneut die Frage nach dem Tatmotiv, oder nicht?"

„Sie meinen, Volker Woller hatte keins. Hm, da könnten Sie Recht haben."

„Soweit wir wissen, war Roland Maurer politisch nicht aktiv. Insofern scheidet ein Hassverbrechen wegen seiner Gesinnung aus. Dennoch bleibt die Tatsache, dass er mit der Kopie eines antiken Kurzschwerts ermordet wurde und der Täter Kontakte zum rechtsextremen Milieu hatte. Mehrere von Wollers Motorradfreunden sind wegen Ausschreitungen auf Demos mit ausländerfeindlichem Hintergrund und Übergriffen gegen Migranten aktenkundig."

„Sie glauben diesbezüglich an keinen Zufall", stellte Arno fest.

„Nein, das tue ich wirklich nicht. Es fehlt die Verbindung zwischen Täter und Opfer. Entweder haben wir es mit einem rein zufälligen Aufeinandertreffen zu tun ..."

„Was Sie nicht glauben."

„... oder jemand hat Woller auf Maurer angesetzt."

„Jemand, der den jungen Mann gut genug kannte, um ihm einen Mord in Auftrag zu geben", sagte Arno, während er seine Tasse in den Händen drehte.

„Vielleicht war der Mord ja gar nicht geplant", gab Laura zu bedenken. „Bleiben wir noch ein wenig bei der Tatwaffe." Sie griff nach der Akte, blätterte darin herum und setzte sich anschließend an den Computer. Arno sah zu, wie sie auf die Tastatur hämmerte und sich schließlich zufrieden zurücklehnte.

„Hier", sagte sie und drehte den Monitor in seine Richtung. Auf dem Bildschirm sah Arno das Interview der lokalen Zeitung mit Maurer, der sich damit brüstete, eine archäologische Sensation aufgetan zu haben. Nachdem er den Beitrag gelesen hatte, wandte er sich wieder an seine Kollegin.

„Sie meinen, die Tatwaffe war gleichzeitig ein Modell dessen, was Woller von Maurer stehlen sollte?"

„Ganz genau", erwiderte sie und strahlte ihren Vorgesetzten an. „Gönnen wir uns noch einen Kaffee?"

Arno griff nach einem Bleistift und kratzte sich damit am Hinterkopf. „Wie Sie glaube ich nicht daran, dass die zwei einander zufällig begegnet sind. Ich tippe auch auf einen Auftragsmord." Er legte den Bleistift zurück auf den Schreibtisch. „Und mein Gefühl sagt mir, dass wir erst kürzlich mit dem Anstifter gesprochen haben."

Laura war voller Eifer. „Wann statten wir Vogt unseren nächsten Besuch ab?"

„Geben wir ihm und auch uns noch etwas Zeit", dämpfte er ihren Enthusiasmus. „Ich will ihn eiskalt erwischen und genau da treffen, wo es ihm richtig wehtut."

KAPITEL 23

Vogts Handy für besondere Gelegenheiten gab einen dezenten Signalton von sich. Er griff nach dem Gerät und nahm das Gespräch an.

„Ja?"

„Es gibt Neuigkeiten, die wir persönlich besprechen müssen", erklärte Vanderbilt. „Wo kann ich Sie treffen?"

Vogt sah auf die Uhr. Die Sonne würde erst in einer halben Stunde untergehen.

„In einer Stunde bei mir", sagte er. „Parken Sie den Wagen nicht direkt vorm Haus und passen Sie auf, dass niemand Sie sieht."

Vom anderen Ende der Leitung drang ein verächtliches Schnauben zurück.

„Haben Sie etwas gesagt?", fragte Vogt.

„Wenn Sie sagen, bei mir, dann meinen Sie aber nicht Herrn Hartfeldts Wohnsitz, sondern Ihr eigenes Zuhause, Herr Vogt, oder?"

„Woher wollen Sie das wissen?"

„Hören Sie auf, mich für blöd zu verkaufen, Vogt. Ich bin kein Anfänger. Mit der Nummer, sich in ihrer angeblich eigenen Villa im Dunkeln zu verstecken, haben Sie mich selbst mit der Nase darauf gestoßen, dass ich es nicht mit dem Eigentümer Gunter Hartfeldt zu tun hatte. Der Umstand, dass es sich bei Volker Woller um einen Angestellten Ihres Unternehmens handelte, lenkte meine Aufmerksamkeit dann auf Sie. Dazu trug nicht zuletzt der Umstand bei, dass die Informationen, die ich von Ihnen über Woller erhielt, einer Personalakte entnommen waren. Das hatten Sie mir selbst gesagt."

Vogt atmete tief durch. Vanderbilt vermutete, dass sein Gesprächspartner in diesem Augenblick mit sich selbst hart ins Gericht ging.

„Um endgültig darüber Gewissheit zu bekommen, dass Sie mein geheimnisvoller Auftraggeber gewesen sind, brauchte ich nur noch herauszufinden, wem Hartfeldt genug vertraut oder schuldet, dass er ihm seine Villa für ein Treffen wie das unsrige zur Verfügung stellt."

Erneutes Durchatmen am anderen Ende der Leitung verriet Vanderbilt, dass Rudolf Vogt noch immer arg daran zu schlucken hatte, dass er es dem Killer so leicht gemacht hatte, ihm auf die Schliche zu kommen. Der war mit seinen Ausführungen aber noch nicht fertig.

„Schließlich brauchte ich nur noch einen Blick in den Wirtschaftsteil einer Zeitung zu werfen, wo über die geplante Fusion zwischen Ihrem und Hartfeldts Unternehmen berichtet wurde, um hinter die Verbindung zwischen ihm und Ihnen zu kommen."

„Na, schön", räumte Vogt zähneknirschend ein. „Sie haben mich erwischt. Ich gebe Ihnen trotzdem nicht meine Privatadresse, sondern erwarte Sie unverzüglich in Gunter Hartfeldts Villa. Haben Sie mich verstanden?"

Auf eine Antwort darauf wartete Vogt vergeblich, denn sein Gesprächspartner hatte bereits aufgelegt. Vogt starrte wütend auf den Telefonhörer in seiner Hand. Dieser Vanderbilt mochte ja ein Könner auf seinem Gebiet sein. Das gab ihm allerdings noch lange nicht das Recht, sich ihm als seinem Auftraggeber gegenüber derart respektlos zu verhalten. Hier waren wohl ein paar klärende Worte nötig.

Vanderbilt parkte sein Auto fünfhundert Meter von Hartfeldts Grundstück entfernt auf einem öffentlichen Parkplatz. Er hatte sowieso nicht vorgehabt, direkt bis zur Haustür vorzufahren. Der Industrielle erwies sich langsam als ein äußerst unsympathischer Kunde. Wenn das so weiter ging, dass der ihn so herablassend behandelte, würde Vanderbilt ein ernstes Wort mit dem Mann zu reden haben. Der Auftragsmörder sah sich auf dem Parkplatz um. Es befanden sich noch mehrere andere Wagen hier. Sein Auto würde nicht weiter auffallen.

Vogt öffnete ihm selbst die Tür. Offensichtlich befand sich keine weitere Person in der Villa.

„Machen Sie hinter sich zu", brummte der Unternehmer und ging auf ein Zimmer zu, dessen Tür offen stand. Vanderbilt folgte ihm und betrat einen Raum mit altmodischem Flair, eine Art Rauchsalon. Rechts von ihm befand sich ein wuchtiger offener Kamin, in dem jedoch kein Feuer brannte. Schwere Clubsessel aus Leder waren auf einem dicken Teppich verteilt. Neben jeder Sitzgelegenheit stand ein gläserner Beistelltisch. Mit einer knappen Handbewegung wies Vogt seinem Besucher einen Platz an. Er selbst setzte sich in einen Sessel und griff nach einem Cognacschwenker.

„Möchten Sie auch ein Glas?"

Vanderbilt verneinte.

„Was haben Sie mir zu berichten?", feuerte Vogt seine nächste Frage ab.

„Woller ist tot."

Vogt nickte und trank einen Schluck. Langsam setzte er das Glas wieder ab.

„Und das Schwert?"

Der Killer zuckte die Achseln.

„Verschwunden. Als hätte es sich in Luft aufgelöst."

„Idiot!" Vogt erkannte seinen Fehler, noch ehe der Klang des Wortes verhallt war. Er spürte die Hitze, die von Vanderbilt ausging und im krassen Gegensatz zu dem eisigen Glanz seiner Augen stand.

„Ich bitte um Entschuldigung", beeilte er sich zu sagen. „Das ist mir einfach herausgerutscht. Aber Sie müssen verstehen, dass mir dieses Schwert enorm viel bedeutet."

Vanderbilt erhob sich von seinem Platz und trat dicht an Vogt heran.

„Beleidigen Sie mich nie wieder", sagte er mit ruhiger Stimme, die jedoch keinen Zweifel am Ernst seiner Worte ließ. „Ich melde mich, sobald es Neuigkeiten gibt." Damit verließ er die Villa, während Vogt in seinem Sessel zurückblieb. Der fühlte sich unendlich gedemütigt, weil er nicht hatte verhindern können, dass ihm das Blut in den Kopf gestiegen war, was Vanderbilt zweifellos mitbekommen hatte.

Tausend Gedanken rasten durch Vogts Gehirn, von denen sich einer immer deutlicher vordrängte. Vanderbilt sollte für seine Unverschämtheit bezahlen. Ein neuer Führer Deutschlands konnte es nicht dulden, dass es jemanden gab, der ihm Angst einflößen konnte. Während er noch registrierte, wie sich sein Puls verlangsamte, überlegte Vogt, wann in absehbarer Zeit er auf Vanderbilts Dienste würde verzichten können. Sobald ich das Schwert in den Händen halte, dachte er. Die nächste

Frage war, wie er sich den Killer vom Hals schaffen konnte. „Durch einen Hinterhalt", murmelte Vogt und trat an die Hausbar. „Eine schmutzige Falle für einen dreckigen Kerl", setzte er sein Selbstgespräch fort, während er sich einen Cognac einschenkte. Aber alles zu seiner Zeit, fügte er in Gedanken hinzu. Jetzt steht erst einmal ein weiteres Treffen mit Hartfeldt auf der Agenda. Auch so ein Idiot, auf den ich vorläufig noch angewiesen bin. Wie lange das der Fall sein wird, entscheidet sich dann morgen Abend. Hartfeldt ist keineswegs abgeneigt, mit mir Geschäfte zu machen. Aber ich werde das Gefühl nicht los, dass der Hasenfuß kneift, wenn es hart auf hart kommt. Wenn das der Fall ist, muss er aus dem Weg geräumt sein, ehe er mir gefährlich werden kann.

KAPITEL 24

Gunter Hartfeldt trank einen Schluck Rotwein und schloss genussvoll die Augen. Der prämierte Rebensaft entfaltete langsam sein volles Aroma. Auch nachdem der Wein schon längst den Weg über die Speiseröhre in den Magen hinter sich gebracht hatte, spürte Hartfeldt dem Geschmackserlebnis nach. Da er sein Zuhause endlich wieder für sich hatte, fühlte er sich einigermaßen entspannt. Das war eine Voraussetzung dafür, über ein Problem nachzudenken und dafür die optimale Lösung zu finden. Rudolf Vogt, sein gleichaltriger Partner, war zwar zuverlässig, was die geschäftlichen Dinge anging; immerhin hatte Hartfeldt mit seinen Unternehmen viele Jahre von der fruchtbaren Zusammenarbeit mit Vogt profitiert. Dennoch würde Hartfeldt ihn nach seinen jüngsten Erfahrungen mit ihm keinesfalls als seinen Freund bezeichnen. Im Geschäftsleben ließ man Persönliches sowieso besser außen vor. Zudem war Vogt, was dessen politische Ansichten betraf, mehr als nur ein wenig eigen. Eigentlich war er Hartfeldt in dieser Hinsicht regelrecht unheimlich. Seine Reden über die Rückgewinnung verlorener Ostgebiete, deren Grenzverläufe seit Jahrzehnten von der internationalen Völkergemeinschaft anerkannt waren, hinterließen bei Hartfeldt stets den Eindruck, es mit einem Fanatiker zu tun haben. Im Allgemeinen fürchtete er sich nicht vor derartigen Eiferern. Vor allem deshalb nicht, weil deren Fanatismus häufig mit einer gehörigen Portion Dummheit einherging und sie zu leichten Opfern von Demagogen machte, die sie dann für ihre Zwecke einspannten. Bei Rudolf Vogt lagen die Dinge jedoch anders. Der war nicht nur extrem in seinen Ansichten, sondern darüber hinaus auch noch gerissen und aufgrund seines Charismas fähig, seinerseits den Demagogen zu geben. Noch dazu einer, der selbst an die eigenen Aussagen glaubte, mit der er seine Zuhörer aufstachelte. Bei einem ihrer Gespräche hatte Vogt einmal erwähnt, dass er für die rechtspopulistische Partei Deutschland Voran! Sympathien hegte.

Hartfeldt schalt sich einen Narren und verfluchte sich dafür, dass er sich von Vogt hatte einwickeln lassen und dessen Charme erlegen war. Dann gab es da noch diese Gefälligkeiten, die Vogt immer wieder verlangte. Hartfeldt bekam ein ungutes Gefühl, wenn er daran dachte. Wie war es Vogt nur gelungen, ihn dazu zu bringen, ihm die Villa für einen Abend zu überlassen oder dazu zu bewegen, dass er diesem Hobbyarchäologen einen Besuch abgestattet hatte und ihm gegenüber als Unterhändler aufgetreten war? Geschäftlich eingespannt, wie er zurzeit war, hatte Hartfeldt schon länger keine Zeitung gelesen oder eine Nachrichtensendung angeschaut. Daher wusste er noch nichts von Roland Maurers Ermordung. So kreisten seine Gedanken momentan einzig um sein Verhältnis zu Rudolf Vogt. Der wollte sich mit ihm in den kommenden Tagen in einem Kärntner Wellnesshotel treffen und ihm dort seine weitere Geschäftsstrategie erläutern. So sehr er es auch drehte und wendete, Gunter Hartfeldt konnte sich nicht länger einreden, dass er in Vogts Plänen eine wichtige Rolle einnehmen und mit seinem Partner eine Geschäftsbeziehung auf Augenhöhe führen würde. Er war zur Marionette geworden. In einem Spiel, dessen Regeln allein Rudolf Vogt diktierte. Der Mann war skrupellos und mit allen Wassern gewaschen. Und er verfügte über Macht und Geld. Sehr viel Geld. Kurz gesagt: Rudolf Vogt war hochgefährlich. Eine tickende Zeitbombe, jederzeit bereit zu explodieren. Sich mit ihm einzulassen barg ein hohes Risiko, dessen war sich Hartfeldt durchaus bewusst. Aber die Aussicht, durch eine Kooperation mit Vogt seine Firmen vor der Übernahme durch ausländische Konzerne zu bewahren, erschien ihm derart verlockend, dass er bereit war, dieses Risiko einzugehen. Er musste nur äußerst vorsichtig zu Werke gehen; schlauer und im entscheidenden Moment noch skrupelloser sein als Vogt und sich dessen Fanatismus zunutze machen. Dann konnte er ihn vielleicht sogar für seine eigenen Zwecke einspannen, sich selbst im Hintergrund halten und von dort aus geschickt die Fäden in der Hand halten, mit denen er dann seinerseits Vogt wie eine Marionette steuern würde.

„Der Kerl ist gefährlich, aber er hat ein Gespür für die Themen, die die Menschen bewegen", murmelte Hartfeldt, während er nach seinem Glas griff, um sich einen weiteren Schluck von dem prämierten Rebensaft zu genehmigen. „Er hat das Ohr am Puls der Zeit und kennt keine Scheu, die Dinge beim Namen zu nennen. Soll ihm ruhig die Bühne gehören, wenn er die großen Auftritte so sehr liebt. Dafür werde ich im Hintergrund die Fäden ziehen. Wenn Vogt in der Öffentlichkeit steht, bekommt er seine Aufmerksamkeit und wird mehr als genug mit seinen Kritikern beschäftigt sein." Ein kurzes Innehalten, um den Geschmack auszukosten und anschließendes Absetzen des Glases auf dem Beistelltisch.

„Vogt ist zu direkt, kein Diplomat. Zu schnell bei der Hand, andere vor den Kopf zu stoßen. Das wird ihm eines Tages das Genick brechen. Wenn er abtreten muss, werde ich zur Stelle sein und ihn ablösen."

Zum letzten Mal an diesem Abend griff Hartfeldt nach dem Glas, trank den Rest in einem Zug aus und fand, dass es für ihn an der Zeit war, zu Bett zu gehen.

KAPITEL 25

Jan Marvin Vanderbilt passierte den Ausgang des Klagenfurter Flughafens. Sein Blick spiegelte sich in einer Schaufensterscheibe und reflektierte ein markantes Gesicht, in dem zwei eisblaue Augen funkelten. Die Farbe wollte nicht so recht zum dunkelbraunen Haar des Mittfünfzigers passen, der sich eine Sonnenbrille aufsetzte, als er ins Freie trat. Er winkte ein Taxi herbei und ließ sich in der Innenstadt absetzen. Zwei Straßenblöcke weiter befand sich die Niederlassung eines Kurierdienstes, die Vanderbilt zielstrebig ansteuerte. Dort holte er ein an seinen Decknamen Jan Muller persönlich adressiertes Paket ab. Da er im Besitz falscher Ausweispapiere mit außergewöhnlich hoher Originaltreue war, wurde ihm die Sendung ohne größere Formalitäten ausgehändigt.

Einige Straßen weiter gab es ein Hotel. Dort nahm sich der Auftragsmörder ein Zimmer. Sein Termin würde erst morgen Abend stattfinden. Um ihn pünktlich wahrzunehmen, hätte es vollkommen ausgereicht, einen Tag später anzureisen. Aber Vanderbilt zog es vor, sich genügend Zeit zu nehmen, um die Atmosphäre der Gegend in sich aufzunehmen.

Der Killer fragte sich, warum Vogt ihn von der Suche nach dem antiken Schwert abgezogen und nach Österreich geschickt hatte. Er hatte keine Ahnung, was seinem Auftraggeber plötzlich so wichtig sein könnte, um ihn unbedingt hier haben zu wollen. Er legte das Paket auf das frisch gemachte Bett, hängte das Schild mit der Aufschrift: Bitte nicht stören außen an die Zimmertür und schloss sie ab. Dann öffnete er die Sendung, die er in der Filiale des von ihm beauftragten Kurierdienstes entgegengenommen hatte. Darinnen befand sich ein Koffer, dem er eine Pistole der Marke Glock 17 sowie die dazu passende Munition entnahm. Vanderbilt prüfte die Waffe sorgfältig, lud sie, prüfte erneut und entnahm ihr das Magazin wieder. Nach einigen Minuten legte er die Pistole zurück, verschnürte das Paket wieder und verließ das Hotel, um vor dem Essen noch ein wenig durch die Stadt zu bummeln. Bevor er in sein Zimmer zurückkehrte, suchte Vanderbilt eine Autovermietung auf. Dort reservierte er für den kommenden Morgen einen Mittelklassewagen. Dafür benutze er wieder seinen gefälschten Ausweis. Anschließend suchte er ein italienisches Restaurant auf und aß dort zu Abend. Zurück im Hotel schaute er ein wenig fern und ging bald darauf zu Bett.

Am nächsten Morgen, gleich nach dem Frühstück, holte Vanderbilt den auf seinen Aliasnamen, Jan Muller, reservierten Wagen ab und fuhr damit Richtung Ossiach See. In einer der dortigen Ortschaften ging es links hinauf in die Berge. Die Straße führte über ein dutzend Spitzkehren serpentinenartig auf ein Plateau, wo sich ein Hotelkomplex mit großzügig angelegtem Wellnessbereich befand. Auf seinem Weg vom Ossiach See hinauf hatte Vanderbilt mit seinem Mietwagen einen Höhenunterschied von 1500 Metern überwunden. Er parkte den Wagen auf einem der den Hotelgästen vor-

behaltenen Stellplätzen und ging auf das Empfangsge-
bäude zu. Kurz vor dem Eingang ging ein Weg rechts
ab. Wer dem folgte, gelangte zum großzügig angelegten
Außengelände, einem Spielpark für Kinder sowie einer
abseits des Weges eingerichteten Bogenschießanlage.
Vanderbilt schlug einen Bogen und erreichte ein zum
Hotelkomplex gehörendes Ferienhüttendorf. Blockhäu-
ser mit unterschiedlichen Raumkapazitäten. Vor einem
dieser Häuser kniete eine Frau vor einem etwa drei Jahre
alten Kind und knöpfte ihm eine leichte Windjacke zu.
Vanderbilt grüßte höflich, die Frau lächelte freundlich
und erwiderte seinen Gruß. Er ging weiter, ohne sich
nach ihr umzusehen. Die Gäste wechselten hier ständig.
Vanderbilt war sich sicher, bei niemandem Argwohn zu
erregen. Er verfügte über das nötige Talent, sich bei Bedarf ein derart unscheinbares Äußeres zu geben, dass
ihm Menschen, die ihm begegneten, keinerlei Aufmerksamkeit schenkten. Eine Eigenschaft, die für einen Mann
seiner Profession von unschätzbarem Wert war.

KAPITEL 26

Vogt und Hartfeldt saßen im Restaurant eines Kärntner Berghotels und prosteten sich mit ihren Rotweingläsern zu. Hartfeldt fühlte sich geschmeichelt, mit dem Großindustriellen zusammen an einem Tisch sitzen und zu verhandeln. Auf Augenhöhe, wie er sich zu diesem Zeitpunkt noch einmal gegen besseres Wissen einredete, obwohl Vogt ihn eingeladen hatte. Der Großindustrielle hatte ihm reichlich Honig ums Maul geschmiert und während des Essens betont, dass er großen Wert auf eine Zusammenarbeit lege. Detailliert beschrieb er Hartfeldt seinen Plan, wie sie gemeinsam vorgehen sollten, um sich das Monopol auf Silber zu sichern, damit sie den Markt kontrollieren konnten. Der Plan schien ebenso simpel wie verrückt. Alle Möglichkeiten sollten genutzt werden, um den Rohstoff aufzukaufen. Hartfeldt kannte die Geschichte um die Gebrüder Hunt aus Texas, die sich bei dem Versuch, die Silbervorräte der Welt unter den Nagel zu reißen, in eine gigantische Pleite geritten hatten. Aber Vogt konnte ihm genau darlegen, dass den Hunts seinerzeit nur noch sehr wenig Kapital gefehlt hatte, um die letzte Durststrecke zu überstehen, hinter der das Ziel erreicht worden wäre. Ihnen würde eine solche Pleite nicht passieren.

„Ich habe milliardenschwere Oligarchen und internationale Großinvestoren davon überzeugen können, in Silber zu investieren", sagte Vogt. „Die sind von den steigenden Kursen ganz begeistert und setzen darauf, dass der Preis noch weiter durch die Decke geht. Bald wird nichts mehr von dem Silber auf dem freien Markt verfügbar sein."

Hartfeldts Anlageberatung, die GH-Invest, sollte ihren Kunden verstärkt Kapitalinvestitionen in Silber empfehlen, so wie es bereits weltweit die zum Vogt-Imperium gehörenden Anlageberatungen taten. Die Nachfrage würde den Kurs weiter in die Höhe treiben und für eine Verknappung des Edelmetalls auf dem freien Markt sorgen. Für Hartfeldts Produktion chirurgischer Bestecke sollte natürlich immer genügend Silber verfügbar sein. Gunter Hartfeldt spürte sehr wohl, dass es Vogt wieder einmal gelungen war, ihn einzuwickeln. Als sie nach dem geschäftlichen Teil noch eine Flasche Wein geleert und über private Themen gesprochen hatten, war Vogt zur vertraulichen Anrede Du übergegangen. Hartfeldt zeigte sich in seiner Weinlaune darüber zunächst sehr erfreut. Das änderte sich schlagartig, als ihm auf dem Weg zu seinem Zimmer die Überschrift einer deutschen Zeitung von vergangener Woche ins Auge stach, die über den Mord an dem Hobbyarchäologen Roland Maurer informierte. Plötzlich schien die Wirkung des Alkohols wie weggeblasen. Er fragte sich, wie Vogt es schaffte, ihm gegenüber den Wohltäter zu spielen, ihm zugleich direkt ins Gesicht zu lügen und so zu tun, als wäre alles in bester Ordnung. Dabei wusste er doch ganz genau, dass er dabei war, die Existenz seines Gastes vollkommen zu zerstören.

Richtigen Schlaf fand Gunter Hartfeldt in dieser Nacht nicht. Zu groß was das Problem, das ihn seit dem Abend beschäftigte. In der Zeitung war ein Phantombild veröffentlicht worden, das einige Ähnlichkeit mit seinem eigenen Gesicht aufwies. Er verbrachte einen Großteil der Nacht damit, über die Folgen, die sich aus dieser für ihn äußerst unangenehmen Situation ergaben, nachzugrübeln. Wie hatte er nur so dumm sein und auf Vogts Bedingung, Maurer aufzusuchen, eingehen können? Gut, Vogt galt als exzentrisch. darum war ihm dessen Bitte, dem Hobbyarchäologen ein Angebot für den Ausgrabungsfund zu machen, noch nicht einmal allzu ungewöhnlich erschienen. Niemals wäre er auf den Gedanken gekommen, dass er aus dieser Aktion als Mordverdächtiger hervorgehen würde. Inzwischen aber hatte er Vogt besser kennengelernt und war zu dem Schluss gekommen, dass der ihn skrupellos benutzt hatte. Und zwar nicht nur als Strohmann für den Ankauf einer Antiquität, sondern auch als Bauernopfer für den von Rudolf Vogt begangenen oder zumindest von ihm in Auftrag gegebenen Mord an Roland Maurer. Als wäre das nicht genug, hatte Hartfeldt noch am späten Abend von seiner Buchhaltung per E-Mail erfahren, dass Vogt offenbar gezielt gegen sein Unternehmen bestehende Forderungen aufkaufte. Offensichtlich plante der Mistkerl hinter seinem Rücken eine feindliche Übernahme. Er musste diesen Wahnsinnigen los werden und seinen eigenen Kopf aus der Schlinge ziehen. Aber wie sollte er das am besten anstellen? Als er am nächsten Morgen mit Kopfschmerzen aus dem Bett stieg, hatte Gunter Hartfeldt einen Entschluss gefasst. Da er keinen Ausweg aus dem Dilemma sah, bei dem er ungeschoren davonkommen würde, blieb ihm nur noch die Möglichkeit, die Variante zu wählen, bei der er den geringsten Preis zahlen

musste. Um sich selbst davor zu bewahren, einen Rück-
zieher zu machen, beschloss Hartfeldt, Rudolf Vogt
noch vor dem Frühstück aufzusuchen und ihm seinen
Entschluss mitzuteilen.

KAPITEL 27

„Was ist?", fragte Vogt, als es es an seiner Zimmertür klopfte.

„Ich bin es, Gunter", drang Hartfeldts Stimme durch die Tür. „Ich muss dich dringend sprechen."

„Hat das nicht Zeit bis zum Frühstück?", knurrte Vogt unwillig.

„Hat es nicht!", kam es in scharfem Ton zurück. Hartfeldt atmete tief durch. Seine Replik war heftiger ausgefallen, als er beabsichtigt hatte. Er konzentrierte sich darauf, seine Atmung unter Kontrolle zu bekommen. Auch gut, dachte er und fasste sich ein Herz. Dann knallt es eben jetzt, besser früher als später. In diesem Moment öffnete Vogt die Tür von innen und empfing ihn mit gerunzelter Stirn.

„Was gibt es denn Dringendes?", fragte er.

„Ich steige aus", antwortete Hartfeldt, der darüber ebenso erfreut wie erstaunt war, dass seine Stimme ruhig und fest klang. „Die Polizei sucht nach mir. Ich werde mich stellen und auspacken."

„Jetzt komm erst einmal herein und beruhige dich. Ich bin gleich fertig. Nach einem guten Frühstück sieht die Welt gleich besser aus. Was hältst du davon? Wir setzen uns zusammen und finden für dein Problem eine Lösung."

„Ich bin ruhig", versetzte Hartfeldt. „Und mein Problem hast du mir eingebrockt. Schließlich bist du es gewesen, der mich zu Maurer geschickt hat. Das war eine

Falle, du Mistkerl! Aber ich sage dir, wenn ich untergehe, reiße ich dich mit in den Abgrund!" Damit machte Hartfeldt auf dem Absatz kehrt und ließ den verdutzten Rudolf Vogt einfach stehen. Der wiederum hatte sich bereits nach wenigen Sekunden wieder in der Gewalt und beglückwünschte sich zu seinem Entschluss, Vanderbilt nach Kärnten beordert zu haben. Hartfeldt war im Umgang zunehmend schwieriger und zu einem Risiko geworden. Er, Vogt, war sich darüber klar, dass er seinen Juniorpartner aus dem Weg würde räumen lassen müssen, wenn der seine Pläne gefährden würde.

Am gleichen Vormittag empfing Vanderbilt mit seinem Prepaidhandy eine MMS mit einem Foto, auf dem Gunter Hartfeldt zu sehen war. Rudolf Vogt hatte zu diesem Zeitpunkt das Mobiltelefon, von dem aus er die Datei gesendet hatte, bereits vernichtet. Auch hier hatte es sich um ein Handy gehandelt, das der Auftraggeber eigens für diesen einmaligen Gebrauch angeschafft hatte. Vanderbilt wusste natürlich, dass Vogt ihm die Nachricht geschickt hatte, dennoch empfand er dessen Vorsicht nicht als übertrieben. Wer einen Mordauftrag erteilte, tat gut daran, alles, was ihn damit in Verbindung bringen konnte, zu vernichten. Der Killer packte seinen Koffer und checkte aus. Er verstaute sein Gepäck im Kofferraum des in der Hotelgarage geparkten Mietwagens und verließ Klagenfurt in Richtung Villach. Eine knappe Stunde später bezog er die angemietete Ferienhütte und legte sein Mobiltelefon auf einen Tisch, um es bei Bedarf gleich zur Hand zu haben. Anschließend prüfte er routinemäßig die Funktionsfähigkeit seiner Glock 17.

Es war gegen Mittag, als Vanderbilt seinen letzten Anruf auf dem von ihm eigens für diesen Auftrag beschafften Prepaidhandy erhielt.

„Er will mit der Seilbahn runter nach Ossiach fahren", erfuhr er. „Ich halte ihn ein paar Minuten auf, damit Sie Gelegenheit haben, vor ihm an der Station zu sein."

„Ist gut", bestätigte Vanderbilt und schaltete das Handy aus. Er steckte die Pistole ein und lief hinauf zur Bergstation. Nach zehn Minuten sah er Hartfeldt. Der Mann war völlig außer Atem. Allerdings hatte Vanderbilt auch bei sich feststellen müssen, dass ihm der Aufstieg zu schaffen machte.

Die Erkenntnis, dass er künftig häufiger mit Erschöpfungssymptomen würde rechnen müssen, beunruhigte ihn. Doch jetzt galt es sich zu konzentrieren. Hartfeldt nahm im Sessellift Platz und Vanderbilt belegte den Sitz direkt hinter ihm. Ursprünglich hatte er geplant, seine Zielperson bis hinunter in den Ort zu verfolgen und dann eine günstige Gelegenheit abzuwarten, sie zu töten. Vorzugsweise an einer einsam gelegenen Stelle weiter außerhalb. Doch jetzt empfand er das als reine Zeitverschwendung. Gut möglich, dass ihn die mit der zuvor empfundenen Erschöpfung unangenehme Erkenntnis seiner begrenzten Lebenszeit zur Eile drängte. Der Killer sah sich um. Soweit er sehen konnte, waren Hartfeldt und er allein, die Sitze vor und hinter ihnen unbesetzt geblieben.

Ein Stück weiter vorn stieg das Gelände an. Dort konnte man vom Lift aus hinunterspringen und im Wald verschwinden. Um diese Zeit waren kaum Spaziergänger unterwegs. Die würden erst nach dem Mittagessen wieder ins Freie gehen. Bis zur Mittelstation waren es noch einige hundert Meter. Dort würde die Leiche frühestens entdeckt werden. Vanderbilt zog die Glock hervor und feuerte zweimal. Der Schalldämpfer schluckte den Knall der Schüsse, der sich auf ein dumpfes Tschump-Tschump reduzierte. Hartfeldt sackte augenblicklich in seinem Sitz zusammen, ohne einen Laut von sich zu geben. Vanderbilt schoss zur Sicherheit ein drittes Mal, dann schwebte er über der dem Boden nächstgelegenen Stelle. Er schwang sich aus dem Sitz und ließ sich fallen. Beim Aufkommen knickte er mit dem Fuß ein, konnte sich jedoch noch genügend abfedern, und so eine schwerere Verletzung vermeiden. Leicht humpelnd verschwand er zwischen den Bäumen, über sich die Leiche Hartfeldts zurücklassend. Die wurde keine Minute später in die Mittelstation transportiert.

Der Vater einer vierköpfigen Familie erkannte zuerst, dass mit dem Mann im Lift irgendetwas ganz und gar nicht stimmte. Als er genauer hinsah, entdeckte der das Blut. Geistesgegenwärtig schirmte er die Blicke seiner Kinder ab und schob sie zum Ausgang. Hinter ihm ertönten laute Rufe, die verrieten, dass der Tote jetzt auch von anderen entdeckt worden war.

Vanderbilt bahnte sich indessen seinen Weg durch den Wald und gelangte schließlich nach Ossiach. Dort mietete er ein Ruderboot und fuhr damit hinaus auf den See. In der Mitte des Gewässers versenkte er das Prepaidhandy. Damit sollte es auf Nimmerwiedersehen entsorgt worden sein, denn der See brachte es auf eine maximale Tiefe von über fünfzig Meter. Nachdem er insgesamt eine Stunde auf dem Wasser zugebracht hatte, gab Vanderbilt das Boot zurück. Anschließend ließ er sich mit einem Taxi zum Berghotel hinauffahren, wo er seinen Mietwagen geparkt hatte. Die Nachricht von der Ermordung eines Deutschen machte bereits die Runde. Der Taxifahrer, ein etwa dreißig Jahre alter Slowene, ließ sich über das Vorkommnis auf der Mittelstation aus, die wegen der Sicherung des Tatorts noch nicht freigegeben worden war.

„Stellen Sie sich vor", sagte der Chauffeur. „Ein Toter, der im Sessellift den Berg hinabfährt. Das ist doch grauenhaft."

„Sie sagen es", bestätigte Vanderbilt, der wenig Lust auf diese Unterhaltung verspürte.

„Klar, für uns Taxifahrer ist das heute natürlich ein gutes Geschäft, weil die Seilbahn gesperrt ist und wir so Extratouren bekommen. Aber wenn dafür ein Mensch sterben muss, ist der Preis einfach zu hoch, nicht wahr? Ich meine, da machen doch die zusätzlichen Einnahmen keine Freude."

„Natürlich nicht", stimmte Vanderbilt wieder zu. Irgendetwas musste er ja sagen, um sich nicht verdächtig zu machen. In Gedanken verwünschte er den Umstand, dass ihm wegen Hartfeldts eiligem Aufbruch keine Zeit geblieben war, sein Äußeres erneut zu verändern. Wenn er wieder in Deutschland war, würde er wohl eine neue Frisur brauchen.

Vanderbilt ließ sich direkt vor dem Hoteleingang absetzen. An der Rezeption beglich er die noch ausstehenden Beträge seines Aufenthalts und checkte aus. Mit dem Mietwagen fuhr er Richtung Klagenfurt, wo er das Auto wieder abgeben würde. Zweimal musste er sich an Polizeisperren ausweisen, konnte diese dann aber ungehindert passieren. Vom Flughafen Klagenfurt aus reiste er mit der nächsten Maschine über Wien nach Deutschland zurück. In Frankfurt am Main angekommen, checkte er in einem kleinen Hotel Garni ein, dessen Betreiber keinen Wert auf Formalitäten legte und darauf verzichtete, von seinem Gast zu verlangen, dass er einen Meldezettel ausfüllte. Vanderbilts Zimmer lag im ersten Stock. Als er die Tür aufschloss, wurde ihm bewusst, dass er stark schwitzte. Ob das der Anstrengung der vergangenen Tage oder der Angst vor dem morgigen Termin geschuldet war, vermochte er nicht zu sagen.

Am nächsten Morgen studierte Vanderbilt während des Frühstücks eine Straßenkarte von Frankfurt und Umgebung. Außerhalb von Bad Homburg gab es eine Privatklinik. Dort wollte er Professor Doktor Gernot Bilcher sprechen, der als Koryphäe im Fachbereich Onkologie galt. Vanderbilt mietete unter seinem Aliasnamen Jan Muller einen neuen Wagen, einen BMW Z4. Die Mietgebühr erschien ihm etwas happig, aber er blieb bei seiner Entscheidung und bezahlte den Preis, ohne mit der Wimper zu zucken.

Das Wetter versprach sonnig zu werden und Vanderbilt freute sich auf eine Fahrt in einem höherklassigen Wagen mit offenem Verdeck. Der dichte Verkehr auf der A5 ließ zunächst keine Fahrfreude aufkommen, doch nachdem er die Staus auf der großen Verkehrsader hinter sich lassen konnte, weil er auf die weniger befahrene A661 eingebogen war, bot sich ihm die Gelegenheit, den Wagen auszufahren. Der Killer trat das Gaspedal bis zum Anschlag durch. Er genoss den Fahrtwind und das Gefühl, aufgrund der enormen Beschleunigung in den Sitz gepresst zu werden. Nach wenigen Minuten tauchte das Ortsschild von Bad Homburg vor der Höhe vor ihm auf. Mit einigem Bedauern bremste Vanderbilt den Wagen ab. Kurz darauf bog er auf den Parkplatz der Klinik ein, wo er den Roadster abstellte. Anschließend schloss Vanderbilt Verdeck und Türen des BMW und betrat den Empfangsbereich des Gebäudes. Die Mitarbeiterin von der Information schickte den Neuankömmling zum Wartebereich.

„Der Herr Professor wird in Kürze für Sie da sein", versprach sie und deutete vage auf eine Sitzgruppe. Vanderbilt verstand den Wink und setzte sich auf einen der gepolsterten Stühle. Er konnte nicht begreifen, woher plötzlich all die Zeit kam, die ihm zwar zur Verfügung stand, er aber dennoch nicht sinnvoll nutzen konnte. Stattdessen musste er hier herumsitzen und darauf warten, dass der Arzt ihn endlich in das Behandlungszimmer rief. Tack, tack, tack, tack. Die Minuten, jede einzelne aus sechzig Sekunden bestehend, schienen sich endlos zu dehnen. Gerade so, als kämpften sie verzweifelt dagegen an zu vergehen. Dabei war er kein ungeduldiger Mensch. Das konnte er sich in seinem Beruf gar nicht leisten. Den richtigen Zeitpunkt abwarten zu können, um dann zuzuschlagen, war ein Grundpfeiler seines Erfolges. Da kam es dann schon einmal vor, dass die Zeit viel zu schnell verging. Das erschien ihm besonders dann so, wenn er meinte, einen Anschlag besser vorbereiten zu müssen. Dann konnten die Sekunden gar nicht schnell genug dahin rinnen. Sie schienen einander sogar zu überholen.

Der Killer fragte sich, was mit dieser ganzen Zeit, diesen Minuten, Stunden und Tagen eigentlich geschah, wenn sie vergangen waren. Fügten sie sich an einem anderen Ort irgendwo im Universum wieder zu Monaten, Jahren und sogar ganzen Lebensspannen zusammen? Es gab ja die verrücktesten Theorien (oder waren es doch gesicherte Erkenntnisse?) was das All betraf. Danach erreichten Strahlen, Wellen oder was auch immer unseren Planeten erst viele Jahre nach ihrem Entstehen, während die Welt ihres Ursprungs bereits längst erloschen war.

Vanderbilt schüttelte energisch den Kopf und rief sich zur Ordnung. Drehte er jetzt ganz durch? Er sah zum wiederholten Mal auf die Uhr, die an der blassgrün gestrichenen Wand gegenüber befestigt war. Keine fünf Minuten später als vorhin. Das war ja nicht zum Aushalten. Er stand auf und wollte in Richtung des Arztzimmers gehen, setzte sich jedoch wieder hin. Jetzt bloß nicht die Nerven verlieren. Es war besser, sich zu entspannen und gedanklich auf die nächsten Schritte seiner Suche nach dem antiken Schwert vorzubereiten. Wer weiß, dachte er. Vielleicht ist mir die Zeit jetzt gegeben worden, damit ich noch einmal alles in Ruhe mit dem Kopf durchgehen kann. Dieser Gedanke entlockte ihm ein schiefes Lächeln. „Ich werde doch nicht auf meine alten Tage spirituell oder gar ein Esoteriker werden", murmelte er vor sich hin. „Für meinen Teil kann ich nur hoffen, dass das Konzept von Himmel und Hölle in keiner Weise zutrifft. Wenn doch, gibt es wohl keinen Zweifel daran, wo ich landen werde."

Blieb die Frage, wann es für ihn soweit sein würde. Chronisch lymphatische Leukämie hieß die Krankheit, die er sich eingefangen hatte. Während des Anfangsstadiums machte sie sich durch Müdigkeit und allgemeinen Leistungsabfall bemerkbar. An manchen Tagen kam hinzu, dass er morgens völlig verschwitzt aufwachte. Symptome, die sich auch mit temporärer Abgespanntheit und Stress erklären ließen, was in seinem Alter und der Tätigkeit, mit der er seinen Lebensunterhalt bestritt, nicht weiter verwunderlich war. Inzwischen war Vanderbilt über fünfzig und konnte trotz aller Fitnessübungen nicht erwarten, dass sein Körper noch genauso funktionierte wie vor zwanzig oder dreißig Jahren. Allerdings traten diese Symptome in letzter Zeit immer häufiger auf und Besserung wollte nicht eintreten. Also war er eines Tages zu seinem Arzt gegangen. Der stellte eine Schwellung der Lymphknoten fest, die dem Patienten selbst nicht aufgefallen war. Nicht weiter ungewöhnlich, weil keine Schmerzen damit einhergingen. Weitere Untersuchen führten jedoch zur Diagnose Blutkrebs. Ein Wort, das ihm Angst einflößte, nachdem Professor Bilcher es ihm gegenüber zum ersten Mal ausgesprochen hatte. Dennoch konnte Vanderbilt sich nicht für eine der ihm von Bilcher empfohlenen Therapien entscheiden. Die möglichen Nebenwirkungen schreckten ihn zu sehr ab.

„Herr Vanderbilt?"

Der Killer schreckte aus seinen Gedanken hoch. Auf der Schwelle zum Behandlungszimmer stand der ihn behandelnde Arzt. Er war ein sehr schlanker Mann um die fünfzig und überragte Vanderbilt beinahe um Haupteslänge. Um den Hals trug er ein Stethoskop, das unter dem offenen weißen Kittel hervorschaute. Ebenfalls weiße Hosen und Klinikschuhe vervollständigten sein Outfit. Ein Namensschild informierte Betrachter darüber, mit wem sie es zu tun hatten. Vanderbilt war so in seine Gedanken vertieft gewesen, dass er die Anwesenheit Bilchers gar nicht mitbekommen hatte. Sich über seine eigene Unaufmerksamkeit ärgernd, runzelte der Killer die Stirn.

„Ich bin jetzt soweit", sagte der Arzt, drehte sich um und ging zurück ins Behandlungszimmer, ohne sich noch einmal nach Vanderbilt umzudrehen. Der folgte dem Professor und setzte sich ungefragt auf den Besucherstuhl vor dem Schreibtisch.

„Wie fühlen Sie sich heute?", fragte Bilcher und reichte Vanderbilt die Hand zur Begrüßung.

„Wenn wir gleich zur Sache kommen können", erwiderte sein Patient. „Anhand meiner Unterlagen und der letzten Untersuchungsergebnisse haben Sie sich doch gewiss ein Bild von meinem Gesundheitszustand machen können. Also raus mit der Sprache. Wie lange habe ich noch?"

Professor Bilcher griff sich an den Bügel seines schwarzen Brillengestells.

„Wie meinen Sie?", fragte er.

Vanderbilt schwieg einige Sekunden und fixierte den Arzt, bis dieser den Blick von ihm abwandte und in einer Übersprunghandlung Papiere auf seinem Schreibtisch ordnete, die gar nicht durcheinander waren.

„Was ist?", knurrte der Patient. „Haben Sie meine Frage nicht verstanden?"

Bilcher räusperte sich, um die Kehle frei zu bekommen und setzte sich auf seinem Stuhl gerade.

„So einfach ist das nicht", sagte er. „Chronische Leukämie kann Sie unter Umständen jahrelang begleiten, ohne dass Sie größere Abstriche an Ihrem Lebenswandel vornehmen müssen. Vorausgesetzt, dass der nicht allzu ungesund ist. Ausreichend Schlaf, gesunde Ernährung und regelmäßige Spaziergänge an der frischen Luft können viel zu Ihrem Wohlbefinden beitragen."

„Sonst haben Sie nichts für mich?"

„In den USA soll ein neues Medikament auf den Markt gekommen sein, das recht vielversprechend scheint. Wenn es in einigen Monaten von der EU zugelassen wird, könnten wir ... "

Vanderbilt schüttelte den Kopf. „Vergessen Sie's."

Bilcher seufzte. „Dann kann ich Ihnen nur noch einen Rat geben. Vermeiden Sie Stress und körperliche Überanstrengung."

Nach seinem Arztbesuch steuerte Vanderbilt die für ihn konsequenterweise nächste Station auf seinem Lebensweg an. Der Friedhof befand sich unweit der Privatklinik, die Vanderbilt aufgesucht hatte. Der Killer ging direkt auf die Urnenwand zu. Dort, in der linken oberen Ecke, hinter einer Steinplatte aus Granit, befand sich die Asche seiner Lebensgefährtin Sandra Fischer, die vor sieben Jahren von ihm gegangen war. Viel zu früh, wie Vanderbilt fand. Und so unerwartet, dass er sich bis heute nicht von dem Schock erholt hatte. Ein Tumor war in Sandras Unterleib binnen weniger Wochen zu einer enormen Größe herangewachsen und hatte gestreut. Aussicht auf Heilung bestand nicht. Hätte es sie gegeben, würde er sein gesamtes Geld ohne zu zögern dafür aufgewendet haben. Aber so sehr er drängte und manchen Ärzten sogar drohte, sie konnten ihm keine Hoffnung machen.

Schon bevor er Sandra kennengelernt hatte, war er bereit gewesen für Geld zu töten. Es hatte lange gedauert, bis er den Mut fand, sie in sein Geheimnis einzuweihen. Wenn er es ihr nicht von sich aus offenbart hätte, würde sie, wenn sie heute noch leben würde, womöglich immer noch glauben, glauben wollen, dass er nicht unzählige Menschenleben auf dem Gewissen hatte. Vor ihr etwas zu verbergen, war ihm sonst nie gelungen. Aber in diesem speziellen Fall, schien sie regelrecht blind gewesen zu sein. Gut möglich, dass sie es einfach nicht hatte wahrhaben wollen. Dabei war es doch so offensichtlich gewesen. Eines Tages hatte er es nicht mehr ausgehalten und ihr alles gebeichtet.

„Es gibt da etwas, das ich dir nie erzählt habe. Einen Punkt in meinem Leben, über den ich am liebsten auch weiterhin geschwiegen hätte."

Sie blickte ihn stumm an, aber in ihren Augen las er die Aufforderung weiterzusprechen.

„Ich bin ein Berufskiller", sagte er. „Ich töte Menschen für Geld."

Sie reagierte zunächst mit Entsetzen, brachte es aber nicht fertig, ihn zu verlassen. Selbst dann nicht, als er ihr von den Anfängen seiner Laufbahn als Berufskiller berichtet hatte.

„Das erste Mal habe ich im Affekt getötet", sagte er. „Mein Opfer war ein Mistkerl, den in meinem Wohnviertel alle wegen seiner Brutalität fürchteten. Er hatte meine Freundin vergewaltigt und mich anschließend in sein Quartier bestellt, um mir das genüsslich unter die Nase zu reiben. Anschließend legte er einen geladenen Revolver zwischen uns auf den Tisch. Als ich danach greifen wollte, schnappte er ihn mir vor der Nase weg und richtete den Lauf auf mich. Dann lachte er dreckig, legte die Waffe wieder auf ihren Platz und forderte mich erneut auf, danach zu greifen. Dieses Spiel wiederholte er zwei Mal, ohne dass ich eine Chance hatte, den Revolver als erster in die Hand zu bekommen. Mein Blut kochte und hinter meinen Augen stieg etwas auf, das meinem Gesicht offenbar einen furcherregenden Ausdruck verlieh. Was immer es war, es reichte aus, um meinen Peiniger für einen Moment aus der Fassung zu bringen. Diesmal war ich es, der den Revolver als erster in die Hand bekam. Ich zielte auf das Gesicht meines Gegenübers und drückte ohne zu zögern ab. Danach fühlte ich mich innerlich leer, aber die Hemmschwelle, jemanden umzubringen, war genauso hoch wie vorher. Es stimmt nicht, dass es beim zweiten Mal leichter fällt – im Gegenteil. Maßgebend ist der jeweilige Begleitumstand. Jedenfalls hatte ich bei meinem ersten Auftragsmord erheblich größere Skrupel als bei dem zuvor begangenen Totschlag. Einen Menschen umzubringen, ohne dass derjenige davon etwas mitbekommen sollte, schien mir beinahe unmöglich zu sein."

„Warum hast du es trotzdem getan?", flüsterte Sandra.

„Ich war auf der Flucht und brauchte Geld", antwortete er. „Zu diesem Zeitpunkt hatte ich mich bereits aufgegeben, weil ich fühlte, dass irgendetwas in mir zerbrochen war."

Die seinem Geständnis folgenden Tage und Wochen waren schlimm gewesen. Sandra und er stritten oft und mehr als einmal drohte sie damit, ihn zu verlassen. Dennoch blieb sie bei ihm. Er hätte gern gewusst, was sie in ihm sah, das ihre Liebe zu ihm so stark machte. Vanderbilt war sich darüber im Klaren, dass er sich selbst aus der Gemeinschaft der Menschen ausgeschlossen hatte und keine Liebe verdiente. Aber Sandra liebte ihn trotz allem bis zu ihrem Tod und gab ihrem Marvin noch auf dem Sterbebett das Ja-Wort. Ein Umstand, den er als große Gnade empfand. Warum ihm diese zuteil wurde, darüber machte er sich keine Gedanken. Schließlich war Gnade immer unverdient. Direkt nach der Trauung verstarb Sandra. Er musste erneut untertauchen, schaffte es aber, ihre Beisetzung in die Wege zu leiten und die dafür notwendigen Formalitäten zu erfüllen.

„Wo die Liebe hinfällt", murmelte er und löste die kleine Vase aus ihrer Halterung von der Steinplatte. Unterwegs hatte er einen kleinen Blumenstrauß vom Wegrand gepflückt. Möglichst bunt, so wie sie es mochte. Vanderbilt ging langsam zu einem der Becken wo die Gießkannen hingen und füllte Wasser in die Vase. Dann kehrte er zum Urnengrab zurück, steckte die Blumen in das Gefäß und hängte es wieder an seinen Platz.

„Ich komme bald zu dir, mein Liebling", sagte er und setzte sich schräg auf eine Bank, sodass er die Platte mit dem Namen seiner Geliebten gut im Blick hatte. Unter ihren Angaben zu Geburts- und Sterbedatum war noch genug Platz für seinen Schriftzug – und im Gefach noch genügend Raum für seine Urne. Vanderbilt hatte alles Notwendige für seine Bestattung bereits im Voraus bezahlt, soweit dies möglich gewesen war. Sandra war die Liebe seines Lebens gewesen – und eine außergewöhnlich gute Freundin. Der einzige Mensch, dem der Killer jemals einen Blick in sein Herz gestattet hatte, und die einzige Person in seinem Leben, der er einen Verrat verzeihen konnte. Seit dem Tag, an dem Sandra gestorben war, hieß es in der Branche, Vanderbilt sei unberechenbar geworden. Böse, eine wahnsinnige Bestie. Zwar erfüllte er die Aufträge, wenn er überhaupt welche annahm, weiterhin mit absoluter Zuverlässigkeit und hielt auch sonst alle Absprachen ein, aber der Begriff Risikominimierung schien ihm fortan völlig abhanden gekommen zu sein. So, als sei es ihm gerade egal, ob er bei einem Auftrag mit draufging.

„Ich bin müde", sagte er leise und streckte seine Glieder. „Warum habe ich damals nicht auf dich gehört und mit dem ganzen Blödsinn Schluss gemacht."

Damals, das war in Südamerika gewesen, wohin sich Sandra und er abgesetzt hatten, weil die Polizei hinter ihm her war. Das ging auf ihr Konto, denn sie hatte die Bullen auf seine Spur gebracht, aber er trug es ihr nicht nach. Sie wollte, dass er Schluss machte mit diesen „Jobs", wie er seine Mordaufträge immer nannte. Offensichtlich hatte sie sich in den Kopf gesetzt ihn zu retten, obwohl er zu diesem Zeitpunkt bereits unrettbar verloren gewesen war. Es lag ihm nichts mehr an sich, weil er wusste, dass tief in ihm drin schon vor langer Zeit etwas entzweigegangen war, dass nichts und niemand mehr zusammenfügen konnte. Irgendwann hatte Sandra einsehen müssen, dass ihre Bemühungen ihn zu ändern vergebens waren, und er nicht einmal ihretwegen vom Töten lassen würde.

„Das ist wie eine Sucht für dich geworden", hatte Sandra ihn einmal angeschrien. Er wusste, dass es sich genauso verhielt. Mit ihr zu diskutieren oder erklären zu wollen, was ihn an seiner Tätigkeit, mit der er seinen Lebensunterhalt bestritt, reizte, hatte er gar nicht erst versucht. Es wäre ihm selbst zu absurd vorgekommen. Was ihm aber heute noch ein Rätsel blieb, war der Umstand, dass Sandra ihn auch nach seiner Beichte nicht nur nicht verlassen hatte, sondern sogar noch mehr zu lieben schien als jemals zuvor.

„Was hat dich nur an mich gebunden?", fragte er und senkte den Kopf. Er presste die Lippen zusammen und sah der Träne nach, die seine Wange heruntergelaufen war und jetzt auf den Boden vor ihm tropfte. Er ahnte, dass er auf diese Frage keine Antwort bekommen würde. Vermutlich machte genau das den Reiz des Lebens aus – oder zumindest einen Teil davon. Die Tatsache, dass es nicht auf alles eine Antwort gab.

Nachdem er eine Weile so dagesessen hatte, kehrte Vanderbilt zu seinem Mietwagen zurück und fuhr mit dem BMW ziellos durch den Taunus. Wann immer es der Verkehr zuließ, beschleunigte er den Roadster auf das höchstmögliche Maß und empfand dabei beinahe so etwas wie Lebensfreude.

KAPITEL 28

Arno tippte ein paar Stichworte in die Suchmaschinen-
maske und scrollte durch den Bildschirm.

„Was tun Sie da?", fragte Laura.

„Maurer hat nach dem Grab des Cheruskerfürsten gesucht und wurde mit der Kopie eines germanischen
Schwerts umgebracht", sagte Arno, ohne den Blick vom
Bildschirm zu wenden. „Wir vermuten, dass die Tatwaffe ein Modell dessen ist, was der Mörder hatte beschaffen sollen."

Laura nickte nur und wartete, dass ihr Vorgesetzter
weiter sprach. Bis jetzt hatte er nichts Neues zu berichten.

„Wenn der fragliche Gegenstand für denjenigen, der
den Mord an Roland Maurer in Auftrag gegeben hat,
von so großer Bedeutung ist, handelt es sich vermutlich
ebenfalls um einen Kenner altgermanischen Brauch-
tums."

„Guter Punkt, Chef", sagte Laura, die jetzt ahnte, worauf ihr Chef hinaus wollte.

„Möglicherweise ist er in Expertenkreisen bekannt.
Darum wird es nicht schaden, sich dort ein wenig um-
zuhören."

„Genau. Vielleicht ergeben sich für uns auch neue An-
satzpunkte, wenn wir unsere eigenen Geschichtskennt-
nisse auffrischen. Immerhin wissen wir auch, dass sich
Neo-Nazis und völkische Gruppierungen gerne auf die

alten Germanen und nordische Mythen beziehen. Ich telefoniere mal herum, ob ich einen Fachmann finde, der mir Informationen über diese Themen liefern kann."

„Oder eine Fachfrau", sagte Laura, die damit den Nagel auf den Kopf traf.

Arno Stecken fand Saskia Becker und war angenehm berührt. Er sah eine fünfunddreißigjährige Bibliothekarin mit schwarzem schulterlangen Haar, das sie im Nacken zu einem Pferdeschwanz zusammengebunden hatte. Arno war dermaßen von der Frau eingenommen, dass er beinahe vergaß, warum er sie aufgesucht hatte. Es wollte ihm kaum gelingen, ihr sein Anliegen verständlich zu machen. Ständig wechselte er thematisch von den alten Germanen bis zum heutigen Rechtsextremismus, ohne genau zu sagen, worum es ihm eigentlich ging. Irgendwann konnte sich die Bibliothekarin immerhin zusammenreimen, dass es ihrem zerstreuten Besucher um Informationen über das Weltbild der Neonazis und die Instrumentalisierung historischer Begebenheiten, wie der Varusschlacht ging. Sie wäre diesem etwas linkisch auftretenden Hauptkommissar gerne sofort behilflich gewesen. Das war ihr aber beim besten Willen nicht möglich. Sie hatte noch eine Vielzahl von Büchern zu inventarisieren und konnte diese Arbeit nicht aufschieben. Also blieb ihr nichts anderes übrig, als den Herrn Stecken auf einen späteren Zeitpunkt zu vertrösten. Schließlich verabredeten sie ein Treffen, das kurz vor ihrem Feierabend hier in der Bibliothek stattfinden sollte.

Saskia vertiefte sich in ihre Arbeit und vergaß darüber beinahe ihre Verabredung mit dem Kripobeamten. Sie wollte bereits in den Feierabend aufbrechen, als ihr einfiel, dass sich ja noch dieser Kriminalbeamte bei ihr angekündigt hatte, weil er sich von ihr Informationen über die alten Germanen und deren Bedeutung für das Selbstverständnis rechtsradikaler Verbindungen erhoffte. Die Bibliothekarin seufzte und schüttelte den Kopf. Was sich manche Leute so einbildeten! Die wollten alles und möglichst sofort in kürzester Zeit, ohne selbst etwas dafür zu tun. Wenn es nach denen ginge, lägen sie nur da mit geöffnetem Maul wie die Leute in Schlaraffia, die bloß darauf warteten, dass ihnen die gebratenen Tauben ins Maul flogen. Wie diese blöde Ziege von der hiesigen Lokalzeitung! Wenigstens hatte sich die seit ihrer Anfrage nach Archivmaterial über auffällige Kursschwankungen an der Börse nicht mehr bei ihr gemeldet. Bestimmt war die Schenk anderweitig beschäftigt und dachte gar nicht mehr an diesen Rechercheauftag. Erneut schüttelte Saskia den Kopf. Sie ärgerte sich darüber, dass sie sich schon wieder den Tag mit Gedanken an diese unfreundliche Person verdarb.

Einige Minuten vor der Zeit trat Arno an Saskias Schreibtisch und räusperte sich. Die Frau rückte ihre dunkle Brille zurecht und musterte den Neuankömmling. Der nächste Blick galt ihrer Armbanduhr.

„Sie sind früh dran."

„Nur ein wenig", sagte Arno und bemühte sich um ein einnehmendes Lächeln, was ihm gründlich misslang.

Saskia räumte einige Papiere zur Seite und deutete auf den Stuhl vor ihrem Tisch.

„Also gut, setzen Sie sich. Was genau wollen Sie wissen?"

Arno verschränkte seine langen Beine, um nicht aus Versehen gegen die von Saskia zu stoßen.

„Ich benötige Informationen über die alten Germanen, deren Brauchtum und was davon in völkischen Gruppen heute noch zu finden ist. Ich denke da auch an den Kult um Hermann, den Cheruskerfürst."

Die Bibliothekarin ordnete einen Stapel Papier, legte ihn vor sich auf den Tisch und faltete ihre Hände darüber.

„Kult trifft es sehr gut, besonders wenn es die nationalistischen Kräfte in Deutschland betrifft."

„Können Sie mir einen kurzen Überblick geben?", bat Arno mit einem erneut missglückten Lächeln. „Meine Schulzeit ist schon eine ganze Weile her."

Saskia strich sich eine Strähne ihrer schwarzen Haare hinters Ohr.

„Dieser aufgebauschte Mythos um 'Hermann den Deutschen' ist völliger Blödsinn.

Dieser Name soll erstmals bei Martin Luther aufgetaucht sein. Wie Arminius, der schon als Kind nach Rom gekommen ist und dort unter diesem Namen aufgezogen wurde, tatsächlich geheißen hat, ist nicht genau überliefert. Vermutlich hieß er Armin. Der Nationalstaat ist bekanntlich ein Konzept des neunzehnten Jahrhunderts. Das trifft auch für das im Gedenken an den Cheruskerfürst und dessen gewonnene Schlacht errichtete Denkmal vom Teutoburger Wald zu. Erbaut wurde das rund dreiundfünfzig Meter hohe Bauwerk nach Vorgaben des Bildhauers und Architekten Ernst von Bandel.

Baubeginn war bereits im Jahre 1838, aber nach der Revolution von 1848 ruhten die Arbeiten rund fünfzehn Jahre, bis sie 1863 wieder aufgenommen wurden und 1875 deren Vollendung vermeldet werden konnte. Wissen Sie in welche Richtung dieser total überdimensionierte Hermann blickt?" Ehe Arno verneinen konnte, fuhr Saskia Becker bereits fort. „Die Frontseite der Statue und damit auch das gezückte sieben Meter lange Schwert zeigen gen Westen, hin zum damaligen Erbfeind Frankreich."

Stecken, der gerade dabei gewesen war, in den dunklen Augen der Bibliothekarin zu versinken, blinzelte verwirrt, als er registrierte, dass die Sprechpause sich übernatürlich lange auszudehnen begann. Er nickte eifrig. „Nach Westen hin, gegen Frankreich. Ich verstehe."

Saskia und Arno hätten sich kaum träumen lassen, dass dieser Tag eine Wende in ihrem Leben bringen würde. Ihr gefielen seine guten Umgangsformen und dass sie Arno offensichtlich vom ersten Augenblick an tief beeindruckt hatte, schmeichelte ihr sehr, wie sie insgeheim zugeben musste. Ihr blieb nicht verborgen, dass es kein Zufall war, als Arno ihr am nächsten Tag über den Weg lief. Ein Blick aus dem Fenster hatte ihr verraten, dass sich der große Kripobeamte am Schaufenster eines Ladengeschäfts auf der anderen Straßenseite schon seit geraumer Zeit die Nase plattdrückte. Als Saskia die Bibliothek verließ, kam er direkt auf sie zugelaufen und versuchte, an das gestrige Gespräch anzuknüpfen. Dabei brachte Arno einiges durcheinander, was sie amüsierte und irgendwie süß fand. Schließlich nahm er all seinen Mut zusammen und fragte Saskia, ob sie mit ihm ausgehen würde. Sie konnte seine Erleichterung spüren, als sie zusagte.

Sie trafen sich in einem außerhalb der Stadt gelegenen italienischen Restaurant. Es war Arnos Idee gewesen, hierher essen zu gehen. Er hatte hier vor Jahren einmal gut gegessen und zu seinem Glück bot die Küche noch genauso schmackhafte Gerichte wie damals. Auch der Service konnte einen Vergleich mit jenem früheren Besuch ohne weiteres standhalten. Saskia und er waren gerade mit dem Nachtisch fertig. Hinter ihnen lag ein rundum gelungener Abend mit amüsanter Unterhaltung. Arno, der sich Mühe gegeben hatte, ungezwungen aufzutreten, was er durch seine legere Kleidung (Bundfaltenhose und Golfpulli) zu unterstreichen versuchte, konnte sein Glück kaum fassen. Weder peinliche Gesprächspausen noch irgendwelche unerfreulichen Vorkommnisse hatten ihnen die Laune verdorben.

„Wie wäre es mit einem Espresso zum Abschluss?", fragte er.

„Nein danke, ich ... ich würde jetzt lieber nach Hause gehen."

Arno ließ sich seine Enttäuschung nicht anmerken. Er beglich die Rechnung und sie fuhren mit seinem Wagen zu Saskias Wohnung. Während der Fahrt schaute sie stur gerade aus, völlig in Gedanken versunken. Die drehten sich durchweg um Arno Stecken. Wie sehr er sich bemüht hatte, ihr mit seinen langen Beinen nicht in die Quere zu kommen! Schon bei seinem Besuch in der Bibliothek war ihr das als erstes aufgefallen. Wie verknotet hatte er dagesessen, um ja nirgends mit seinem Fuß anzustoßen.

Der Wagen hielt und Arno stieg aus, um ihr die Tür aufzuhalten.

„Wollen Sie nicht abschließen?" fragte sie.

„Nein, wieso? Ich fahre doch gleich wieder."

„Aber Du hattest doch Lust auf einen Espresso", sagte sie. „Ich dachte, den trinken wir bei mir."

Arnos Herz machte einen Luftsprung.

KAPITEL 29

„Erzähl mir noch ein wenig von dieser Nationalsache",
bat Arno. Er und Saskia lagen aneinander geschmiegt in
ihrem Bett. Seine Beine hatte er leicht angewinkelt, da
sie sonst über den unteren Bettrand hinausragen würden.

„Was möchtest du wissen?" Ihre Hand ruhte auf seiner Brust und spielte mit der Behaarung.

„Mich würde interessieren, ob es tatsächlich so etwas
wie einen roten Faden gibt, der von der Vernichtung der
römischen Legionen durch Hermann den Cherusker bis
hin zur Entstehung des Deutschen Reichs zu Zeiten Kai-
ser Wilhelms gibt", sagte er.

Saskia seufzte. „Dieser ganze Kult um 'Hermann den
Deutschen' ist wie gesagt völliger Blödsinn. Vor Martin
Luther war der Cherusker unter dem Namen Arminius
bekannt. Er wuchs nämlich bei den Römern auf, die sich
seiner früh angenommen hatten. Warum sich Arminius
nach seiner Rückkehr an den Ort seiner frühen Kindheit
gegen Rom stellte, ist bis heute ungeklärt und Grund für
zahlreiche Spekulationen. Das gilt auch für den
schwachsinnigen Kult, der sich um den Namen Hermann den Deutschen dreht. Tatsache ist, dass der Nationalstaat lediglich eine Kopfgeburt von Romantikern
und visionären Politikern war – zumindest für die damalige Zeit. Bevor Reichskanzler Otto von Bismarck die
Einigung Deutschlands vorantrieb und durch Kriege gegen Dänemark, Österreich und Frankreich schließlich

gewaltsam herbeiführte, waren die in seinem Gebiet lebenden Bevölkerungsgruppen durch tiefe Gräben voneinander getrennt. Wer das damalige 'Reich' durchqueren wollte, musste etwa 1800 Zollgrenzen passieren. Kannst du dir das vorstellen? Diejenigen, die an der Schaffung einer Nation besonders interessiert waren, brauchten eine griffige Symbolfigur. Da kam ihnen der militärische Erfolg des Cheruskerfürsten gerade recht."

„Wie sieht es heute aus?", wollte Arno wissen. Er musste sich ordentlich zusammenreißen, um über Saskias Liebkosen nicht das Thema aus den Augen zu verlieren. „Hat der Kult um Arminius beziehungsweise Herrmann den Deutschen immer noch die gleiche Anziehungskraft wie damals?"

„Für manche ganz gewiss", sagte Saskia und ließ ihre Hand weiter abwärts wandern. „Denk doch nur an die immer noch anhaltenden Diskussionen über den Austragungsort der Varusschlacht." Sie nahm ein Stück von Arnos Haut an dessen Oberschenkel zwischen zwei Finger und kniff hinein.

„Die Nazis haben sich schon immer gern mit den Namen großer Stammesfürsten geschmückt. Der Sachsenkönig Widukind ist auch so ein Beispiel dafür. Die Propaganda im Dritten Reich baute ihn zum großen deutschen Widerständler gegen den König des Frankenreichs, eben Frankreich, Karl den Großen auf.

„Der Kampf zwischen David und Goliath ist doch auch so ein emotional beladenes Bild", meinte Arno. „Wie oft wird dieser Vergleich bemüht. Im Sport oder bei Prozessen von Bürgerbewegungen gegen Konzerne. Und die Sympathien liegen automatisch immer bei denen, die dem David entsprechen."

Saskia lachte auf. „Dabei gehörte David zum Volk der Juden. Aber das dürfte den Nazis egal sein, solange ihnen dieser Vergleich nützt. Eine typische Vereinnahmung durch die Rechtsextremisten. Und sehr wirkungsvoll. Man nehme einen der Bevölkerung halbwegs bekannte Figur der Geschichte und presse sie in die eigene Sichtweise historischer Vorgänge. Gepaart mit einem Schuss Volksnähe wie dem ewigen Kampf des `Kleinen Mannes´ gegen die Mächtigen, gegen Besatzer oder wen auch immer, werden auf diese Weise Mythen ungeachtet historischer Tatsachen geschaffen, die in der Bevölkerung noch lange, nachdem sie wissenschaftlich längst widerlegt wurden, verbreitet sind. Noch heute hält sich beispielsweise hartnäckig der Glaube, dass sich das Grab des Apostels Jakobus des Älteren in Santiago de Compostela befindet, obwohl das nicht der Fall ist. Jährlich pilgern trotzdem um die zweihunderttausend Menschen zur Kathedrale in Santiago, dem nach Jerusalem und Rom drittgrößten Pilgerort der Christen. Glaube schlägt Wissenschaft. Nicht zu vergessen, die Faszination, die über Jahrhunderte hinweg von symbolträchtigen Artefakten wie Zepter und Reichsapfel ausging."

„Oder von den Knochen von Märtyrern und anderen sakralen Reliquien", ergänzte Arno. „Sag mal, dann könnte doch der Fund eines Schwertes, das Arminius gehörte, dem neuen Besitzer zu gewaltigem Ansehen bei seiner Gefolgschaft verhelfen."

„Davon ist auszugehen", bestätigte Saskia. Sie kniff fester zu und drängte sich an ihn. „Genug geredet", sagte sie und schürzte die Lippen zum Kuss. Arno nahm diese Einladung liebend gerne an.

„Kann ich Dir was anvertrauen?", fragte Saskia. Es war bereits Tag, aber noch früh, denn die Sonne ging zeitig auf.

„Ich denke doch", erwiderte Arno. „Ich bin einer von den Guten. Hast Du das schon vergessen?"

„Natürlich nicht." Sie kuschelte sich an seinen warmen Körper. „Es ist nur so, dass das, wovon ich rede, ein wenig heikel ist."

„Hat es etwas mit dem Mord an Roland Maurer zu tun?", fragte er, einer plötzlichen Eingebung folgend. Saskia sah ihn erstaunt an.

„Nein, das heißt, ich glaube nicht. Wie kommst du denn jetzt darauf?"

„Weiß nicht. Wenn ich an einem Fall arbeite, neige ich dazu, alles mögliche damit in Verbindung zu bringen. Aber sag mir doch einfach, worum es dir geht."

„Das ist nicht so leicht, wie du dir das vorstellst. Ich möchte nicht, dass du mich für verrückt hältst."

Arno richtete sich auf.

„Warum sollte ich das tun?", fragte er erstaunt.

Saskia studierte sein Gesicht und sah ihm tief in die Augen. Er erwiderte ihren Blick und wartete ruhig ab, bis sie soweit war, sich ihm anzuvertrauen.

„Ich glaube manchmal von mir selbst, dass ich nicht ganz richtig im Kopf bin."

„Wie kommst du darauf?"

„Mir passieren hin und wieder merkwürdige Dinge", sagte sie. „Wenn ich alleine im Archiv bin und es ansonsten ganz still ist, reden die Bücher mit mir."

„Und was erzählen die so?", fragte Arno, der sich Mühe gab, das Zucken um seine Mundwinkel zu unterdrücken, was ihm jedoch nicht völlig gelang.

„Siehst du, du glaubst mir auch nicht." Saskia schlug die Bettdecke zurück und setzte sich auf die Bettkante. Er rutschte zu ihr hinüber und legte seine Hand auf ihre Schulter. „Entschuldige bitte, Saskia. Ich möchte dir ja glauben, aber du musst zugeben, dass das schon ein wenig seltsam klingt, was du da sagst."

„Ich habe gedacht, dass ich mit dir vernünftig darüber reden kann. Aber das war wohl ein Irrtum." Sie entzog sich seinem Griff und stand auf. Er wartete, bis sie sich einen Morgenmantel angezogen hatte und meinte dann: „Es tut mir leid, wirklich. Ich bin ein sehr rationaler Mensch. Hab bitte Geduld mit mir."

Saskia studierte erneut sein Gesicht und sah ihm wieder tief in die Augen. Arno hielt ihrem Blick auch diesmal stand. Eine Minute lang sagte keiner von beiden ein Wort. Schließlich brach Saskia das Schweigen. „Also gut, wir können beim Frühstück darüber sprechen. Trinkst du lieber Tee oder Kaffee?"

„Kaffee", sagte er. „Geh du ruhig duschen. Ich mache in der Zeit Frühstück. Keine Angst", fügte er schnell hinzu, ehe sie protestieren konnte. „Ich werde dir deine Küche schon nicht durcheinander bringen."

Arno hatte sich schwer ins Zeug gelegt, ein üppiges Frühstück anzurichten. Sogar einige Crêpes hatte er zustande gebracht. Als Saskia vom Duschen kam, ihren Körper in einen dünnen malvefarbenen Morgenmantel gehüllt, blinzelte sie einige Male, so als müsse sie sich vergewissern, dass sie sich nicht versah. Trotz der umfangreichen Frühstückstafel hielt sich das damit verbundene Chaos tatsächlich in überschaubaren Grenzen.

„Ich räume das nachher noch auf", sagte er, während er ihr Kaffee einschenkte. „Die Crêpes haben länger gebraucht, als ich dachte. Bin wohl ein wenig aus der Übung."

Einige Minuten aßen sie schweigend. Nachdem die erste Tasse Kaffee geleert war, nahm Saskia die Unterhaltung auf. „Ich habe schon immer mehr gesehen als andere", sagte sie. „Von Kind auf konnte ich jedem ansehen, ob er traurig oder fröhlich war. Solange ich klein war, hatte niemand ein Problem damit. Die Kinder, mit denen ich spielte, akzeptierten meine Fähigkeit als etwas, das einfach zu mir gehörte. Für die Erwachsenen war ich einfach ein sehr empfindsames und sensibles Mädchen." Saskia trank ihre Tasse leer, ehe sie fortfuhr. „In der Pubertät wurde ich den Leuten, mit denen ich zu tun hatte, langsam unheimlich. Die kindliche Unschuld war verloren. Die meisten Menschen begegneten mir mit Misstrauen und hatten Angst davor, dass ich mehr über sie wissen konnte, als ihnen lieb war – was ja auch stimmte."

„So etwas macht einsam", sagte Arno und umschloss mit seiner Hand zwei von Saskias Fingern.

„Ja", bestätigte sie. „Ich war viel allein. Ich habe gelernt, dass es besser ist, die Menschen in meiner Umgebung nichts über diese spezielle Gabe wissen zu lassen."

„Du bist hellsichtig", stellte Arno nüchtern fest. Saskia löste ihre Finger sanft aus seiner Hand und nahm sich eine Scheibe Toast.

„So nennt man das wohl", sagte sie leichthin, während sie das Brot mit Butter bestrich. „Zu blöd, dass die Polizei das nicht als Beweismittel anerkennt, sonst wäre eure Arbeit viel leichter."

„Ist deine Trefferquote fehlerfrei?", wollte Arno wissen. Saskia zögerte einen Moment. „Nein", sagte sie dann. „Obwohl ich den richtigen Zustand einwandfrei erkenne, wenn er bei mir eingetreten ist, gibt es auch Situationen, wo ich lediglich vermute, einen hellsichtigen Moment zu haben. Dann vertue ich mich auch gelegentlich."

„Klingt kompliziert."

„Ist es auch."

Sie schwiegen einen Augenblick, dann schenkte Arno Kaffee nach. Als hätten beide es stillschweigend verabredet, mieden sie für den Rest des Frühstücks das Thema Übersinnliches.

„Wie sieht dein Tag heute aus?", fragte Saskia nach einer Weile.

„Polizeiarbeit", antwortete er knapp.

„Darfst du nicht darüber reden?"

Arno machte eine leichte Handbewegung. „Darüber, was ohnehin in der Zeitung steht, schon. Wir ermitteln immer noch im Fall Roland Maurer.

Saskia überlegte einen Moment, dann fasste sie einen Entschluss.

„Kannst du mich mitnehmen und in der Redaktion absetzen?", fragte sie.

„Klar, liegt ja auf dem Weg."

Sie waren gerade losgefahren, als Saskia das Gespräch über ihre Gabe wieder aufnahm. „Ich glaube, ich habe eine Information für dich."

Arno blickte kurz zu ihr rüber, dann musste er sich wieder auf den Verkehr konzentrieren.

„Zu meiner Ermittlung?" Er drosselte das Tempo und fuhr auf die rechte Spur.

„Ja", bestätigte sie. „Aber die Quelle ist, wie ich vorhin gesagt habe, nicht hundertprozentig zuverlässig. Du weißt schon." Arno nickte, während er sich weiter auf den Verkehr konzentrierte. „Erzähl mir, was du erfahren hast", bat er. Saskia berichtete ihm mit wenigen Worten über ihr Erlebnis in der Bibliothek.

„Aufkäufe von Silber in den 1970er und 1980er Jahren?", fragte Arno, nachdem sie geendet hatte und zog die Augenbrauen zusammen. Dann lachte er auf. „Saskia, ich bitte dich. Was soll ein von texanischen Milliardären ausgelöster alter Börsenskandal mit Roland Maurers Ermordung zu tun haben? Ich glaube, da vertust du dich wirklich."

Saskia sagte nichts und starrte auf die Straße. Es dauerte eine Weile, ehe Arno merkte, dass er sie verletzt hatte.

„Entschuldige bitte. Ich wollte dich nicht auslachen. Aber ich kann beim besten Willen keinen Zusammenhang zwischen dem Fall und deiner, nun ja, Wahrnehmung erkennen. Noch nicht einmal die Tatwaffe war aus Silber. Und Maurer war kein Börsenspekulant. Er besaß nicht eine einzige Aktie."

„Du kannst mich da vorne absetzen", sagte sie und deutete auf den Bürgersteig. „Ich gehe den Rest zu Fuß."

„Jetzt sei mir bitte nicht mehr böse. Ich habe mich doch entschuldigt."

„Ich bin dir nicht böse", sagte sie und legte ihre Hand auf seinen Schenkel. „Ich möchte nur ein paar Schritte alleine gehen, das ist alles."

Arno seufzte und lenkte den Wagen an den Fahrbahnrand. Bevor Saskia ausstieg, küsste sie ihn auf die Wange.

„Ruf mich an", sagte sie. „Lass mich nicht zu lange warten."

KAPITEL 30

„Kann ich noch damit rechnen, dass Sie das Schwert finden werden?", fragte Vogt, als er Vanderbilt einen Umschlag mit Geld überreichte. Der Industrielle hätte diese Frage gern schärfer formuliert, aber er erinnerte sich noch zu gut daran, wie Vanderbilt ihm den Schneid abgekauft hatte. Eine zweite Demütigung dieser Art würde er nicht ertragen. Der Killer ließ sich Zeit mit der Antwort.

„Woller kann es vor seinem Tod überall versteckt haben. Vielleicht hat er sogar einen Käufer gefunden und das Geld längst verprasst."

„So viel Zeit hatte er nicht. Um so ein Fundstück auch nur zu einem annähernd akzeptablen Preis zu verkaufen, braucht es spezielle Kontakte. Ich bezweifle, dass Woller darüber verfügte. Das Schwert muss sich noch in der Nähe befinden. Da bin ich mir absolut sicher."

Vanderbilt schwieg wieder und ließ seinen Blick über die Bücherregale wandern.

„Ich zahle Ihnen fünfzigtausend extra, wenn Sie mir das Schwert bringen."

Vanderbilt nickte kurz und nippte an seinem Mineralwasser. Das Geld bedeutete ihm nicht mehr so viel. Er legte keinen Wert darauf, sich eine teure Krebstherapie zu erkaufen. Stattdessen zog er es vor, die ihm verbleibende Zeit so angenehm wie möglich zu gestalten. Für ein sorgenfreies Jahr reichte sein gespartes Geld jetzt schon.

„Einhunderttausend", erhöhte Vogt sein Angebot, da er Vanderbilts Zögern falsch deutete und für einen Versuch hielt, den Preis hochzutreiben. „Sofort bei der Übergabe. Rufen Sie mich an, wenn sie es haben und das Geld liegt hier auf dem Tisch für sie bereit."

Vanderbilt trank aus und stellte sein Glas auf die Stelle, wo Vogt mit seinem Finger hingedeutet hatte.

„Ich werde sehen, was ich tun kann", antwortete er unbestimmt und verließ das Zimmer.

Mit dem Wagen fuhr Vanderbilt rechtsseitig des Rheins die B 42 entlang und passierte dabei einige Ortschaften. In Kamp-Bornhofen parkte er und begab sich zum Flussufer. Er setzte sich auf eine freie Bank und sah hinaus aufs Wasser. Hin und wieder fuhr ein Frachtschiff oder ein mit Touristen besetztes Ausflugschiff an ihm vorbei. In der Nähe des gegenüberliegenden Ufers paddelte jemand in einem Kajak. Trotz des sonnigen Wetters wehte ein kühler Wind, der andere Menschen davon abhielt, sich hier am Ufer aufzuhalten. Vanderbilt war es recht. So konnte er ungestört seinen Gedanken nachhängen. Die drehten sich um die Frage, ob er sich noch weiter mit der Suche nach dem ominösen Schwert abgeben sollte. Ihm war klar, dass es etwas Besonderes damit auf sich hatte. Wenn Vogt bereit war, einfach so mal eben eine sechsstellige Summe locker zu machen, musste es mehr mit der Klinge auf sich haben, als er bisher erzählt hatte. Vogt war zwar ein arroganter Mistkerl mit einem Hang zum Größenwahn, aber nicht auf den Kopf gefallen. Er musste um den wahren Wert des Schwertes wissen, soviel stand fest. Vanderbilt war es gewohnt, ausführendes Organ in einem Spiel zu sein, dessen Regeln

Menschen bestimmten, die über Unmengen an Geld und enormen Einfluss verfügten. Er war lediglich dazu da, die Drecksarbeit für diejenigen zu erledigen, die in der Öffentlichkeit mit einer weißen Weste dastehen wollten. Sollte er sich wirklich für den begrenzten Rest seines Lebens dafür hergeben? Der Mörder ließ diese Frage eine Zeitlang auf sich wirken. Dann stand sein Entschluss fest. Er hatte diesen Auftrag angenommen und würde ihn auch zu Ende bringen. Das war für ihn eine Frage der Ehre. Noch war er im Geschäft. Und solange er das betrieb, wollte er seine Sache so gut wie möglich machen. Insgeheim wusste er ganz genau, dass es ihm schwerfallen würde, seinem Leben irgendeinen Sinn zu geben, wenn er sich zurückziehen würde.

Die Erkenntnis, dass sein Schicksal mit dem Auslöschen menschlichen Lebens verbunden war, setzte ihm seit geraumer Zeit gehörig zu. Nicht zum ersten Mal stellte er sich die Frage nach einer höheren Macht und so spekulierte er darüber, ob irgendein grausamer Gott in seiner Rachsucht beschlossen hatte, ihm mit Sandra das Liebste zu nehmen, was er auf dieser Welt gehabt hatte. So, wie er selbst anderen Menschen ihren Partner, ihren Vater und manchmal auch die Geliebte oder Mutter genommen hatte. Woher diese Gedanken kamen oder warum sich in ihm so etwas wie ein Gewissen regte, vermochte Vanderbilt nicht zu sagen. Möglicherweise hatte das mit seiner eigenen Krankheitsgeschichte zu tun. Vielleicht auch mit dem Älterwerden. Allerdings waren derartige Gedanken seiner Effizienz abträglich. Also lieber einen Riegel davor schieben, als ihnen weiter nachzuhängen. Vanderbilt stand auf und klopfte imaginären Staub von seinem Jackett. Wenn er noch trinken würde, wäre jetzt der Zeitpunkt für einen Besuch der nächsten Kneipe, aber er hatte dem Alkohol schon vor sehr langer Zeit abgeschworen. Rauschmittel jedweder Art machten nur ineffektiv und waren der Professionalität abträglich. Etwas, das sich jemand wie er in seinem Job ebenfalls nicht leisten konnte.

Vanderbilt zwang sich zur Konzentration. Wo konnte Woller das Schwert versteckt haben? Wenn die Prämisse stimmte, dass er keine Zeit gehabt hatte, den Fund zu Geld zu machen, musste die Klinge sich noch irgendwo in seinem Umfeld befinden. War es möglich, dass er sie einfach im Wald vergraben hatte? Vanderbilt verwarf diesen Gedanken wieder. Nach allem, was er über Woller inzwischen wusste, wäre ihm diese Möglichkeit als zu unsicher erschienen. Immerhin hatte der Lagerarbeiter herausgefunden, dass dieses Schwert seinem Chef eine Menge bedeutete. Etwas derart Kostbares würde Woller nicht einfach wieder in der Erde verbuddeln, wo die Gefahr bestand, dass jemand Anderer zufällig darauf stoßen könnte. Welches Versteck kam noch in Frage? Gab es außer seinem jüngeren Bruder Timo noch jemanden, dem Woller vielleicht so weit vertraut hatte, um das Schwert bei ihm zu lassen? Von einer Lebensgefährtin des Nazis wusste Vanderbilt nichts. Andere Familienangehörige außer dem Halbbruder waren ihm nicht bekannt. Blieb also nur Volkers einziger Verwandter. Aber hätte Timo nicht alles getan und somit auch das Schwert herausgerückt, um das Leben dieses letzten Familienangehörigen und natürlich auch sein eigenes zu retten? Vermutlich schon. Das legte den Schluss nahe, dass Timo Frenzel nichts über den Verbleib der Waffe wusste. Aber Vanderbilt wollte absolut sichergehen und jeden Zweifel ausschließen. Er beschloss, den jungen Mann die nächste Zeit zu observieren. Vielleicht würde er damit ja doch Erfolg haben. Eine andere Spur hatte er ohnehin nicht. Zufrieden, eine Perspektive für die kommenden Tage gefunden zu haben, kehrte Vanderbilt zu seinem Wagen zurück und begab sich zu seiner Unterkunft.

„Haben Sie schon gehört?", Kullmann, der Chefredakteur tippte mit seinem Zeigefinger auf eine Sterbeanzeige. „Gunter Hartfeldt wurde in Österreich ermordet."

Astrid richtete sich in ihrem Stuhl auf.

„Der Geschäftspartner von Rudolf Vogt?"

„Genau der. Im Polizeipräsidium findet heute Abend eine Pressekonferenz statt. Die wurde ganz kurzfristig angesetzt. Offensichtlich wurde die Kriminalpolizei erst vor kurzem informiert. Sehen Sie zu, was Sie herausfinden können. Sie kriegen den Aufmacher. Ich halte Ihnen hundert Zeilen frei."

Ohne eine Antwort schnappte Astrid ihre Handtasche und verließ die Redaktion.

Als der Zeitungsmitarbeiter, mit dem sie bei ihrem ersten Besuch aneinandergeraten war, die Journalistin erblickte, stöhnte er auf und räumte seine Ausrüstung vom Nebensitz.

„Sehr aufmerksam", kommentierte sie und schenkte dem Mann ein starres Lächeln.

Das Ritual der Eröffnung glich dem der ersten Konferenz zunächst aufs Haar. Als es jedoch darum ging, die Eröffnungsworte zu sprechen, ergriff der Staatsanwalt das Wort.

Nach einer kurzen Begrüßungsfloskel berichtete er über den Fund und die Identifizierung von Hartfeldts Leiche durch die österreichische Polizei. Dabei hob er besonders die unkomplizierte Zusammenarbeit zwischen dem hiesigen Polizeipräsidium und den Kripobeamten des Nachbarlandes hervor. Dann legte er eine Kunstpause ein, um den Journalisten Gelegenheit für Fragen zu geben. Astrid lehnte sich in ihrem Stuhl zurück. Ihr war klar, dass die Polizei von sich aus alle Karten auf den Tisch legen würde. Nicht mehr lange und der Staatsanwalt würde mit einem Ermittlungserfolg herausrücken. Es war ihm kilometerweit anzusehen, dass er vor lauter Stolz fast platzte. Und richtig, Astrids Sitznachbar tat ihm den Gefallen und stellte die naheliegende Frage. Der ideale Stichwortgeber.

„Hat die nach Ihren Worten ach so unkomplizierte Zusammenarbeit mit der österreichischen Polizeibehörde denn auch zu greifbaren Ergebnissen geführt?"

Astrid verdrehte ihre Augen. Wie konnte ein Journalist nur so verschwurbelt daherreden. Wenn der schmierige Kerl seine Artikel genauso verfasste, wie er sprach, dann konnte einem sein Chefredakteur nur leid tun.

Der Staatsanwalt lehnte sich genüsslich nach hinten und leckte sich über die Lippen.

„Die Ermittlungen haben zweifelsfrei ergeben, dass Gunter Hartfeldt mit derselben Waffe ermordet wurde wie Volker Woller und seine Motorradfreunde."

Fast alle von Astrids Berufskolleginnen und Kollegen reckten ihre Finger in die Höhe. Sie selbst verzichtete darauf und kramte ein Netbook aus ihrer Handtasche. Der Staatsanwalt würde nicht mehr preisgeben. Er hatte seinen Auftritt gehabt. Während sie eine erste Fassung Ihres Artikels für die morgige Ausgabe schrieb, hörte die Journalistin mit halbem Ohr zu, wie Fragen ihrer Kollegen nach weiteren eventuell vorliegenden Ermittlungsergebnissen abgeblockt wurden.

KAPITEL 31

Arno Stecken war mit sich und der Welt zufrieden. Daran konnte auch die momentane Verstimmung zwischen ihm und Saskia nichts ändern. Er war davon überzeugt, dass sich das bald wieder einrenken würde. Was seiner heutigen Laune zu einem Höhenflug verhalf, war der Umstand, dass die Unterredung mit dem Staatsanwalt äußerst positiv verlaufen war. Der hatte ihn gelobt und seine Anerkennung für die erfolgreiche Ermittlungsarbeit ausgesprochen. Am meisten freute sich Arno darüber, dass Friese ihm grünes Licht für eine weitere Befragung Rudolf Vogts gab, da sich auf der Gästeliste des Kärntner Hotels, in dem Hartfeldt abgestiegen war, auch Vogts Name befand.

„Ich glaube, ich muss Sie um Entschuldigung bitten", war Friese auf ihn zugekommen. „Wie es aussieht, haben Sie mit Ihrem Verdacht gegen Rudolf Vogt richtig gelegen."

„Nun ja," gab sich Arno bescheiden, doch Friese ließ ihn nicht ausreden.

„Doch, doch, doch, mein Lieber. Darauf dürfen Sie sich ruhig etwas einbilden. Ich dagegen habe einen Fehler gemacht, was ich Ihnen gegenüber hiermit ohne Wenn und Aber zugebe. Hartfeldts Ermordung wirft ein neues Licht auf die Ermittlungen, wobei einiges darauf hindeutet, dass Vogt Dreck am Stecken hat!"

„Wie bitte?" Arno wusste nicht so recht, was er von Frieses letzter Aussage halten sollte. Friese schien jedoch seinen Fauxpas nicht bemerkt zu haben und fuhr unvermindert fort. „Allerdings brauche ich Ihnen nicht zu erzählen, dass man einen Mann dieses Kalibers nicht mal so eben vom Fleck weg verhaftet. Dafür braucht es hieb- und stichfeste Beweise. Ansonsten zerreißen mich seine Anwälte in der Luft."

Breit lächelnd streckte er seinem Untergebenen die Hand entgegen, um sich zu verabschieden. „Aber da verlasse ich mich jetzt ganz auf Sie, Herr Stecken. Tun Sie, was nötig ist, um Vogt zu überführen, aber überstürzen Sie bloß nichts. Halten Sie mich auf dem Laufenden. Spätestens übermorgen erwarte ich einen ersten Bericht."

Nachdem Friese außer Sichtweite war, atmete Arno tief durch. Er war sich klar darüber, dass er für den Staatsanwalt die Kartoffeln aus dem Feuer holen sollte und Friese ihn wie eben diese sprichwörtliche heiße Kartoffel wieder fallen lassen würde, sobald etwas schiefging. Doch anders kannte der Hauptkommissar seinen Vorgesetzten nicht. Ungewöhnlich war jedoch, dass Friese einen Irrtum eingestanden und ihn um Entschuldigung gebeten hatte. Arno schloss kurz die Augen, um sich diesen Moment noch einmal ins Gedächtnis zurückzurufen und die damit verbundene Genugtuung in vollen Zügen zu genießen. Dann machte er sich wieder an die Arbeit.

Mit einem stolzen Lächeln im Gesicht bat Arno Laura Schneider und die übrigen Mitglieder der neu gegründeten SoKo zum Gespräch, um sie auf den aktuellen Stand zu bringen.

„Unser Tatverdächtiger hat sich unter dem vermutlich falschen Namen Jan Muller in Österreich einen Mietwagen besorgt. Frau Schneider, fragen Sie bitte bei den Fluggesellschaften in Deutschland an, ob unter diesem Namen ein Ticket gebucht wurde."

„Geht klar."

„Außerdem müssen wir eventuelle vorhandene Angehörige von Gunter Hartfeldt ausfindig machen, damit wir sie über dessen Tod informieren können. Wer übernimmt das?"

„Ich", meldete sich ein untersetzter Mann in den Vierzigern.

„Wer sind Sie nochmal, bitte?"

„Walter Streit von der O.K."

„Ich hoffe doch, nur von der Abteilung für Organisierte Kriminalität", erwiderte Arno und lachte über seinen eigenen Witz. Streit verzog jedoch keine Miene.

„Ich wurde der SoKo zugeteilt, weil die Projektile, die Muller verwendet hat, auch in anderen Mordfällen gefunden worden sind."

„Verstehe", sagte Arno und blieb diesmal ernst. „Dann herzlich willkommen und auf gute Zusammenarbeit."

Streit legte eine Akte auf den Tisch und schob sie in Arnos Richtung.

„Bei unserem Mann handelt es sich mit hoher Wahrscheinlichkeit um den Auftragsmörder Jan Marvin Vanderbilt", sagte er und strich sich mit einer Hand über seinen schwarzen Vollbart. Zumindest taucht er in allen Fällen auf, in denen das fragliche Kaliber verwendet wurde."

Arnos Interesse war geweckt. Er verschränkte die Hände vor seiner Brust und forderte Streit mit einem Kopfnicken auf, weiterzusprechen.

„Vanderbilt gilt als äußerst gefährlich. Er ist schon seit vielen Jahren eine große Nummer in der Szene. Der Kerl ist sich offensichtlich für nichts zu schade, solange der Preis stimmt. Er hat für Diktatoren gearbeitet und in deren Auftrag Oppositionelle aus dem Weg geräumt. Auch diverse Mafiosi und andere Kriminelle haben sich Vanderbilts Dienste zunutze gemacht. Unser Problem war bisher, dass wir seiner nicht habhaft werden konnten. Irgendwie hat er es bisher immer geschafft, sich rechtzeitig aus dem Staub zu machen und unterzutauchen."

Streit machte eine kurze Pause, die er nutzte, um erneut an seinem Bart zu zupfen.

„Aber in letzter Zeit scheint Vanderbilt jede Vorsicht außer Acht zu lassen", nahm der Ermittler von der Abteilung Organisierte Kriminalität den Faden wieder auf. „Er hinterlässt Patronenhülsen am Tatort und gibt sich auch sonst keine Mühe mehr, seine Spuren zu verwischen."

„Tatsächlich?", staunte Arno. „Dieser Vanderbilt scheint ja regelrecht darum zu betteln, gefasst zu werden."

„Vielleicht ist er lebensmüde", meinte der Kollege. „Gerüchten zufolge sollen einige ehemalige Auftraggeber bereits die Liquidierung des Killers in Erwägung ziehen."

„Weiß man, was die Ursache für Vanderbilts Leichtsinn sein könnte?", fragte Arno.

„So ganz genau natürlich nicht", antwortete Streit. „Aber es gibt eine konkrete Vermutung. Derzufolge hat es was mit dem Krebstod seiner Lebensgefährtin zu tun. Tatsächlich gibt es einen zeitlichen Zusammenhang zwischen dem Ableben der Frau und dem Beginn von Vanderbilts Nachlässigkeit."

„Wie auch immer", meinte Arno. „Ich glaube, wir sind ein gutes Stück voran gekommen. Laura, kontaktieren Sie die lokalen Mietwagenverleiher. Wenn wir Glück haben, hat Vanderbilt unter seinem Decknamen Jan Muller aktuell auch in unserer Gegend ein Auto gemietet, das die Vermieter über ihre Systeme orten können. Wenn das der Fall ist, wissen wir jederzeit, wo sich der Killer aufhält und können ihn bei der nächsten Gelegenheit verhaften und in Gewahrsam nehmen." Er sah auf die Uhr. „Machen wir nach der Mittagspause weiter. Mahlzeit!"

Arno zog seinen Mantel an und machte sich auf den Weg zu einer Apotheke, um dort ein Rezept einzulösen.

„Es tut mir leid", beschied ihn die Apothekerin, eine freundliche Frau in den Fünfzigern, „aber Ihre Augentropfen wurden nicht geliefert. Ich habe sie noch einmal bestellt. Vielleicht kommen sie morgen."

„Macht nichts", meinte er. „Ich komme demnächst noch einmal vorbei."

Da sich außer Arno kein weiterer Kunde im Laden befand, konnte ihm die Apothekerin mehr Zeit als sonst widmen. Sie schob ihm ein Päckchen Papiertaschentücher zu.

„Hier, als kleine Wiedergutmachung." Sie fasste sich ans Ohr und zog die Stirn in Falten.

„Es ist schon seltsam, dass wir zurzeit ausgerechnet bei allen silberhaltigen Medikamenten diese Lieferprobleme haben."

Er hatte gerade nach den Taschentüchern greifen wollen und hielt nun mitten in der Bewegung inne.

„Das kommt öfter vor?", fragte er.

„Immer wieder einmal", gab sie zurück. „In letzter Zeit ist es aber besonders schlimm. Bestellungen werden kaum noch vollständig geliefert. Bei den ausstehenden Artikeln handelt es sich in vielen Fällen um antiseptische Medikamente, wie Ihre Augentropfen. Kolloidales Silber wirkt nämlich antibakteriell, wie Sie vielleicht wissen."

„Das ist ja interessant", murmelte Arno, während er wie geistesabwesend die Taschentücher einsteckte. „Könnte es sein, dass auch andere Apotheken von diesen Lieferausfällen betroffen sind?"

„Das ist tatsächlich so. Das Bundesinstitut für Medikamente und Arzneimittelvertrieb führt eine Liste über Lieferengpässe, in die Hersteller Verzögerungen der Auslieferungstermine eintragen können. Diese Liste wird immer umfangreicher. Zwar hat die Regierung ein Gesetz mit dem schönen Namen Arzneimittelversorgungsstärkungsgesetz erlassen, was aber die Lage ebenso wenig verbessert hat wie der im Jahre 2016 abgehaltene Pharmadialog. In diesem Jahr kam es bereits in Zusammenhang mit Krebsmedikamenten und Impfstoffen zu Lieferengpässen. Mehrere Kolleginnen und Kollegen haben mir berichtet, dass ihre Lieferungen in letzter Zeit nun wieder vermehrt unvollständig bei ihnen ankommen. Und ein befreundeter Arzt erzählte mir vor kurzem, dass die chirurgische Abteilung seines Krankenhauses über Nachschubmangel bei den OP-Bestecken klagte."

„Die auch silberhaltig sind?"

„Natürlich", bestätigte die Apothekerin mit einem Kopfnicken. „Wegen der antibakteriellen Wirkung. Sie verstehen? Tatsächlich enthalten die Bestecke einen weitaus höheren Silberanteil als die Medikamente, deren Anteil mikroskopisch klein ist. Aber die Masse macht's."

Er hob die Hand, sowohl zum Zeichen, dass er verstanden hatte als auch zum Abschied. Anschließend kaufte er in einem nahegelegenen Blumengeschäft einen großen Strauß roter Rosen.

KAPITEL 32

„Wenn ich etwas an deinem Mobiliar verändern dürfte", sagte Arno und zog die Beine unter die Decke, „dann wäre es dieses Bett hier. Das ist definitiv zu kurz."

„Für dich vielleicht", meinte Saskia und lächelte. „Du brauchst ja für alles Überlänge."

„Alles?", fragte er zurück, griff nach der Packung mit den Kondomen und drehte sie zwischen den Fingern.

„Das können wir später gerne noch einmal gemeinsam herausfinden", meinte sie. „Aber jetzt habe ich Hunger."

„Soll ich vielleicht?"

„Unterstehe dich!", warnte sie und drohte zugleich mit dem Zeigefinger. „Diesmal bin dran, dich essenstechnisch zu verwöhnen, aber erwarte nicht zu viel von meinen kulinarischen Fähigkeiten!"

Aus einem Mix, bestehend aus Tiefkühlspinat, Penne und einigen frischen Zutaten zauberte sie innerhalb kurzer Zeit einen schmackhaften Italienischen Wundertopf.

„Was hat es mit diesen texanischen Silberspekulanten auf sich?", fragte Arno, nachdem sie gegessen und das Geschirr weggeräumt hatten.

Saskia holte ein Buch und fuhr ihren Laptop hoch.

„Meinen Recherchen zufolge haben die Gebrüder Hunt einen Börsenskandal zu verantworten, der seinesgleichen sucht. Die Geschichte zog sich über mehrere

Jahre hin und hätte den Hunts die Weltherrschaft einbringen können, wenn sie mit ihrem Plan erfolgreich gewesen wären."

„Klingt spannend", kommentierte er und stand auf. „Ich habe den Eindruck, dass die Geschichte länger dauern könnte. Darum mache ich uns erstmal einen Kaffee."

Wenige Minuten später saßen sie sich wieder gegenüber und blickten sich über die Ränder ihrer Tassen in die Augen.

„Die Hunts sind eine dieser legendär reichen Texanerfamilien wie sie in der TV-Serie Dallas beschrieben wurden", startete Saskia ihren Bericht und blies in ihren Kaffee, um ihn abzukühlen. Der Vater der Gebrüder Hunt verstarb 1974 und hinterließ seinen vier Söhnen geschätzte zwei Milliarden US-Dollar. Geld, das er zum großen Teil, aber nicht nur, mit der Förderung von Öl und Gas verdient hatte. Zum Hunt-Imperium gehörten unter anderem auch jede Menge Immobilien, Hunderte von Pizzaläden und so weiter. Außerdem produzierten ihre Fabriken in den USA zumindest damals den meisten Zucker."

„Das klingt in der Tat beeindruckend", warf Arno ein und nippte an seinem Kaffee.

„Außerdem", fuhr Saskia fort, „haben die Hunts laut einem Bericht des Magazins Spiegel aus dem Jahre 1980 ein Faible für Sport. Nelson Bunker, jener Sohn, um den es hier hauptsächlich geht, soll demnach eintausend Rennpferde besessen haben. Sein Bruder Lamar, übrigens der Begründer des Super Bowl, hat im Tenniszirkus die Fäden gezogen und bei den großen Grand-Slam Turnieren die Finger drin gehabt."

„Fehlt nur noch, dass sie sich einen Fußballverein angeschafft hätten", witzelte Arno.

Ein Blick in Saskias ernstes Gesicht genügte, um sein Lächeln gefrieren zu lassen.

„Nicht dein Ernst, oder?"

„Doch", bestätigte sie. „Eine Mannschaft aus Dallas, natürlich. Wie es sich für stolze Texaner gehört."

„Ich fasse es nicht", stöhnte er und griff sich an den Kopf. „Kommen wir jetzt zum Silber?"

„Noch nicht, mein Lieber", beschied sie ihn. „Mein Gefühl sagt mir, dass es sehr wichtig ist zu begreifen, mit welchen wirtschaftlichen und finanziellen Dimensionen wir es hier zu tun haben."

„Ich glaube, die finanzielle Dimension kann ich mir bei meinem Beamtengehalt gar nicht vorstellen", gestand er. „Auch noch einen Kaffee?"

Sie winkte ab und so schenkte er nur seine Tasse voll.

„Weiter!", forderte er.

„Nur, damit du trotzdem einen Eindruck von der Wirtschaftsmacht dieser Familie bekommst, mein kleiner Beamter. Besagtem Artikel zufolge gelang es dem Clan im Jahre 1977 ein ganzes Drittel der für die gesamten USA prognostizierten Sojaernte anzukaufen. Laut Gesetz hätten sie gar nicht derart massiv in diesen Handel einsteigen dürfen, aber wir reden hier von der Familie Hunt. Wer hätte sie daran hindern sollen – oder wollen?"

„Oder können." Arno schnaubte. „Jeder, der das versucht hätte, hätte vermutlich Texas verlassen müssen. Vielleicht sogar die USA."

„Dennoch kam es zum Prozess, demzufolge die Hunts ihre Spekulationsgewinne wieder herausrücken mussten. Allerdings soll die richterliche Begründung eher wie eine Entschuldigung geklungen haben. Demnach äußerte die Jury Verständnis dafür, dass die Hunts aufgrund ihrer enormen Handelsvolumen Turbulenzen an den Börsen verursachten, selbst wenn sie dies gar nicht beabsichtigen würden. Natürlich gehörte es zur Strategie der Gebrüder Hunt, ihren wirtschaftlichen Einfluss nach außen hin kleinzureden, aber im Grunde waren sie sich ihrer Kaufkraft sehr wohl bewusst. Als Kapitalanleger suchten sie stets nach lukrativen Investitionsmöglichkeiten. Nelson Bunker und William Herbert Hunt glaubten, im Jahre 1973 zumindest eine davon im Ankauf von Silber gefunden zu haben."

„Jetzt kommt's", entfuhr es Arno. Er setzte sich aufrecht und straffte seinen Rücken.

„Die Brüder kauften über Jahre hinweg Silber auf, wann immer sich ihnen die Gelegenheit dazu bot. Zu Beginn investierten sie in real vorhandene Barren, die sie in der Schweiz aufbewahrten, um sie dem Zugriff der US-Behörden zu entziehen. Die aus der zunehmenden Verknappung des Edelmetalls resultierende Konsequenz war ein rasanter Kursanstieg."

„Logisch", kommentierte Arno knapp. „Angebot und Nachfrage."

„Innerhalb von sieben Jahren sollen sie rund einhundertundfünfzig Millionen Unzen physisches Silber aufgekauft haben, aber dabei haben sie es nicht belassen. Die Brüder sicherten sich Futures, also Warenterminkontrakte mit einem Gesamtvolumen von zweihundert

Millionen Unzen. Da jedoch diese gewaltige Menge sogar die Kapazitäten der Hunts überstieg, kooperierten sie mit arabischen Investoren."

„Was hat so eine Unze nochmal für ein Gewicht?", fragte Arno, während er seine leere Tasse zwischen den Händen drehte.

„Etwas mehr als dreißig Gramm", gab sie zurück. „Magst du noch einen Kaffee?"

Er winkte ab. „Lieber ein Wasser, wenn du hast."

Sie stellte eine Flasche Mineralwasser und zwei Gläser auf den Tisch. Arno schenkte beiden voll und nahm einen kräftigen Schluck. Saskia tat es ihm gleich.

„Bereit für die Fortsetzung?"

Er setzte sein Glas ab und nickte.

„Das Edelmetall wurde knapp und dieser Umstand bereitete einigen Branchen bald erhebliche Probleme. Besonders die Fotoindustrie litt unter den steigenden Preisen. Bilder wurden damals ja noch in Fotolabors entwickelt und die benötigten dafür Silber. Auch andere Industriezweige wie die Elektronikbranche waren auf den Rohstoff dringend angewiesen. Dagegen sahen sich die Förderländer außerstande, die Bedarfslücke zu schließen. Lag der Kurs ein Jahr vor Hunts Ankäufen noch bei eineinhalb US-Dollar pro Feinunze, knackte er zu Beginn des Jahres 1980 sogar die fünfzig Dollar Marke."

„Stopp!", rief Arno und hob beide Hände in Kopfhöhe, als wolle er sich ergeben. „Mehr Informationen kann ich einfach nicht aufnehmen. Mir schwirrt bereits der Kopf."

Sie lachte. „Kann ich verstehen. Dabei war das erst die sprichwörtliche Spitze vom Eisberg. Wenn noch ein wenig Wissen in deinen hübschen Kopf hinein passt, fülle ich ihn mit einer kurzen Schlussfassung."

„Ich bitte darum."

„Irgendwann kamen die US-Behörden dahinter, dass da jemand gezielt Silber aufkaufte, um es zu horten und den Preis in die Höhe zu treiben. Bis dahin hatten die Gebrüder Hunt Futures mit einem so großen Volumen erworben, das gar nicht mehr hätte eingelöst werden können. Also setzten die Behörden den Terminhandel aus und schränkten den Silberhandel drastisch ein. Mehr noch, wer mehr als drei Millionen Unzen Silber besaß, musste es bis Februar 1980 verkaufen. Die Beschränkungen bezogen die Warentermingeschäfte für Silber mit ein. Die Maßnahmen zeigten Wirkung. Da nur noch Verkäufe erlaubt waren und viele Anleger sich von ihren Vorräten trennten, gerieten die Kurse weltweit ins Rutschen. Von diesen Verlusten waren natürlich auch oder besser gesagt gerade die Hunts betroffen. Vor allem deswegen, weil sie ihre Kontrakte nun zu einem Kurs einlösen mussten, der weit unterhalb des von ihnen zuletzt bezahlten Ankaufswerts lag. Verbündete Mitkäufer wandten sich von ihnen ab und versuchten lieber zu retten, was überhaupt noch zu retten war. Mit ihren eigenen Verkäufen trugen die ehemaligen Partner von den Gebrüdern Hunt das ihrige dazu, bei den Kursverfall zu beschleunigen. Für die Hunts wurde somit das Spekulationsgeschäft mit Silber am Ende zu einem finanziellen Desaster."

„Puh", meinte Arno und wischte sich mit der Hand über die Stirn. „Was für eine Geschichte:"

„Das kannst du wohl sagen", stimmte ihm Saskia zu. „Ich würde wirklich gerne wissen, warum sich die Schenk für diesen Jahrzehnte alten Spekulationsskandal interessiert. Wenn die mich nicht so furchtbar herablassend behandeln würde, hätte ich ihr mein gesammeltes Material über die Spekulation der Gebrüder Hunt schon längst übergeben. Stattdessen bin ich ihr lieber aus dem Weg gegangen. Inzwischen hat sich die Sache vielleicht ohnehin für sie erledigt. Soviel ich weiß, hat sie das Wirtschaftsressort nur aushilfsweise übernommen und inzwischen sogar wieder abgeben müssen."

„Das erklärt, warum sie nicht selbst auf die Texaner gekommen ist", sagte Arno und zupfte an seiner Unterlippe. Unter Ökonomen ist diese Geschichte doch sicher bekannt."

„Anzunehmen", sagte sie und ergriff seine Hand, ehe er noch einmal an seiner Lippe ziehen konnte. „Also, Herr Kommissar. Was, denkst du, sollen wir mit unserem Wissen anfangen? Wir haben Grund zu der Annahme, dass irgendjemand dem Beispiel der Gebrüder Hunt folgt und gezielt Silber aufkauft. Und das in einem Ausmaß, das die Wirtschaft und unsere Regierung in große Schwierigkeiten bringen könnte. Offiziell nutzen uns diese Erkenntnisse wenig, da wir sie nicht beweisen können und auf den Wahrnehmungen einer Verrückten basieren."

Arno öffnete den Mund, um zu widersprechen, aber sie hob die Hand zum Zeichen, dass sie noch nicht fertig war.

„Ich gebe hier nur die wahrscheinliche Meinung derer wieder, die wir mit unseren Informationen konfrontieren. Daher noch einmal meine Frage an den Herrn Hauptkommissar. Was ist unser nächster Schritt?"

Er seufzte. „Alles deutet darauf hin, dass Rudolf Vogt sich am Vorbild der Gebrüder Hunt orientiert und die Regierung in die Knie zwingen will, indem er gezielt das Silber verknappt. Wir müssen davon ausgehen, dass er bei seinen Aufkäufen ein höheres Tempo an den Tag legt, um Maßnahmen, wie sie seinerzeit den Texanern gegenüber erlassen wurden, zuvorzukommen. Das heißt, dass der Mann unter einem gehörigen Zeitdruck steht. Gut für uns, denn wer unter Druck steht, macht häufig Fehler. Vogt pflegte enge Geschäftsbeziehungen zu Hartfeldt, der nun tot ist. Wir haben Hartfeldts Konten überprüft und festgestellt, dass auch er gezielt Silber angekauft hat. Ich vermute, dass die beiden sich zerstritten haben und Vogt seinen Konkurrenten aus dem Weg hat räumen lassen. Aber ohne handfeste Beweise, dass dieses Vorgehen zumindest mit der Ermordung Hartfeldts in Zusammenhang steht, brauche ich Friese gar nicht erst unter die Augen zu treten. Was das angeht, war er mir gegenüber sehr deutlich." Diesmal war er es, der mit einem Handzeichen anzeigte, weitersprechen zu wollen. Saskia, die den Mund bereits halb geöffnet hatte, schloss ihn augenblicklich wieder.

„Ich schlage daher ein Treffen mit Astrid Schenk vor", beendete Arno seine Ausführung. „Und zwar auf neutralem Boden."

Diesmal blieb Saskias Mund einige Sekunden länger offen.

KAPITEL 33

Sie trafen sich an einem Sonntagvormittag in Arnos
Büro. Er hatte Wasser und Saft sowie kleine Snacks besorgt und die Kaffeemaschine angestellt. Damit hoffte
er, eine gute Atmosphäre zu schaffen, in der ein kon-
struktives Gespräch möglich war. Er und Saskia nahmen Astrid am Eingang des Polizeipräsidiums in Empfang. Nach einer kurzen Begrüßung gingen sie gemeinsam zu Arnos Arbeitsplatz. Er setzte sich auf seinen
Schreibtischstuhl, während Saskia und Astrid an den gegenüberliegenden Seiten des Tisches Platz nahmen.

„Ich danke Ihnen, dass Sie gekommen sind", wandte
sich Arno an Astrid.

„Ich muss zugeben, dass mich Ihre Einladung über-
rascht hat", gab sie zurück. „Bislang waren Sie mir gegenüber mit Informationen eher zurückhaltend. Nun
soll ich freiwillig welche bekommen. Da frage ich mich
schon, aus welchem Grund?"

„Eigentlich bekommen Sie die Informationen von
mir", schaltete sich Saskia ein. „Genau genommen handelt sich um Material, um das Sie mich bereits vor einiger Zeit gebeten haben. Hier, bitte." Sie reichte der Journalistin einen Schnellhefter. Astrid blätterte kurz darin
und klappte den Hefter wieder zu.

„Das ist ja ein richtiges Dossier", meinte sie. „Wann
haben Sie das erstellt?"

„Erst vor kurzem", mischte sich Arno ein. „Es geht darin um …"

„Die texanischen Brüder Hunt, und deren Silberaufkäufe in den Siebzigern", unterbrach ihn Astrid. „Das habe ich gesehen. Warum bekomme ich das erst jetzt?", fragte sie und schaute Saskia direkt ins Gesicht. „Ich hatte das schon vor längerer Zeit bei Ihnen angefordert. Sie haben es vorgezogen, mich zu ignorieren und sind mir seither aus dem Weg gegangen!"

Saskia verschränkte die Arme vor ihrer Brust und holte tief Luft.

„Hätten Sie mich nicht so von oben herab behandelt, würden Sie die Unterlagen längst erhalten haben. Aber wie man in den Wald hinein ruft ..."

„Schallt es zurück?", vollendete Astrid den Satz. „Kindchen, bei Ihnen hat überhaupt nichts geschallt. Da gab es nichts außer Funkstille!"

„Kindchen?", fragte Saskia empört zurück und erhob sich halb von ihrem Sitzplatz. „Arno, ich glaube, das Gespräch ist für mich hier zu Ende."

Er lehnte sich in seinem Stuhl zurück und streckte beide Arme in die Höhe.

„Nicht doch", sagte er. „Ich bin überzeugt, dass wir das besser können. Trinken wir erst einmal etwas und beruhigen uns."

Astrid hatte inzwischen den Schnellhefter wieder in die Hand genommen und darin gelesen.

„Für den Ausdruck Kindchen entschuldige ich mich und nehme ihn zurück", lenkte sie ein. „Aber ich bin wirklich verärgert darüber, dass ich dieses Material jetzt erst von Ihnen bekomme. Ich kann nämlich nichts mehr damit anfangen. Vielleicht wissen Sie es noch nicht, aber mein Chefredakteur Kullmann hat mir das Wirtschaftsressort entzogen. Hätte ich diese Informationen früher bekommen, wären sie mir wirklich hilfreich gewesen. Vielleicht säße dann heute nicht der Kollege Hennen auf meinem Stuhl."

Saskia und Arno wechselten einen schnellen Blick.

„Das tut uns leid", sagte Arno, „aber vielleicht können Sie uns trotzdem helfen. Ehrlich gesagt, haben wir gehofft, dass sie Rudolf Vogt ein wenig auf den Zahn fühlen werden, wenn Sie das Material gelesen haben. Das zeigt genau auf, wie fragil unsere Wirtschaft ist und wie schnell sie in Schieflage geraten kann. Bei dem gestiegenen Rohstoffbedarf ist das heutzutage gewiss noch viel mehr als vor einigen Jahrzehnten der Fall. Es deutet einiges darauf hin, dass Vogt hinter den gewaltigen Silberankäufen steckt, die in letzter Zeit getätigt wurden. Ich vermute, er möchte das Edelmetall künstlich verknappen."

„Warum befragen Sie ihn nicht dazu?", fragte Astrid. „Übersteigt das Ihre Kompetenz?"

Arno tat so, als habe er den spöttischen Unterton nicht gehört. „Gewissermaßen ist das so. Der zuständige Staatsanwalt wünscht keine Ermittlungen ins Blaue. Ich brauche Ihnen nicht zu sagen, über welchen Einfluss Rudolf Vogt bei uns verfügt. Er ist einer der größten Arbeitgeber in der Region und entsprechend gut vernetzt. Natürlich kann Staatsanwalt Friese nicht ignorieren, dass immer mehr Indizien auf Vogts Verstrickung in kriminelle Machenschaften hindeuten."

Als die Journalistin die Stirn runzelte und zum Sprechen ansetzte, beeilte er sich: „Und das will er natürlich auch nicht", hinzuzufügen, worauf Astrid ihren Mund wieder schloss und den Ermittler ausreden ließ.

„Was ich sagen will, ist, dass die Ermittlungen sowohl Friese als auch mich den Kopf kosten können, wenn wir nicht in der Lage sind, hieb- und stichfeste Beweise vorzulegen."

„Demnach geht es nicht mehr darum, Vogt zu befragen, sondern ihn zu überführen", bemerkte Astrid.

„Genau", pflichtete Saskia ihr bei. „Eine Befragung Vogts würde lediglich dazu führen, dass der seine Anwälte in Marsch und alle Hebel in Bewegung setzt, um Arno und vielleicht auch den Staatsanwalt abzusägen."

„Das steht zu befürchten", sagte Arno. „In der Öffentlichkeit würde ich so etwas natürlich niemals sagen und wie ich Ihnen bei der Verabredung zu diesem Termin bereits gesagt habe, gehe ich davon aus, dass alles, was wir hier bereden, vertraulich ist."

„Daran brauchen Sie mich nicht zu erinnern", erwiderte Astrid. „Lassen Sie mich kurz rekapitulieren. Wir wissen, dass jemand seit einiger Zeit gezielt Silber ankauft. Bei dem Ermordeten Gunter Hartfeldt können Sie das sogar anhand seiner Kontenbewegungen nachweisen. Da er und Vogt enge Geschäftsbeziehungen zueinander unterhielten und mit ihren Unternehmen fusionieren wollten, liegt die Vermutung nahe, dass beide kräftig in Silber investiert haben. Hatte Hartfeldt nicht auch eine Produktionsfirma für chirurgische Bestecke für die er Silber brauchte? Dann kannte er sich auf dem Markt dafür gewiss bestens aus. Ich sehe allerdings nicht, wie Sie Vogt drankriegen können, wenn ihm kein Mord nachzuweisen ist. Und solange er nicht gegen irgendwelche Börsenregeln verstößt, kann er sein Geld investieren wie er will."

„Es gibt ja noch eine andere Komponente in diesem Fall", sagte Arno.

„Sie denken an Volker Woller, Vogts Lagerarbeiter. Nicht wahr?"

„Auch hier wieder die Verbindung zu unserem Verdächtigen. Wobei ich nicht glaube, dass Woller Vogt auf eine ähnlich existenzbedrohende Weise hätte gefährlich werden können wie Gunter Hartfeldt."

„Wieso nicht?", warf Saskia ein. „Woller könnten im Betrieb brisante Unterlagen in die Hände gefallen sein."

„Möglich, aber schwer vorstellbar", gab sich Arno skeptisch. „Brisante Unterlagen liegen in der Regel nicht offen herum. Sie werden dort aufbewahrt, wo einfache Lagerarbeiter keinen Zutritt haben. Außerdem wurden ja auch noch einige von Wollers Freunden umgebracht."

„Denen Woller die belastenden Dokumente übergeben haben könnte", beharrte Saskia.

„Auch das wäre möglich, aber wie passt Roland Maurer da hinein? Eine Verbindung zu Vogt scheint es nicht zu geben. Das Mordopfer war ein Arbeitsloser, der sich seine Zeit mit der Suche nach archäologischen Funden vertrieb. Was wissen wir sonst über Maurer, außer, dass er sich in irgendwelche abwegigen Vorstellungen verrannt hat? Das alles ergibt doch keinen Sinn!"

„Vielleicht waren diese Vorstellungen gar nicht so abwegig?", gab Saskia zurück.

„Du meinst, dass Maurer tatsächlich einen bedeutenden Fund gemacht hat, der ihm letztlich zum Verhängnis wurde?" Arno schürzte die Lippen. „Meine Kollegin, Frau Schneider, hat diese Möglichkeit auch in Betracht gezogen. Es wird jedoch schwer sein, Vogt ein Interesse an dem, was immer Maurer bei seinen Ausgrabungen zutage gefördert hat, nachzuweisen, wenn er es leugnet."

„Ich glaube", meldete sich Astrid zu Wort, „ich sollte diesem Herrn Vogt tatsächlich einmal selbst auf den Zahn fühlen."

„Und unter welchem Vorwand?" fragte Arno. „Sagten Sie nicht, für Wirtschaftsartikel wäre jetzt ein Kollege von Ihnen zuständig?"

„Das ist richtig", räumte die Journalistin ein. „Aber die Lokalnachrichten sind immer noch mein Ressort und der Chefredakteur hat sicher nichts gegen eine Serie mit Porträts über lokale Unternehmensgrößen einzuwenden. Schließlich sind das unsere besten Anzeigenkunden."

KAPITEL 34

Der Gedanke an das zuletzt mit Chefredakteur Kullmann geführte Gespräch brachte Astrid zum Schmun-
zeln.

„Gute Idee, machen Sie das", hatte er gesagt und dabei
ein auf seinem Schreibtisch liegendes Manuskript
durchgeblättert. „Vogt inseriert häufig bei uns und wird
sich über die Aufmerksamkeit freuen. Ob wir daraus
eine Serie machen, besprechen wir morgen in der Konferenz."

„Prima", freute sie sich und wollte bereits die Redaktionsräume verlassen, als Kullmann sie noch einmal zu
sich rief.

„Sagen Sie mal", begann er und kniff dabei das rechte
Auge zusammen, „Sie haben doch nicht etwa vor, einem
unserer besten Anzeigenkunden unangenehme Fragen
zu stellen?"

„Wie meinen Sie das?", fragte sie zurück und legte
eine gehörige Portion Unschuld in ihren Blick.

„So wie ich das sage." Diesmal zog ihr Chef beide Augen zusammen. „Rudolf Vogt ist einer der größten Arbeitgeber in der Region. Hüten Sie sich davor, ihn zu
verärgern, sonst können Sie Ihren Hut nehmen. Habe
ich mich klar genug ausgedrückt?"

„Da gibt es ja wohl nichts falsch zu verstehen", hatte
sie erwidert, sich auf dem Absatz umgedreht und ihren
Schreibtisch angesteuert. Ohne Kullmann, der ihr mit
finsterer Miene hinterher starrte, weiter zu beachten,

hatte Astrid zum Telefonhörer gegriffen und mit Rudolf Vogts persönlicher Sekretärin einen Gesprächstermin vereinbart. Anscheinend verfügte der Großunternehmer, wie viele Männer seines Schlages, die in der Gesellschaft eine einflussreiche Position einnahmen, über einen ausgeprägten Hang zur Selbstdarstellung. Nur so konnte es sich die Journalistin erklären, dass ihr bereits für den folgenden Vormittag ein Termin angeboten wurde.

Nun stand Astrid vor dem Eingang des Geschäftsgebäudes mit den sich automatisch öffnenden und schließenden Glastüren. Dahinter erkannte sie eine Pförtnerloge, in der ein bebrillter Mann Ende fünfzig saß und Löcher in die Luft starrte.

„Kullmann kann mich mal", murmelte Astrid und betrat den Empfangsraum. Ihr war bewusst, dass sie das hier aller Wahrscheinlichkeit nach ihren Job kosten würde. Was soll's, dachte sie. In meinem Alter finde ich schon noch eine andere Stelle. Dieses Koblenzer Blatt ist ohnehin nicht das Gelbe vom Ei. Damit straffte sie ihren Rücken und ging mit breiter Brust in forschem Schritt auf die Pförtnerloge zu. Wenige Minuten danach befand sie sich in dem in der obersten Etage des achtstöckigen Gebäudes befindlichen Chefbüro der Vogt-Werke. Der Firmeneigentümer saß ihr gegenüber und bedachte sie mit einem Lächeln. Vogt trug einen dunkelblauen Maßanzug und eine rote Krawatte, auf der eine silberne Krawattennadel prangte. Sein Haar war frisch geschnitten und der rechte Scheitel exakt gezogen. Astrid vermutete, dass Vogt sich extra fein gemacht hatte, um auf den Fotos, die sie von ihm machen würde, gut auszusehen.

„Ich freue mich sehr über Ihren Besuch", sagte er und zeigte dabei ein breites Lächeln. Nachdem sie sich mit einem Händedruck begrüßt hatten, ging er zu seinem Schreibtisch und zeigte im Vorbeigehen auf den Stuhl davor.

„Bitte nehmen Sie Platz."

Astrid setzte sich und platzierte ein Diktiergerät auf den Tisch.

„Haben Sie etwas dagegen?", frage sie und deutete auf den Apparat.

„Nein, nein", gab er zurück. „Möchten Sie einen Kaffee?"

„Lieber ein Wasser, wenn das möglich ist."

Vogt orderte über die Gegensprechanlage bei seiner Sekretärin einen Espresso und ein Perrier, was die erste Assistentin der Geschäftsleitung unverzüglich brachte.

„Danke sehr", sagte Astrid, nahm einen tiefen Schluck und stellte die erste Frage.

„Herr Vogt, Ihre Firma ist der größte Arbeitgeber in der Region."

„Ich denke, das kann man so sagen", gab er zurück und rückte seine Krawatte zurecht.

„Damit tragen Sie selbstverständlich eine große unternehmerische Verantwortung, denn für viele Familien hängt ihre wirtschaftliche Existenz vom Erfolg und dem Weiterbestehen der Vogt-Werke ab."

Er bestätigte die Richtigkeit ihrer Aussage mit einem leichten Kopfnicken.

„Daher ist es für unsere Leser interessant zu erfahren, welche Vorkehrungen Sie angesichts der steigenden Silberkurse getroffen haben", starte Astrid ihren ersten

Überraschungsangriff. Seine Reaktion zeigte ihr, dass sie einen direkten Wirkungstreffer erzielt hatte.

„Wie bitte?", fragte Vogt und setzte die Tasse, aus der er gerade hatte trinken wollen, wieder ab.

„Nun, wie Sie sicher mitbekommen haben, ist die Krise mittlerweile bei den Endverbrauchern angekommen. Manche silberhaltigen Produkte werden bereits knapp."

„Was das angeht", sagte Vogt und straffte seinen Körper, „kann ich Ihnen versichern, dass die Vogt-Werke sehr gut aufgestellt sind. Die Arbeitsplätze sind sicher. Dafür stehe ich."

„Vielleicht können Sie die Lage so optimistisch beurteilen, weil Ihr Unternehmen an den Silberankäufen beteiligt ist?", hakte Astrid nach.

Vogts Miene verfinsterte sich merklich.

„Wie jeder vorausschauende Unternehmer habe ich natürlich gewisse Vorkehrungen getroffen, um die Zukunftsfähigkeit meiner Firma zu sichern. An Spekulationen oder haarsträubenden Verschwörungstheorien irgendwelcher Art werde ich mich jedoch nicht beteiligen."

Er stand auf und deutet mit einer Hand Richtung Tür. „Wenn Sie also keine weiteren Fragen haben, die sich seriös jenseits aller Spekulationen beantworten lassen oder tatsächlich in Zusammenhang mit meinem Unternehmen stehen ..."

„Doch, die habe ich", entgegnete sie ungerührt und setzte sich auf ihrem Stuhl zurecht. „Zusammenhang ist in diesem Fall ein gutes Stichwort. Ihnen werden gewiss die jüngsten Mordfälle zu Ohren gekommen sein. Solche

Nachrichten sind für einen Firmenstandort nicht gerade von Vorteil."

„Verbrechen passieren", erwiderte er knapp und winkte mit der Hand ab." Wenn es danach ginge, dürfte es in Großstädten überhaupt keine Fabriken oder Geschäfte geben."

Er stutzte plötzlich. „Von welchem Zusammenhang reden Sie eigentlich?"

„Davon, dass sowohl Ihr Geschäftspartner Gunter Hartfeldt als auch der Lagerarbeiter Volker Woller mit Ihnen zu tun hatten."

„Volker, Wer?"

„Woller, Ihr Angestellter. Ein junger Mann in den Dreißigern. Er hatte Kontakt zum rechtsradikalen Milieu und war wegen schwerer Körperverletzung vorbestraft. Es steht ja inzwischen fest, dass er den Hobby-Schatzsucher Roland Maurer ermordet hat. Allerdings ist nach wie vor kein Motiv erkennbar. Da liegt die Vermutung nahe, dass es sich um einen Auftragsmord gehandelt hat."

„Ich kann nicht jeden meiner Angestellten kennen und die Lagerarbeiter schon gar nicht", entgegnete er unwirsch. „Was weiß ich, was für eine politische Gesinnung Herr Woller hatte oder was ihn mit diesem Roland Maurer verbunden hat oder nicht. Falls Sie aber andeuten möchten, dass ich etwas damit zu tun habe, kann ich Sie nur warnen. Eine Verleumdungsklage kann sowohl Sie als auch Ihr Blatt teuer zu stehen kommen."

Astrid zeigte sich von dieser Drohung unbeeindruckt und feuerte ihre nächste Frage ab.

„Finden Sie es nicht seltsam, dass zwei Mordopfer, eins in Österreich und eins hier in der Nähe mit derselben Waffe, also höchstwahrscheinlich von ein und demselben Täter, ermordet wurden und die Erschossenen mit Ihrem Unternehmen in Verbindung standen? Und da wir gerade dabei sind", fügte sie hinzu, wobei sie ihrem Gegenüber direkt ins Gesicht blickte. „Waren Sie nicht selbst vor kurzem zufällig in Kärnten?"

Vogts Augen verengten sich zu schmalen Schlitzen.

„Das Gespräch ist hiermit zu Ende", stieß er zwischen den Zähnen hervor.

„Trifft es zu, dass Sie eine feindliche Übernahme von Hartfeldts Unternehmen anstrebten?" Es war ein weiterer Schuss ins Blaue gewesen, aber Vogts Reaktion zeigte Astrid deutlich, dass sie ins Schwarze getroffen hatte. Sein Gesicht verlor jede Farbe und seine Augen weiteten sich auf eine geradezu unnatürliche Weise.

„Du elende Fotze", zischte er und war sich offensichtlich nicht mehr bewusst, dass Astrids Diktiergerät jedes seiner Worte aufzeichnete. „Du bist wohl schon lange nicht mehr richtig ..."

„Es reicht!", unterbrach sie ihn und fuhr so abrupt von ihrem Stuhl hoch, dass er einen Schritt zurück wich und dabei etwas aus dem Gleichgewicht geriet. Astrid nutzte die Gelegenheit, um das Diktiergerät in ihrer Manteltasche verschwinden zu lassen. Derweil hatte sich Vogt gefangen und wollte erneut auf sie losgehen. Doch sie hatte bereits die Tür erreicht und geöffnet.

„Wenn ich jemals Lust auf ein schlaffes Würstchen bekomme, dann bestelle ich mir einen Hot Dog!", schleuderte sie ihm zum Abschied entgegen und stürmte aus dem Büro. Sie verzichtete darauf, den Aufzug zu nehmen und eilte die Treppe hinunter. Ihr Herz schlug in schnellem Rhythmus, denn sie fürchtete, am Verlassen des Gebäudes gehindert zu werden. Doch niemand hielt sie auf und Astrid erreichte unbehelligt die Straße. Dort atmete sie einmal kräftig durch und sah sich nach einem Café um. Sollte Vogt sich bei ihrem Chef Kullmann beschweren, würde ihr in der Redaktion eine Menge Ärger bevorstehen. Da konnte sie sich zuvor noch eine gute Tasse Kaffee und ein Stück Kuchen gönnen.

Zu Astrids Überraschung fand sie Kullmann in bester Laune vor. Entgegen ihrer Befürchtung war ihr Chef von Vogt noch nicht über den Verlauf des Gesprächs informiert worden.

„Na, wie ist das Interview mit Vogt gelaufen? Haben Sie genügend Material für eine Viertelseite?", fragte er leutselig.

„Viel Neues hatte er nicht zu erzählen", antwortete sie. Die einzige Nachricht ist die, dass Vogt sein Unternehmen angesichts der Silberkrise gut aufgestellt sieht. Ansonsten das übliche Blabla, von wegen größter Arbeitgeber, der sich seiner sozialen Verantwortung bewusst ist und so."

„Verstehe", meinte er. „Sehen Sie zu, dass daraus einen brauchbaren Artikel machen, den Sie mir dann zumailen."

Astrid begab sich zu ihrem Schreibtisch und fuhr den PC hoch. Während das Betriebssystem startete, grübelte sie darüber nach, warum Vogt Kullmann keine Beschwerde hatte zukommen lassen. So unbeherrscht, wie er sich ihr gegenüber gezeigt hatte, entsprach das überhaupt nicht seiner Art. Der Mann war cholerisch veranlagt und höchstwahrscheinlich überaus nachtragend. Die zu seinem Naturell in Widerspruch stehende Zurückhaltung ließ für Astrid nur einen Schluss zu. Vogt verstellte sich, weil er vorhatte ihr auf eine Weise zu schaden, mit der er nicht in Verbindung gebracht werden sollte. Der Gedanke daran ließ sie frösteln.

„Jetzt nicht!"

Vogts Chefsekretärin, Silke Offenburg, hasste es, wenn der Unternehmer den Boss herauskehrte, seine Launen an ihr ausließ und sie so wie jetzt anherrschte. Mittlerweile gut ein Vierteljahrhundert unter seiner Fuchtel, zuckte die untersetzte Fünfundfünfzigjährige immer noch zusammen, wenn er einen seiner cholerischen Anfälle hatte. Sie verachtete sich dafür, dass sie diesen Reflex nicht unterdrücken konnte. Gleichzeitig fragte sie sich, wie es ein derart unbeherrschter Mann mit dem Gemüt eines Trotzkindes zu so viel Erfolg und einem derart großen Einfluss in der Gesellschaft hatte bringen können. Erbe und Beziehungen, gab sie sich in Gedanken selbst die Antwort. In ihren Augen war Rudolf Vogt ein schwacher Mensch mit schlechten Charaktereigenschaften, der sich absolut nicht im Griff hatte. Der Gedanke, ihm nicht Paroli bieten zu können, wenn er sie ungerecht behandelte, schmerzte sie daher umso mehr. Hinzu kam ein stetig wachsender Groll darüber, dass er ihr fünfundzwanzigjähriges Dienstjubiläum einfach übergangen hatte. Keine Prämie, kein Geschenk, nicht einmal ein Wort des Dankes hatte sie von ihm bekommen. Mit einem Seufzen legte sie die persönlich an

Vogt adressierten Briefe zurück auf den Schreibtisch, setzte sich auf ihren Stuhl und stützte den Kopf in die Hände. Nachdem sie sich wieder beruhigt hatte, wischte sie eine kleine Träne aus dem Augenwinkel und setzte ihre Arbeit fort. Doch Silke Offenburg fiel es schwer, sich zu konzentrieren. Immer wieder schweiften ihre Gedanken ab und sie ertappte sich dabei, wie sie mit leerem Blick vor sich hinstarrte und sich vor ihrem inneren Augen Szenen abspielten, die davon handelten, wie sie Vogt seine Gemeinheiten heimzahlte. Sie sehnte eine entsprechende Gelegenheit herbei und hoffte sehr, dass sie dann den Mut aufbringen würde, diese Chance zur Revanche zu nutzen.

KAPITEL 35

Jan Marvin Vanderbilt parkte seinen Wagen zwei Blocks entfernt von der Straße, in der sich Volker Wollers Wohnung befand. Während er die Hausfront passierte, registrierte der Killer, dass das Gras auf dem begrünten Streifen vor dem Hauseingang seit seinem letzten Besuch beträchtlich gewachsen war. Vom Fallrohr, das am Fenster der Dachwohnung vorbei nach unten führte, blätterte die Farbe ab und von der Begrenzungsmauer zum Nachbargrundstück bröckelte der Putz. Die Fenster im Erdgeschoss waren zugemauert worden. Wenn hier jemand überhaupt noch nach dem Rechten sah, tat er das nur alle paar Wochen oder gar Monate, vermutete Vanderbilt. Nach seinem kurzen Rundgang war der Killer wieder an der Vorderseite des Hauses angekommen.

Das Schloss an der Tür war ein Witz. Vanderbilt brauchte nur wenige Sekunden, um es zu knacken. Vorsichtig stieg er die Treppe hinauf, bis er vor Wollers Wohnungstür stand. Seine rechte Hand umklammerte den Kolben der Glock, die sich in der Innentasche seines Sakkos befand. Die Wohnungstür war nur angelehnt. Vanderbilt stieß sie mit dem Fuß auf, durchquerte mit einem Satz die kleine Diele und landete im gegenüberliegenden Zimmer, die Waffe jetzt im Anschlag. Er war allein in der Wohnung. Sein in dieser Hinsicht nahezu untrüglicher Instinkt hätte ihn spätestens jetzt gewarnt, wenn sich jemand anderes hier versteckt hielt. Er steckte die Glock zurück in sein Sakko und sah sich um. Das

Zimmer war durchsucht worden. Kleidung und Papiere lagen auf dem Boden verstreut herum. Vanderbilt schob sie mit dem Fuß zu einem Haufen zusammen. An der Wand lehnte eine aufgeschlitzte Matratze, aus der die Füllung hervorquoll. Daneben lag ein abgewetzter Teppichläufer, der ebenfalls mit dem Messer bearbeitet worden war. Ein kleines Regal war unsanft in seine Einzelteile zerlegt worden. Einige der Bretter waren auseinandergebrochen und zersplittert. In einer Ecke war der Fußboden mit Glasscherben bedeckt. Wer immer hier nach dem Arminius-Schwert gesucht hatte, Vanderbilt glaubte nicht, dass er erfolgreich gewesen war und daher seine Wut an der Einrichtung ausgelassen hatte. Aber wer sollte das gewesen sein? Für Vanderbilt kam nur Volker Wollers Halbbruder infrage. Eine merkwürdige Art, um einen Familienangehörigen zu trauern, indem man seine Wohnungseinrichtung zertrümmerte. Jeder trauert auf seine Weise, dachte der Killer und begutachtete die anderen Räume, auch das kleine Klo. Sogar hier war alles durcheinander gebracht worden. Der Wasserkasten hing nur halb befestigt an der Wandhalterung und der Klodeckel lag zerbrochen auf dem gefliesten Boden.

„Das Schwert könnte noch hier sein", murmelte Vanderbilt. Er ging zurück in das Wohnzimmer, räumte eine Stelle auf dem Boden frei und setzte sich. Sein Blick wanderte die Wände entlang auf der Suche nach einem Hinweis, wo die Waffe des Germanenfürsten versteckt sein könnte. Er war so sehr auf die Suche fokussiert, dass er seinen nahezu untrüglichen Instinkt ignorierte, der ihn vor irgendetwas warnen wollte. Als er seinem inneren

Hinweis endlich Aufmerksamkeit schenkte, war es bereits zu spät.

„Sieh an, sieh an. Wen haben wir denn da?"

Vanderbilt unterließ es tunlichst, nach seiner Glock zu greifen. Seine Wahrnehmung der Außenwelt funktionierte wieder einwandfrei und der Instinkt verriet ihm, dass sich der Eindringling bestens abgesichert hatte. So beiläufig wie möglich lehnte Vanderbilt sich zurück und lenkte dabei seinen Blick von der Stelle auf dem Boden ab, die verriet, dass dort vor nicht allzu langer Zeit eine Diele gelöst worden war. Wenn ihn seine Augen nicht trügten, konnte der Killer sogar ein Stück fadenscheiniges Leinen wahrnehmen, unter dem ein winziges Stück rostiges Eisen hervorzuragen schien. Eigentlich ein Ding der Unmöglichkeit, aber wie viele Menschen war Vanderbilt mit fortschreitendem Alter weitsichtig geworden. Und das Versteck im Boden lag idealerweise genau so weit von ihm entfernt, dass die Konturen scharf vor seine Augen traten.

„Hol deine Waffe vorsichtig raus und leg sie auf den Boden", befahl Timo, der in Begleitung zweier muskelbepackter Glatzköpfe das Zimmer betrat. Er hielt eine Beretta im Anschlag, deren Lauf auf Vanderbilts Gesicht zeigte.

„Ganz ruhig, mein Junge", sagte Vanderbilt, während er mit zwei ausgestreckten Fingern langsam in die Innenseite seiner Jacke griff.

„Wenn wir alle vernünftig bleiben, wird keiner zu Schaden kommen."

„Dir wird deine Arroganz noch vergehen, alter Mann", erwiderte Volker Wollers Halbbruder.

„Geh und schnapp dir seine Pistole", sagte er zu dem Mann rechts neben sich.

Der Angesprochene zögerte.

„Hast du nicht gehört, was ich gesagt habe?", herrschte Timo seinen Kumpan an.

Vanderbilt nutzte die Gelegenheit und holte das Ding, nach dem er gegriffen hatte, vollends hervor. Mit einer im Ansatz kaum wahrnehmbaren Bewegung seines Handgelenks gab er dem handtellergroßen eiförmigen Gegenstand genug Schwung, um ihn direkt vor die Füße seiner Gegner zu platzieren.

Die drei Angreifer verfielen augenblicklich in Starre. Timo hielt die Beretta weiterhin fest umklammert, war aber unfähig den Finger zu krümmen und abzudrücken. Ein dünnes Lächeln umspielte Vanderbilts Mund, als er Timo und seinen Kumpanen den von Daumen und Zeigefinger gehaltenen Sicherungsstift einer Handgranate präsentierte.

„Ach du Scheiße", flüsterten Timos Begleiter wie aus einem Mund und starrten auf den Sprengsatz

Eine halbe Sekunde vor der Detonation ließ sich Vanderbilt rückwärts aus dem Fenster fallen und umklammerte mit der linken Hand das Fallrohr, das an der Fassade befestigt war. Während er sich nach unten gleiten ließ, regneten Glassplitter und Mörtel auf ihn herab. Etwa eineinhalb Meter oberhalb des Bodens stieß er sich von der Hauswand ab und landete nach einer Flugrolle auf der mit hohem Gras bewachsenen Fläche. Als er sich wieder aufrichten wollte, spürte er den Druck kalten Metalls in seinem Nacken.

„Auf den Knien bleiben und Hände in die Höhe!", befahl Arno, der den Lauf seiner Waffe fest auf Vanderbilt gerichtet hielt. Der Killer leistete keinen Widerstand und folgte den Anweisungen. Wenige Minuten später befand er sich auf dem Weg in die Untersuchungshaft.

Am nächsten Morgen begaben sich Arno und Laura in den Verhörraum und ließen sich den Gefangen vorführen.

Nachdem Vanderbilt auf einen Stuhl gedrückt worden war, ließ der Kriminalhauptkommissar mehrere Minuten vergehen, um sich mit scheinbar wichtigeren Dingen wie der Begutachtung des Aufzeichnungsgeräts zu beschäftigen.

Während dieser Zeit schenkte er dem Mörder keine Beachtung. Seine Kollegin Laura tat es ihrem Vorgesetzten gleich und vermied jeden Augenkontakt mit dem Gefangenen.

„Sie können sich das Theater sparen", meinte der schließlich. „Ich werde reden." Die beiden Kollegen wechselten einen Blick, dann nickte Arno und Laura schaltete das Aufnahmegerät ein. Mit ruhiger Stimme verlas Arno die Angaben über den Anlass der Vernehmung, deren Zeitpunkt und ergänzte schließlich die Personalien des Verhafteten. Anschließend konfrontierte er Vanderbilt mit den ihm zur Last gelegten Morden an Gunter Hartfeldt sowie Volker Woller und sechs seiner Bandenmitglieder. „Jetzt ist es an Ihnen, sich zu den Tatvorwürfen zu äußern oder auch nicht", meinte Arno. „Selbstverständlich haben Sie das Recht, einen Anwalt hinzuzuziehen."

Vanderbilt schüttelte den Kopf und atmete tief durch.

„Bitte sagen Sie deutlich, ob Sie einen Rechtsbeistand wünschen oder darauf verzichten wollen", bat Laura.

„Nonverbale Äußerungen kann das Aufnahmegerät leider nicht erkennen."

„Verstehe", sagte der Killer und verzog das Gesicht, als hätte er heftige Schmerzen.

„Wie haben Sie mich überhaupt gefunden?", fragte er.

„Über das GPS Ihres Mietwagens", antwortete Arno. „Ihr Deckname Jan Muller ist uns schon seit langem bekannt."

KAPITEL 36

Die nach bisherigen Erkenntnissen von einer Handgranate ausgelöste Explosion innerhalb des Koblenzer
Stadtgebiets war das beherrschende Thema der lokalen
Nachrichtensendungen. Rudolf Vogt saß in seinem S-
Klasse Mercedes und verfolgte mit zusammengekniffe-
nen Lippen die Sondersendung des regionalen Hör-
funksenders im Autoradio. Sein Blick wanderte zum
Rückspiegel, aus dem ihm ein bleiches, ausgemergeltes
Gesicht anstarrte. Dem Industriellen war bewusst, dass
es sich bei dem Ort der Explosion nur um die Wohnung
seines ehemaligen Angestellten Volker Woller handeln
konnte. Die Radiomeldungen über den Wohnsitz eines
bei einem hiesigen Großunternehmen beschäftigten La-
gerarbeiters mit Verbindungen zur rechtsradikalen
Szene ließen keinen anderen Schluss zu. Die Polizei
hatte nicht verhindern können, dass Informationen über
eine Verhaftung die Runde machten. Über die Identität
dieser Person war jedoch bis jetzt nichts nach außen ge-
drungen. Der Festgenommene sollte als einziger die Detonation überlebt haben, die nach bisherigen Erkenntnissen drei Todesopfer gefordert hatte. Vogt schaltete
das Radio aus und startete den Motor. Während er ziellos durch die Straßen der Koblenzer Innenstadt kreuzte,
versuchte er die Folgen zu überblicken, die sich für ihn
aus der Verhaftung der unbekannten Person ergaben. Er
konnte nur hoffen, dass es sich dabei nicht um Vanderbilt handelte. Denn wenn der auspacken würde, wäre es

um ihn, Rudolf Vogt, geschehen. Sein Mobiltelefon ver-
meldete einen eingehenden Anruf. Er drückte den
Knopf der Freisprechanlage.

„Was gibt es?", fragte er knapp.

„Herr Vogt, Meierhofer am Apparat. Wir haben hier
ein Problem." Der Unternehmer verstärkte den Griff um
das Lenkrad. Meierhofer war einer der Anwälte aus der
Rechtsabteilung. Ein Anruf von ihm zu diesem Zeitpunkt konnte nicht Gutes bedeuten.

„Um was geht es denn?"

„Wir haben ein Großaufgebot der Polizei im Haus. Die
Beamten haben einen Durchsuchungsbeschluss vorge-
legt und stellen hier alles auf den Kopf. Übrigens legt
Ihre Sekretärin Frau Offenburg einen ganz besonderen
Eifer an den Tag, die Polizei mit belastendem Material
zu versorgen, wenn ich das mal so sagen darf. Der leitende Ermittler verlangt Sie sofort zu sprechen."

Vogt spürte, wie ihm heiß wurde und sich Schweiß auf
seiner Stirn bildete. Also hatten sich seine schlimmsten
Befürchtungen bestätigt. Vanderbilt war verhaftet worden und kooperierte mit der Polizei. Nach Lage der
Dinge hatte der Mistkerl ihn als seinen Auftraggeber de-
nunziert. Und jetzt ritt ihn die blöde Offenburg auch
noch weiter in die Scheiße rein. Bestimmt hatte sie der
Polizei auch eine genaue Aufstellung sämtlicher Zah-
lungen seiner Tochterfirmen an Deutschland Voran!
übergeben, jene Partei, über die er nach Erlangung des
Monopols auf Silber an die Macht bringen wollte.
Deutschland Voran! war in einigen Kommunen und
Landkreisen vertreten. Dort, wo sie etwas zu sagen
hatte, hätte diese Partei, wenn seine Pläne aufgegangen
wären, uneingeschränkten Zugang zu Silber gehabt und

vor der Öffentlichkeit erfolgreiches Krisenmanagement betreiben können, während andere Parteien die Silberknappheit niemals in den Griff bekommen hätten. Keine Frage, wem die Bevölkerung bei künftigen Wahlen mehrheitlich ihre Stimme gegeben hätte. Wenn, ja wenn alles nach Plan gelaufen wäre. Doch danach sah es nun ganz und gar nicht aus. Anstelle seines Griffs nach der Macht blieb Vogt nur die Flucht.

„Ich fahre gleich in einen Tunnel", log der Unternehmer. „Die Verbindung wird dann weg sein. Sagen Sie der Polizei, dass ich unverzüglich zur Firma fahren und in etwa dreißig Minuten dort sein werde."

Ehe Meierhofer etwas erwidern konnte, unterbrach Vogt das Gespräch und steuerte das Parkhaus Weißer Höfe an. Er wusste, dass sich mit diesem Anruf seine Hoffnung, dass der Verhaftete nicht Vanderbilt war, zerschlagen hatte. Natürlich hatte er nicht vor, sich der Polizei zu stellen. Er überlegte, wie viel Zeit ihm bleiben würde, ehe mit Hochdruck nach ihm gefahndet wurde. Vielleicht hätte er für seine angebliche Fahrt zur Firmenzentrale die doppelte Zeit veranschlagen sollen, überlegte er. Doch die Chance war vertan, wobei es ohnehin fraglich gewesen wäre, ob ihm eine längere Frist gewehrt worden wäre. Er konnte von Glück sagen, wenn er die nächste halbe Stunde unbehelligt blieb. Diese Zeit musste er nutzen. Wichtig war, sich mit Bargeld einzudecken, solange sein Vermögen noch nicht eingefroren war. Die Kreditkarte wollte er nur dafür benutzen, um durch den Kauf eines Flugtickets, das er nicht gebrauchen würde, eine falsche Spur zu legen. Der Konzernchef stellte den Wagen auf einem Parkplatz ab und ließ sein Mobiltelefon im Handschuhfach zurück. Unterhalb der Straße, an der das Parkhaus lag, verlief eine Bahnstrecke. Das niedrige Metallgeländer, hinter dem sich die Starkstromleitung befand, stellte kein ernstes Hindernis dar. Einen Moment war Vogt versucht, seinem Leben freiwillig ein Ende zu setzen. Doch dann kehrte die Erinnerung an das für ihn so demütigend verlaufene Interview mit der Lokaljournalistin zurück. Vogt spürte, wie ihm das Blut in den Kopf stieg und seine Ohren heiß wurden. Nein, dachte er. So leicht durfte er es seinen Feinden nicht machen. Er, Rudolf Vogt, würde nicht so einfach von der Bildfläche verschwinden. Alle, die ihm Steine in den Weg gelegt hatten und jetzt glaubten, er wäre am Ende, sollten ihn richtig kennenlernen!

KAPITEL 37

„Benötigen Sie einen Arzt?", eröffnete Arno den zweiten Teil des Verhörs.

Vanderbilt schüttelte den Kopf. „Mir geht es gut", meinte er. „Wenn ich aber ein Glas Wasser und das Medikament haben könnte, das ich vorhin abgeben musste ..."

Arno bedeutete seiner Kollegin per Handzeichen, das Gewünschte zu besorgen.

„Jemand aus meiner Verwandtschaft musste diese Arznei auch einmal einnehmen", sagte er, nachdem Laura Schneider den Verhörraum verlassen hatte. „Ich bin natürlich kein Arzt, aber meines Wissens wird dieses Mittel nur bei schweren Krankheiten verschrieben."

„Ich habe Leukämie", erwiderte der Killer. „Je nachdem, wie langsam die Mühen Ihrer Justiz mahlen, werde ich vielleicht nicht einmal meinen Hafttermin erleben. Lohnt sich daher nicht, mir irgendwelche Deals anzubieten, Herr Kommissar."

„Hauptkommissar", verbesserte Arno, um dann hinzufügen: „Einen Handel werde ich Ihnen ganz bestimmt nicht vorschlagen. Sie haben mindestens fünf Menschen umgebracht. Und damit beziehe ich mich nur auf die Morde, die Sie in den vergangenen Tagen innerhalb meines Zuständigkeitsbereichs verübt haben. Von den Attentaten und Anschlägen, die Ihnen sonst noch zur Last gelegt werden, wollen wir hier gar nicht reden. Ich weiß, dass Mord Ihr Geschäft ist und dass Sie das Töten als Dienstleistung anbieten. Für alle Ihre Taten werden Sie sich schon in vollem Umfang verantworten müssen."

Vanderbilt wollte etwas anmerken, wurde aber durch die Rückkehr der Polizeibeamtin unterbrochen. Der Killer dankte ihr mit einem kurzen Nicken, ehe er eine der Tabletten, die Laura besorgt hatte, schluckte und mit Wasser nachspülte.

„Ich habe ja bereits angekündigt, auszupacken", sagte er. „Wobei es für mich keinen Unterschied macht, ob ich rede oder nicht", fügte Vanderbilt hinzu, nachdem er sich mit dem Handrücken über die Lippen gewischt hatte. „Ich habe allerdings keinen Grund, diesem Idioten Vogt gegenüber loyal zu sein. Wahrscheinlich würden Sie auch so herausbekommen, was ich zu der ganzen Geschichte zu sagen habe. Es wäre nur etwas mühevoller. Den Aufwand kann ich Ihnen also gerne ersparen. Und keine Sorge, Herr Hauptkommissar", fügte Vanderbilt hinzu, wobei er seinen Mund zu einem schmalen Lächeln verzog, „selbst wenn sich bei mir so etwas wie eine Spontanheilung einstellen sollte, erwarte ich für meine Kooperation keinerlei Entgegenkommen hinsichtlich meines Strafmaßes." Mit Blick auf das Aufnahmegerät auf dem Tisch schloss Vanderbilt die Frage an: „Ist das Ding immer noch eingeschaltet?"

„Das ist es", antwortete Arno. „Legen Sie los, ich höre!"

Der Auftragskiller begann seinen Bericht mit der Erzählung darüber, wie er von Vogt das erste Mal telefonisch kontaktiert worden war. In chronologischer Reihenfolge erzählte er wahrheitsgetreu, wie ihn Vogt als Mörder von Volker Woller gedungen und auf die Spur des Arminiusschwerts gesetzt hatte.

Vanderbilt beschönigte nichts und rekapitulierte sowohl den Mord an Gunter Hartfeldt als auch den Überfall auf das Clubhaus von Wollers Freunden. Dabei zeigte er keinerlei Emotionen. Weder seine Mimik noch seine Stimme gaben irgendwelchen Aufschluss darüber, inwieweit er sich der Tragweite seiner Taten bewusst war, sie bereute oder ob er sich von seinem ausführlichen Geständnis eine Erleichterung seines Gewissens erhoffte. Eine knappe halbe Stunde redete Vanderbilt nahezu ununterbrochen, ehe Hauptkommissar Arno Stecken das einseitige Verhör beendete und den Mörder wieder in seine Zelle bringen ließ.

KAPITEL 38

Rudolf Vogt saß unterdessen in einem Erste-Klasse-Abteil eines Regionalzugs, der in Richtung Köln fuhr. Das Reiseziel hatte er willkürlich gewählt. Wichtig war nur, dass er Koblenz möglichst bald hinter sich ließ. Er hatte davon Abstand genommen, sich gleich in einen Schnellzug oder gar einen ICE zu setzen, weil er vermutete, dass diese Züge bevorzugt nach ihm durchsucht würden. Aus demselben Grund mied er die Flughäfen. Vogts einziger Gedanke galt der Rache, die er an all jenen üben wollte, die seiner Meinung nach die Schuld an allem Ungemach trugen, das ihm in letzter Zeit widerfahren war. Daran, dass er sich jetzt wie ein gejagtes Tier auf der Flucht befand. Sein Vermögen war vermutlich bereits eingefroren und seinem Zugriff entzogen worden. Er war auf der ganzen Linie gescheitert und machte sich keine Illusionen darüber, dass er nicht mehr lange auf freiem Fuß bleiben würde. Deutschland war einfach nicht reif genug für ihn und weit davon entfernt, jemals wieder das große Reich zu werden, dem die Welt Respekt zollen würde. Als Vogt sich diesen Gedanken bewusst vor Augen hielt, lachte er bitter auf. Nichts, aber auch gar nichts war von seinen Ambitionen übrig geblieben. Anstatt an der Spitze einer Bewegung zu stehen, die dieses Land zu neuer Größe führte, war er ein Gejagter, dessen Tage in Freiheit gezählt waren. Unendliche Wut stieg in ihm hoch, als er sich eingestehen musste, dass er von einem Häuflein mittelmäßiger Gutmenschen geschlagen worden war. Voller Zorn dachte er an diese Journalistin, die ihn in seinem Büro aufgesucht und gedemütigt hatte. Er fragte sich, wie sie hinter seine Pläne, sich die Silbervorräte anzueignen, gekommen war. Für die Schenk war das natürlich ein gefundenes Fressen. Wahrscheinlich saß die Alte gerade an ihrem Schreibtisch und verfasste einen ihrer verlogenen Artikel, in dem sie ihn aufs Übelste verleumdete. Diese Vorstellung fachte Vogts Wut weiter an. Einmal mehr presste er die Kiefer so fest zusammen, dass seine Zähne knirschten. Er war komplett aufgeflogen mit seinen Silberankäufen. Vermutlich würde es nicht lange dauern, bis die Regierung Maßnahmen zur Rückabwicklung dieser Käufe anordnen würde. Dann war es nur eine Frage der Zeit, bis sich der Markt wieder beruhigen würde.

Vogt schloss die Augen und dachte daran, wie kurz davor er gewesen war, über genügend Silber zu verfügen, um den Markt zu kontrollieren. Nur noch wenige Wochen oder Monate und er hätte das Land im Griff gehabt. Dass es dazu nicht gekommen ist, habe ich einzig der blöden Schnalle von dem hiesigen Käseblatt zu verdanken, dachte er. Wenigstens an dieser Frau wollte er sich rächen, ehe er ins Gefängnis musste. Er sah auf seine Rolex. Koblenz lag inzwischen eine halbe Stunde Fahrtzeit hinter ihm. Wenn er an der nächsten Station ausstieg und der Zug aus der Gegenrichtung nicht allzu lange auf sich warten ließ, konnte er innerhalb der kommenden ein- bis anderthalb Stunden wieder zurückgefahren sein. Der Tag war noch lang. Es blieb ihm genug

Zeit, die Journalistin in seine Gewalt zu bringen. Anschließend würde er sich diesen vertrottelten Polizeibeamten vornehmen, der ihm mit seiner Penetranz auf die Nerven gegangen war.

KAPITEL 39

Astrid ahnte nichts von der ihr drohenden Gefahr. Sie freute sich auf den Feierabend und war nach längerer Zeit wieder einmal rundum mit sich zufrieden. Die Erinnerung daran, wie sie Vogt aus der Fassung gebracht und seine widerliche Beleidigung souverän gekontert hatte, entlockte ihr ein Lächeln. Kullmann hatte ihren Artikel über die Machenschaften des Großunternehmers in hohen Tönen gelobt und eine Beförderung in Aussicht gestellt. Vielleicht würde sie sogar das Wirtschaftsressort zurückerhalten. Dann würde ihr Kollege Lukas Hennen schön blöd aus der Wäsche gucken! Noch schöner wäre es für Astrid, wenn sie aufgrund der Beförderung die Vorgesetzte dieses aalglatten Schönlings werden würde. Bei diesem Gedanken verwandelte sich Astrid Lächeln in ein breites Grinsen. Sie hing jedoch nicht lange dieser Vorstellung nach, sondern rief sich nach wenigen Sekunden zur Ordnung. Schließlich war noch nichts entschieden, daher wollte sie nicht in eine vorschnelle Euphorie verfallen. Jetzt war erst einmal Feierabend angesagt. Den wollte Astrid genießen, indem sie sich etwas Gutes tat. Ein gutes Essen vielleicht, eine Massage oder ein Saunagang, möglicherweise sogar alles zusammen. Irgendwas würde sich schon finden. Sie schnappte ihre Handtasche, klemmte sie unter den Arm und machte sich daran, das Gebäude zu verlassen.

Rudolf Vogt verbarg sich in einer Hofeinfahrt, von wo aus er das Redaktionsgebäude gut beobachten konnte. Astrid Schenks Wagen stand unweit des Eingangs. Vogt kannte das Auto. Es war auf den Fotos abgebildet, die zu dem brandaktuellen Dossier gehörten, das er von dem Privatdetektiv, den er seinerzeit bereits auf Volker Woller angesetzt hatte, über die Journalistin hatte anfertigen lassen. In einigen der Redaktionsräume brannte noch Licht, aber Vogt wusste nicht, welches Büro dasjenige war, in dem sich die Schenk aufhielt. Ehrgeizig wie die Frau war, würde sie wahrscheinlich noch an einem Artikel arbeiten. Stoff genug dafür hatte es in jüngster Zeit ja gegeben. Der Gedanke, dass er es war, der Astrid Schenk höchstwahrscheinlich zu einem Karrieresprung verholfen hatte, erfüllte ihn dermaßen mit Zorn, dass er wieder einmal mit den Zähnen knirschte. Das Geräusch hätte beinahe die Schritte der von ihm so gehassten Frau übertönt, die sich jetzt ihrem Wagen näherte. Vogt holte ein mit Chloroform getränktes Tuch aus der verschlussdichten Packung und ging mit schnellen Schritten auf die Frau zu. Astrid sah den Mann aus dem Dunkel auf sich zukommen und nestelte am Reißverschluss ihrer Handtasche, um an das darin befindliche Abwehrspray zu kommen. Doch ehe sie die kleine Sprühdose auf den Angreifer richten konnte, schlug der sie ihr aus der Hand und zerrte die Schenk an den Haaren zu sich heran. Dabei fiel ihm der Glasbehälter mit dem Betäubungsmittel aus der Hand und zerschellte auf dem Straßenpflaster. Die Journalistin versuchte, ihm zwischen die Beine zu treten, aber Vogt wich aus und hielt ihr das Tuch mit dem Betäubungsmittel unter die Nase. Sekunden später spürte er, wie der Körper der Frau erschlaffte.

Zur Sicherheit presste er ihr das Tuch noch einige Augenblicke auf Mund und Nase. Dann legte er sie auf dem Boden nieder, griff nach Astrids Handtasche und entnahm ihr den Autoschlüssel. Dabei blickte er sich in beide Richtungen der Straße um. Sie lag noch immer verlassen da. Niemand schien den Überfall mitbekommen zu haben. Schnell öffnete er die Beifahrertür von Schenks Auto und schnallte die bewusstlose Frau auf dem Sitz fest. Anschließend stieg er selbst ein und startete den Motor. Er gewöhnte sich schnell an die für ihn ungewohnten Dimensionen des Kleinwagens und steuerte ihn sicher durch die Straßen der Stadt.

Nach einigen Minuten hatte er sein Ziel erreicht. Langsam fuhr er die Auffahrt zu Hartfeldts Villa hinauf. Er hatte die Schlüssel dafür seinem Eigentümer nicht mehr zurückgegeben und würde das Gebäude ungehindert betreten können. Die Villa lag in der Dunkelheit verlassen vor ihm. Vogt hielt direkt vor dem Hauseingang und hievte seine Geisel aus dem Wagen. Im Handschuhfach fand er das Ladekabel eines Mobiltelefons. Damit band er die Hände der Journalistin auf dem Rücken zusammen. Danach schleppte er sie die wenigen Stufen zur Tür der Villa hinauf. Während der Prozedur stöhnte Astrid kurz auf. Offensichtlich begann die Wirkung des Betäubungsmittels nachzulassen. Hastig zerriss Vogt das an der Tür angebrachte Polizeisiegel und schleppte seine Geisel in den Empfangsbereich der Villa. Heute Nacht würde sich wohl kein Polizist mehr hier blicken lassen. Allerdings schien es ihm nicht ratsam, Licht in den Räumen anzumachen, deren hell erleuchtete Fenster von der Straße aus zu sehen sein würden.

KAPITEL 40

Saskia stand wie erstarrt und starrte den sich entfernenden Rücklichtern von Astrid Schenks Wagen hinterher. Vor wenigen Minuten hatte sie das Redaktionsgebäude verlassen und gerade noch mitbekommen, wie die ihr unsympathische Journalistin von einem Mann in ihr eigenes Auto gezerrt wurde. Saskia war nach Beendigung ihrer Arbeit in der Bibliothek noch einmal zum Zeitungsarchiv zurückgekehrt, weil ihr am Nachmittag aufgefallen war, dass sie dort ihre Geldbörse liegen gelassen haben musste. Eigentlich hatte sie nur ihr Portemonnaie holen und dann gleich wieder gehen wollen, aber angesichts der noch zu erledigenden Arbeit, die sie morgen früh erwarten würde, blieb sie länger als beabsichtigt und versuchte, die Menge der Stapel mit dem einzusortierenden Material zu reduzieren. Als sie endlich gehen wollte, bekam sie mit, wie Astrid kurz vor ihr das Gebäude verließ. Ausgerechnet die, dachte Saskia. Zwar hatte in Arnos Büro so etwas wie eine Aussprache zwischen ihr und der Journalistin stattgefunden, aber beste Freundinnen waren sie deswegen noch lange nicht. Saskia wollte der ihr nach wie vor nicht sonderlich sympathischen Kollegin keinesfalls über den Weg laufen und trödelte noch ein wenig herum, ehe sie sich selbst auf den Weg in Richtung Ausgang machte. So wurde sie Zeugin der Entführung. Saskia benötigte einige Augenblicke, um sich von dem Schreck zu erholen.

Als sie sich wieder einigermaßen beruhigt hatte, wusste sie, was zu tun war. Mit zitternden Fingern nestelte sie am Reißverschluss ihrer Handtasche und holte ihren Autoschlüssel heraus. Nur wenige Sekunden später steuerte sie ihren eigenen Wagen die Straße entlang, an deren Ende gerade ein Blinklicht die Richtung anzeigte, in der Rudolf Vogt mit seiner Gefangenen entschwand.

Der Abend brach herein, aber der Verkehr auf der Hauptstraße war noch relativ lebhaft. Glück für Saskia, die für Vogt nicht so leicht als Verfolgerin zu erkennen war. Sie folgte dem Unternehmer und der Journalistin in gebührendem Abstand, wobei sie hin und wieder auch einmal ein Auto zwischen sich und dem Observierten einscheren ließ. Als Vogt in die einsam gelegene Straße, die zu Hartfeldts Villa führte, einbog, schaltete Saskia die Scheinwerfer aus und fuhr im spärlichen Schein der Straßenlaternen hinter ihrem Vordermann her. Sie passierte die Auffahrt zur Villa, die Vogt soeben genommen hatte und parkte einige Meter davon entfernt. Mit vor Aufregung zitternden Händen holte sie ihr Smartphone aus der Handtasche und wählte die Nummer von Steckens Mobiltelefon.

„Sei bitte still und höre mir genau zu", würgte Saskia seine Begrüßung ab. Dann gab sie ihm ihren Standort durch und berichtete in knappen Worten über Astrid Schenks Entführung und ihre anschließende Verfolgung.

„Sieh zu, dass du von dort weg kommst und fahr nach Hause", sagte Arno. „Ab jetzt übernehmen meine Kollegen vom SEK und ich das. Sobald wir Frau Schenk befreit und Vogt verhaftet haben, melde ich mich bei dir."

„Das Gespräch ist zu Ende", meldete sich plötzlich eine dritte Stimme zu Wort. Dann wurde die Verbindung unterbrochen.

Saskia saß wie erstarrt auf dem Fahrersitz und blickte unverwandt in den Lauf der auf sie gerichteten Pistole. Widerstandslos ließ sie sich das Telefon von Vogt abnehmen, der jetzt zwei Schritte zurücktrat.

„Raus aus dem Wagen und Hände auf den Rücken. Ich kann dir nur raten das zu tun, was ich dir sage, wenn dir dein Leben lieb ist."

Die Bibliothekarin folgte der Aufforderung und ließ sich die Hände mit Kabelbinder fesseln.

„Keine Angst", höhnte Vogt, während er die Frau am Arm packte und grob mit sich zerrte. „Du bekommst bald Gesellschaft."

KAPITEL 41

„Hallo? Saskia, bist du noch dran?" Arno starrte sein Telefon an und hoffte, dass sich seine Freundin wieder zu Wort melden würde. Als das Telefonsignal meldete, dass die Verbindung endgültig beendet worden war, benachrichtigte er den Einsatzleiter des SEK und machte sich auf den Weg zu der Straße, die Saskia ihm als ihren letzten Standort durchgegeben hatte. Die angeforderte Verstärkung würde erst in einer Dreiviertelstunde zur Verfügung stehen, da die Einheit derzeit noch woanders zugange war. Solange wollte Arno nicht warten. Seinen Befürchtungen zufolge war seine Freundin Rudolf Vogt direkt in die Arme gelaufen. Der hatte nun zwei Frauen in seiner Gewalt und für Arno gab es keinen Zweifel, dass es sich bei dem Ort, wo sie gefangen gehalten wurden, um die Villa von Gunter Hartfeldt handelte, die sich in eben jener Straße befand, von der aus Saskia ihn angerufen hatte. Vanderbilts Aussage, dass Vogt ihn bei seinem ersten Besuch dort empfangen hatte, untermauerte diese Annahme. Der Hauptkommissar machte sich allein auf den Weg und parkte seinen Wagen eine Straße von jener entfernt, in der sich Hartfeldts Villa befand. Das Gebäude lag im Dunkeln und schien völlig verlassen zu sein. Vogt hatte vermutlich die schweren Vorhänge zugezogen und die Beleuchtung auf ein Minimum beschränkt. Ein Blick auf die Uhr verriet Arno, dass der Einsatztrupp frühestens in einer knappen halben Stunde eintreffen würde. Er prüfte seine Waffe und stieg aus dem Auto. Eng an die Umrandungsmauer des Villengrundstücks gepresst, bewegte er sich auf die untere Seite des Geländes zu, in der Hoffnung, dort eine Möglichkeit zu finden, die dortige Mauer zu überwinden und unbemerkt auf das Grundstück zu gelangen. Den direkten Weg über die Auffahrt zu nehmen schien ihm nicht ratsam, da Vogt den Haupteingang sicher ständig im Auge behalten würde.

KAPITEL 42

Als Vogt mit seiner zweiten Geisel zur Villa zurückkehrte, erwartete ihn eine böse Überraschung. Astrid
Schenk befand sich nicht mehr in Hartfeldts Arbeitszimmer. Irgendwie musste es ihr gelungen sein, sich von der
Fessel, die er ihr angelegt hatte, zu befreien. Die Flucht
der Journalistin brachte Vogt in Rage. Wütend stieß er
Saskia zu Boden, worauf diese mehr aus Angst denn vor
Schmerz aufschrie. Ihr Peiniger hatte inzwischen eine
Taschenlampe gefunden. Er machte sich auf die Suche
nach etwas, mit dem er Saskia zusätzlich zu den Kabel-
bindern an ein Möbelstück fesseln konnte. Schließlich
fand er eine Rolle Klebeband, mit der er die Bibliothekarin auf einem Stuhl festband. Um sicherzugehen, dass
ihm diese Geisel nicht auch entkommen würde, wickelte
er das Band immer und immer wieder um die Stuhl-
lehne und den Oberkörper der Frau. Dann stürmte er
aus dem Zimmer und machte sich auf die Suche nach
der Journalistin. Groß konnte ihr Vorsprung nicht sein,
denn er war nicht sehr lange weg gewesen. Wahrscheinlich befand sie sich sogar noch irgendwo im Haus. Licht
hatte sie jedenfalls keins angemacht und das sprach dafür, dass sie sein Kommen gehört und es vorgezogen
hatte, sich irgendwo zu verstecken. Es war kaum anzunehmen, dass es der Journalistin in der kurzen Zeit gelungen war, im Dunkeln einen Fluchtweg zu finden.

Astrid kauerte derweil hinter einem Polstersessel, der sich in einem kleinen Raum befand, der zwei Türen von dem Arbeitszimmer gelegen war, in das Vogt Saskia verfrachtet hatte. Ihre rechte Hand umklammerte einen Dolch, den sie auf Hartfeldts Schreibtisch gefunden hatte. Der ermordete Geschäftsmann hatte die Stichwaffe vermutlich als Brieföffner genutzt. Jedenfalls hatte das Messer unter einigen Kuverts gelegen, wo es von der Journalistin während Vogts Abwesenheit entdeckt worden war. Es hatte sie einige Mühe gekostet, den Dolch mit ihren auf den Rücken gebundenen Händen zu fassen zu bekommen. Doch nachdem ihr das gelungen war, hatte sie ihre Fesseln bald darauf durchtrennen können. Astrid hatte sich fürs erste so gut es ging in ihrer neuen Umgebung orientiert und vermutete, dass oberhalb des Raums, in dem sie sich jetzt aufhielt, kein weiteres Zimmer mehr vorhanden war. Vielleicht befand sie sich hier in einem Erkerzimmer oder einer Ausflucht, wo sich ihr Besitzer immer aufgehalten hatte, um beim Blick nach draußen einige Momente der Entspannung zu finden. Zurzeit gab es hier jedoch nichts zu sehen. Die Journalistin vermutete, dass eventuell vorhandene Fenster mit blickdichten Vorhängen versehen waren, die kein Licht der auf der Straße möglicherweise vorhandenen Laternen durchließen. Sie war allein auf ihren Tastsinn angewiesen und wollte mit der weiteren Erkundung ihrer näheren Umgebung noch ein wenig warten.

Vor einigen Minuten hatte sie irgendwelche Geräusche einer weiteren Person gehört. Wenn Vogt zurückgekehrt war, dann diesmal in Begleitung. Trotz der Kühle, die in dem Raum herrschte, fühlte Astrid, dass ihre Handinnenflächen feucht wurden. Zur Not hätte sie es mit ihrem Entführer aufgenommen, wenn dieser allein geblieben wäre. Immerhin konnte sie auf einen Überraschungseffekt hoffen, wenn sie den Kampf eröffnen würde. Aber wenn sie es mit einem zweiten Gegner zu tun bekäme, lägen ihre Chancen bei Null. Jetzt hörte sie, wie etwas an der Außenmauer entlang schrappte. Ihr Herzschlag setzte für einen Moment aus.

KAPITEL 43

Rudolf Vogt stieß die Zimmertür des Raumes, den er im Begriff war zu betreten, schwungvoll auf. Sollte sich die Flüchtige hinter der Tür versteckt haben, würde sie mindestens eine Beule davontragen, wenn sie von dem Türblatt getroffen wurde. Eine Sekunde verharrte der Mann auf der Schwelle und lauschte in die Dunkelheit. Um sich nicht wie auf einem Silbertablett zu präsentieren, hatte Vogt darauf verzichtet, das Licht in der Diele hinter sich einzuschalten. Seine Taschenlampe hatte er vorher irgendwo abgelegt und nicht mehr wiedergefunden. Jetzt gab es nicht einmal mehr einen Hauch von Helligkeit. Dieser Umstand verschaffte ihm ein Gefühl des Unwohlseins. Er wechselte die Pistole in seine linke Hand und tastete mit der rechten nach dem Lichtschalter, der sich auf dieser Seite der Wand befinden musste. Eine weitere Sekunde später wurde der Raum vor ihm in grelles Licht getaucht. Vogt kniff die Augen zusammen und ließ seinen Blick schweifen. Dieses Zimmer schien keinen anderen Zweck zu erfüllen, als ausrangierten Möbeln Asyl zu gewähren. Insgesamt waren hier ein gutes Dutzend Sitzgelegenheiten, Stühle und Sessel sowie zwei große Tische versammelt. Die Pistole im Anschlag, unterzog Vogt den Raum einer genauen Inspektion. Von Astrid Schenk keine Spur. Leise schloss er die Tür wieder. Danach stieß er einen Fluch aus und kniff sich in die Nasenwurzel.

„Was ist nur aus mir geworden?", murmelte er und wischte sich mit der Hand über die Stirn. „Ich wollte der Führer des ganzen Landes werden und lasse mir von zwei Frauen auf der Nase herumtanzen." Diese Erkenntnis entfachte Vogts Wut erneut. Er verstärkte den Griff um seine Waffe und begab sich zur Tür des nächstgelegenen Zimmers. Dieser Raum befand sich ihm schräg gegenüber. Die Pistole im Anschlag drückte der Industrielle die Klinke herunter. Als die Tür aufschwang, feuerte er auf gut Glück eine Kugel in das Zimmer.

Mit angehaltenem Atem lauschte Astrid in die Dunkelheit. Dem ersten Schaben an der Außenmauer, das sie gehört hatte, war zunächst ein Rascheln und dann verhaltenes Rütteln am Fenster gefolgt. Dass es sich um ein Tier handelte, konnte somit ausgeschlossen werden. Es war offensichtlich, dass irgendwer versuchte hier einzudringen. Aber wer? Vogt war es höchstwahrscheinlich nicht. Ein Einbrecher? Das wäre schon ein absurder Zufall, aber so etwas kam vor. In vielen Zeitungen landeten Berichte darüber auf der letzten Seite unter einer Rubrik, die Kurioses aus aller Welt oder so ähnlich betitelt war. Zu Beginn ihrer Karriere hatte sie selbst einige derartige Artikel verfasst. Wieder ein Geräusch, doch diesmal kam es vom Zimmer nebenan. Zweifellos ein Schuss. Über die Ursache brauchte sie nicht groß zu spekulieren. Vogt hatte sich auf die Suche nach ihr gemacht und war dabei, die Räume entlang des Flurs systematisch zu durchsuchen! Es war klar, dass sie eine Entscheidung treffen musste.

Als sie den Schuss hörte, spürte Saskia Panik in sich aufsteigen. Das Klebeband, mit dem sie geknebelt und an den Stuhl gefesselt war, ließ ihr beinahe überhaupt keine Bewegungsfreiheit. Zudem deckte das Band außer ihrem Mund auch einen Teil ihrer Nasenlöcher ab, wodurch sie kaum Luft bekam. Nur ihren Kopf konnte sie halbwegs nach links und rechts drehen. Erkennen konnte sie jedoch nicht viel, da kein Licht eingeschaltet war. Trotz ihrer Angst bemühte sich die junge Frau, Vernunft zu bewahren. Die gebot ihr, sich auf die Suche nach einem Lichtschalter zu begeben, der sich üblicherweise in der Nähe des Zimmereingangs befand. Ruckweise bewegte sie sich auf dem Stuhl nach links in Richtung Tür. Die Bibliothekarin kam nur langsam voran, da sie das Risiko umzukippen möglichst gering halten wollte.

An der Außenseite des Gebäudes war Arno derweil zu einem Entschluss gekommen. Das SEK würde noch immer mindestens eine Viertelstunde bis zu seinem Eintreffen brauchen. So lange konnte er nicht mehr warten. Nicht, nachdem er diesen Schuss gehört hatte, der soeben gefallen war. Der Hauptkommissar zog sein Jackett aus und wickelte es um seinen linken Arm. Dann richtete er sich auf, um die Scheibe des Fensters über ihm einzuschlagen. Doch gerade als er ausholte, wurde eben dieses Fenster wie von Geisterhand geöffnet. Arno richtete den Lauf der Waffe auf die Öffnung. Seiner Aufforderung, sich ihm gegenüber zu erkennen zu geben, kam die Journalistin zuvor.

„Mein Name ist Astrid Schenk und ich bin bewaffnet. Besser, Sie sagen mir jetzt, mit wem ich es zu tun habe", flüsterte sie.

„Ich bin es, Arno Stecken, der Hauptkommissar", kam es ebenso leise zurück. „Wissen Sie, wo sich Rudolf Vogt zur Zeit aufhält? Er hat Saskia als Geisel genommen."

„Ich fürchte, er wird gleich hier sein. Kommen Sie schnell herein."

KAPITEL 44

Vogt war gerade dabei, das Zimmer, in das er soeben eine Kugel abgefeuert hatte, wieder zu verlassen. Seine Suche nach der flüchtigen Journalistin war auch hier erfolglos geblieben. Blieb noch das Erkerzimmer, dann hatte er dieses Stockwerk komplett überprüft. Er entschied sich dafür, die Taktik mit dem Schuss ins Dunkle beizubehalten. Mit raschen Schritten lief er den Flur hinauf, öffnete mit Schwung die Tür des angrenzenden Raums und feuerte erneut. Fast gleichzeitig mit dem Knall klatschte etwas Schweres auf den Boden. Dann schlug eine Kugel direkt neben Vogts Kopf in den Türrahmen ein. Die Erkenntnis, dass er nicht als einziger über eine Schusswaffe verfügte, ließ den Unternehmer für eine Sekunde vor Schreck erstarren. Diesen Moment nutzte Astrid, um ihm mit ihrem Dolch einen Stich in den Oberschenkel zu versetzen. Vogt schrie auf und gab einen weiteren Schuss in ihre Richtung ab, der sie jedoch knapp verfehlte. Die Stelle, an der Astrid ihn mit dem Dolch getroffen hatte, schmerzte heftig. Der Unternehmer biss die Zähne zusammen und kroch rückwärts in den Flur. Den Lauf seiner Pistole auf den Eingang des Zimmers gerichtet, aus dem er geflohen war, lehnte Vogt schwer atmend an der Wand und erwog seine Optionen. Er fragte sich, was, zur Hölle, ihm da gerade widerfahren war.

Saskia ruckelte auf ihrem Stuhl in Richtung Tür. Eine anstrengende Art der Fortbewegung, die ihr den Schweiß auf die Stirn trieb. Immerhin hatte sie bereits mehr als die Hälfte der Strecke geschafft. Die Bibliothekarin wollte gerade zu einem weiteren Hüpfer ansetzen, als sie kurz hintereinander zwei Schüsse vernahm. Vor Schreck machte sie eine unwillkürliche Bewegung, die sie aus dem Gleichgewicht brachte und zusammen mit dem Stuhl umkippen ließ. Noch im Fallen stieß sie sich mit den Füßen vom Boden ab, sodass der Schwung ausreichte, um sie direkt vor die Tür zu befördern. Wer immer jetzt von außen in dieses Zimmer eindringen wollte, würde es kaum schaffen, das aus ihr und dem Stuhl bestehende Hindernis wegzuschieben.

Rudolf Vogt spürte wie Blut sein Bein hinunterlief. Hoffentlich hat die Schlampe nicht die Schlagader erwischt, dachte er. Dann wurde ihm bewusst, dass da noch eine andere Person in das Haus eingedrungen war, die auf ihn geschossen hatte. Ein SEK-Beamter war das wohl nicht gewesen, überlegte er. Der wäre wohl kaum allein gekommen. Vanderbilt befand sich bestimmt noch in Gewahrsam und schied damit ebenfalls aus. Dann kam nur noch dieser trottelige Polizist in Frage. Der würde spätestens jetzt ein Einsatzkommando angefordert haben. Eile war geboten, denn wahrscheinlich würde es nicht lange dauern, bis die Verstärkung eintraf. Panik ergriff den Fabrikant und ließ ihn in Sekundenschnelle seine ihm verbliebenen Optionen, hier mit halbwegs heiler Haut davonzukommen, durchspielen. Fast im selben Moment wurde ihm klar, dass ihm mit seiner zweiten Geisel der einzige Trumpf geblieben war, der noch eine

Möglichkeit zur Flucht bot. Vogt schleppte sich, so schnell er es mit der Verletzung an seinem Bein vermochte, zu dem Büro, in dem er die andere Frau gefesselt zurückgelassen hatte.

KAPITEL 45

Im Erkerzimmer rappelte sich Arno wieder auf und tastete sich vorwärts.

„Sind Sie verletzt?", fragte er ins Dunkel.

„Nein", antwortete Astrid. „Warten Sie, ich mache Licht."

Einen Augenblick später wurde das Zimmer von einer Deckenlampe mit greller Helligkeit überflutet. Arno kniff die Augen zusammen, wobei er seine Pistole unverwandt in Richtung Tür hielt, bereit, sich einem erneuten Schusswechsel zu stellen.

„Halten Sie sich seitlich vom Eingang", riet er der Journalistin. „Vogt könnte versuchen, uns von draußen zu treffen."

„Glaube ich nicht", widersprach sie, trat aber dennoch einen Schritt zur Seite. „Ich habe ihn mit dem Messer erwischt. Er ist bestimmt geflohen und wird sich jetzt Ihre Freundin holen."

„Dann muss ich hinter ihm her", sagte Arno. „Bleiben Sie in Deckung, ich öffne jetzt die Tür!"

Vogt hatte das Zimmer, in dem sich Saskia befand, fast erreicht, als er Steckens Stimme vernahm.

„Polizei! Stehenbleiben! Waffe fallen lassen und anschließend Hände hoch!"

Für einen Moment erstarrte der Firmenchef. Dann aber hatte er sich wieder in der Gewalt. Wenn er es geschickt anstellte, konnte er den Verfolger lange genug täuschen, um die Tür, die ihn von seiner Geisel trennte, aufzustoßen und sich mit der Gefangenen einen Vorteil zu verschaffen.

„Nicht schießen!", rief er und ging langsam in Knie, die Pistole am ausgestreckten Arm zur Seite haltend.

„Die Waffe auf den Boden legen und mit dem Fuß zu mir schieben!", kam es zurück.

Vogt tat zunächst wie ihm geheißen, doch dann griff er mit der freien Hand zur Türklinke, um sie herunter-zudrücken und sich unmittelbar danach in das Zimmer fallen zu lassen. Soweit der Plan. Doch die Tür gab nicht nach. Noch ehe sich der Geiselnehmer fragen konnte, warum es ihm nicht möglich war, seinen letzten Trumpf auszuspielen, traf ihn die von Arno abgefeuerte Kugel am rechten Oberarm. Vogt schrie auf und ließ die Waffe fallen.

„Diese blöden Weiber haben mich ausgetrickst", mur-melte er ungläubig. Dann ging er endgültig zu Boden.

Arno leistete dem Verletzten Erste Hilfe und verstän-digte einen Notarztwagen. Währenddessen kreisten seine Gedanken unaufhörlich um Saskia.

„Was haben Sie mit der anderen Frau gemacht?", fragte er, während er dem Gefangenen Handschellen anlegte. „Los, Mann! Reden Sie schon, wo ist sie?"

„Dort drin", antwortete Vogt und machte eine schwa-che Kopfbewegung zu der Tür, die sich hinter ihm be-fand.

Arno wollte in das Zimmer stürmen, scheiterte aber ebenso wie zuvor Vogt.

„Irgendwie muss sie es geschafft haben, sich zu ver-barrikadieren", meinte der. „Keine Ahnung, wie."

„Saskia, hörst du mich?", rief Stecken und stemmte sich gegen das Türblatt. „Ich bin es, Arno!"

Aus dem Zimmer drang ein Geräusch, einem Schluchzen ähnlich.

„Mach doch bitte auf", flehte er. „Du bist in Sicherheit."

In diesem Moment ertönte ein ohrenbetäubender Lärm vom Haupteingang des Hauses. Holz zerbarst und Glas splitterte, als zwei SEK-Leute in voller Kampfmontur sich mit einer Ramme Zutritt in das Innere des Gebäudes verschafften. Eine Sekunde später blickten der Kommissar und Astrid, die mittlerweile zu ihm getreten war, in zwei auf sie gerichtete Gewehrläufe.

„Runter auf den Boden und Handflächen nach oben!", brüllte einer der maskierten Männer.

Arno biss die Zähne zusammen und folgte der Aufforderung. Er wusste, dass es keinen Zweck hatte, Widerstand zu leisten. Er würde sich für einige weitere Minuten in Geduld üben, ehe es ihm vergönnt war, Saskia endlich in den Armen zu halten.

KAPITEL 46

Nachdem Vogt in Gewahrsam genommen und Saskia endlich aus ihrer misslichen Lage befreit worden war, hatte Arno die beiden Frauen zunächst mit ins Polizeipräsidium nach Koblenz genommen. Dort verfasste er einen Bericht über die Vorkommnisse der vergangenen Nacht und nahm die Aussagen von Saskia und Astrid zu Protokoll. Den Transport in ein Krankenhaus hatten beide Frauen abgelehnt. Sie wollten die polizeilichen Formalitäten möglichst schnell hinter sich bringen. Während Astrid nach ihrer Aussage unverzüglich in die Redaktion eilte, um dort einen ersten Entwurf ihres Artikels zu verfassen, meldete sich Saskia für ihre heutige Schicht in der Bibliothek ab. Ungeduldig wartete sie darauf, dass ihr Freund und Liebhaber mit seiner Arbeit fertig wurde. Der Rest des Tages und diese Nacht sollte ausschließlich ihnen gehören.

Die für den darauffolgenden Tag angesetzte Pressekonferenz verzeichnete auf dem Podium durchweg zufriedene Gesichter. Arno überließ dem Staatsanwalt gerne den Vortritt und sonnte sich in der Gewissheit, einen Aufsehen erregenden Fall zu einem glücklichen Abschluss gebracht zu haben. Der Auftragsmörder Jan Marvin Vanderbilt hatte bis jetzt Wort gehalten und sich durchweg kooperativ gezeigt. Für seine Vernehmung waren noch weitere Termine angesetzt worden, deren

Dauer wegen seines Gesundheitszustandes zeitlich begrenzt war. Vanderbilt würde regelmäßig ärztlich untersucht werden. Er sollte aber bis auf weiteres in Untersuchungshaft und nach seiner Verurteilung im normalen Strafvollzug verbleiben, solange dies sein Gesundheitszustand zuließ. Während Arno den Blick über die anwesenden Journalisten schweifen ließ, verharrte sein Auge kurz auf Astrid, die sich den besten Platz im Publikum gesichert hatte. Sie war in der vergangenen Nacht doch noch in die Notaufnahme des Kemper Hofs gefahren, um sich durchchecken zu lassen, hatte das Krankenhaus aber auf eigene Verantwortung bereits wieder verlassen. Arno vermutete, dass vor allem die Sorge, jemand anderes könnte ihr den Ruhm streitig machen, Astrid zu diesem Schritt bewogen hatte. Er war sehr gespannt darauf, wie die Journalistin die Ereignisse in Hartfeldts Villa der Öffentlichkeit schildern würde. Er wollte sich ihren Artikel gleich nach dessen Erscheinen zu Gemüte führen. Aus dem Augenwinkel heraus registrierte er, wie Staatsanwalt, Polizeipräsident und Pressesprecher von ihren Sitzen aufstanden, um sich dem Blitzlichtgewitter zu stellen. Arno hoffte, dass die Konferenz damit ihrem Ende zuging, denn er konnte es kaum erwarten, wieder bei Saskia zu sein, um das Zusammensein mit ihr erneut zu genießen.

„Wenn ich das richtig verstanden habe", sagte Saskia, während sie sich an Arno kuschelte, „hat Vogt diesen Vanderbilt mit der Suche nach einem angeblich von Arminius stammenden Schwert beauftragt. Wo ist die Klinge geblieben?"

„Vanderbilt hat sie vermutlich in die Luft gesprengt, als er die Handgranate zündete."

„Dieser Idiot", entfuhr es Saskia. „Was für ein entsetzlicher Verlust!"

„Wenn es denn tatsächlich das echte Schwert gewesen war", wandte Arno ein.

„Glaubst du nicht daran?", fragte sie.

„Wir werden es wohl kaum jemals erfahren. Alles, was wir haben, sind Roland Maurers Aufzeichnungen, die in weiten Teilen mehr auf Vermutungen als nachprüfbaren Angaben beruhen. Das Fundstück wurde durch die Explosion pulverisiert. Da dürfte nicht genug übrig geblieben sein, womit ein Labor etwas Vernünftiges anfangen könnte."

„Wirklich schade", sagte sie.

„Vielleicht ist es ganz gut so", meinte er. „Wer weiß, wer sich das Stück sonst noch unter den Nagel reißen wollte und dabei vor nichts zurückschrecken würde."

„Da hast du Recht", murmelte sie und gähnte. „Ich bin jetzt ganz schön müde."

„Dann lass uns eine Runde schlafen", erwiderte er und hauchte ihr einen Kuss auf die Stirn. „Das haben wir uns beide redlich verdient."

E N D E

DANKSAGUNG

Mein herzlicher Dank geht an alle, die mich während meiner Arbeit an diesem Roman unterstützt und meine Launen ertragen haben. Besonderer Dank geht an die Autorin Petra Scheuermann, die mir bei der Herausgabe des Buches half. Wie stets bin ich meiner lieben Frau Anne-Rose Marchner zu großem Dank verpflichtet. Was für ein Glück, Dich in diesem Leben getroffen zu haben!

AUTORENINFORMATION

Jürgen Edelmayer wurde 1958 in Wiesbaden geboren. Er arbeitete als gelernter Buchhändler, jobbte zwischendurch als Postzusteller und holte das Abitur auf dem zweiten Bildungsweg nach. Ab 2013 schrieb er nicht mehr nur als Hobbyautor, sondern machte Textarbeit zu seinem Hauptberuf.